高校事変14

松岡圭祐

角川文庫
23664

1

日没後に降りしきる雨が、フロントガラス越しの視野を不明瞭にしかけては、ワイパーが拭いとる。夜道であってもここは江東区だ。街路灯やコンビニ、路上を行き交うクルマのヘッドライトが、辺りを煌々と照らしだす。

三十一歳の蓮實庄司は日産のＳＵＶ、型落ちのエクストレイルのステアリングを握っていた。身体を鍛えるのは欠かさなくとも、二十代より疲労の回復が遅いと感じる。職場からの帰りはいつもこんなふうに、ぼんやりとした虚無に浸りきる。

教員は激務だときいていたが予想以上だ。しかも蓮實は、ほかになり手のいない運動部の顧問を、複数掛け持ちしていた。絶えずグラウンドと体育館を駆けまわり、生活指導として登下校の生徒らにも注意を向ける。将来ある未成年ばかり、そう思えばこそ気が抜けない。防衛大にいたころと変わらない緊張感がある。

日暮里高校の体育教師になって二か月近く、教職員の派閥やヒエラルキーというものを知った。高校の教員は、大学受験を前提とした高度で専門的な授業をおこなう役割、そんな自負があるようだ。よって受験に深く関わる教科を担当する教師ほど、職員会議での強弁がめだつ。

発言権を有するのはかまわない。ただしあの連中は体育教師を下に見ている。露骨にはしめさないものの、言葉の端々に高慢な態度がのぞく。保健の問題用紙には誤字脱字が多いと指摘する教師もいた。スポーツひと筋の体育教師への偏見だった。池辺校長が表情をひきつらせ、蓮實先生は例外ですけどね、必死にそうフォローしてきた。

腹立たしさを感じるほどではない。もとより教師一年目の新参者だ。教科が保健体育でなくとも、至らぬ点は多々あるだろう。いまはただ経験を積むしかない。上官の嫌味や悪口なら陸上自衛隊でも日常茶飯事だった。それでメンタルをやられるような特殊作戦群に選出されなかった。

しんどさをおぼえつつも教職に日々没頭したい。熱心なのとは少しちがう。新学期早々に発生した国家規模の大事件に、人知れず深く関わってしまった。その記憶が早く薄らぐのを切に望むばかりだった。

全国各地で相次いだ女子高生失踪暴行致死事件。日暮里高校にかぎっていえば、行方不明になった被害者は無事帰ってきた。その背景には信じがたい一夜のできごとがあった。

　捜査一課の坂東志郎課長は、警視庁内でも固く口を閉ざしているようだ。すべてが悪い夢を見ていたかに思えてくる。だが現実だった。教え子の優莉凜香と、隣のクラスの杠葉瑠那は、同じ一年生であっても母ちがいの姉妹だと判明した。瑠那は優莉匡太の子というだけではない、胎児の時点で生体実験に晒されている。あまりに不憫な出生ではないか。

　難病に冒され、余命幾ばくもないと思われていた瑠那は、ひそかに寿命を延ばすに至った。色白で華奢な外見は変わらないが、発作は完全におさまっている。坂東がなにも語らなくとも、公安は凜香ともども瑠那をマークしつづけるだろう。瑠那の出生について公安は承知済みだからだ。

　視野に真っ赤なテールランプが列をなす。幹線道路は渋滞していた。蓮實はブレーキを緩く踏み、クルマを減速させた。

　あの夜、奥田宏節なる医師の死体を、蓮實はまのあたりにした。腹にフルオート掃射を受け、無残な姿で絶命していた。瑠那の手にするアサルトライフルの銃口から、ひとすじの煙が立ち昇っていた。蓮實は沈黙せざるをえなかった。高一の少女による凶行といえば、たしかにそうだ。教え子にトリガーを引かせてしまった。教師としての無力さを痛感させられた。

ホンジュラスでの同僚らの死に耐えきれなくなり、蓮實は自衛隊を辞職した。いっときは抜け殻のようになったが、しだいに優莉凜香の存在が気になってきた。卑屈な野蛮人に育ちつつあった優莉の四女。彼女を更生させることができたら、自分の存在意義をたしかめられるかもしれない。蓮實は教職に就く道を選んだ。

理想の実現には困難がつきまとう。政府に混沌とした状況が垣間見える。頼りない体制だ。社会全体を暗雲が覆っている。それどころか深刻化の一途をたどる。シビック政変後も国家が揺れ動いていたのでは、十代の未来は闇に閉ざされてしまう。

そう感じてはいても、一個人にすぎない蓮實に、大それたことはなにもできない。教え子たちに対し、教育の理想像を突き詰めることさえ容易ではない。担任、生活指導、部活顧問。学校行事に携わり、生徒の進路指導もこなす。時間はかぎられている。仕事を機械的に消化せざるをえなくなる。こうしているあいだにも生徒らの繊細な内面が、教師の多忙さの犠牲になってはいないだろうか。

答えのでない問題が、いつまでも頭のなかをぐるぐるとめぐる。蓮實はため息を漏らした。結局ただ気が鬱し、もの思いにふけるだけの帰路か。

カーナビの画面が切り替わった。ブルートゥースで接続されたスマホが、電話の着信音を響かせる。三年生、雲英亜樹凪の名が表示された。

蓮實は応答ボタンを押した。「もしもし」

しばし不穏な沈黙があった。亜樹凪の小声が震えながらささやいた。「蓮實先生……」

鳴咽がきこえたかと思うと、けたたましいノイズが響き渡った。亜樹凪が短い悲鳴を発した。さらに耳障りな騒音がつづけざまにこだまする。

スマホが落下したとおぼしき硬い音とともに、また静寂がひろがった。蓮實は緊張とともに問いかけた。「雲英? おい」

「どうかしたのか」

返事をまったのは、ほんの数秒にすぎなかった。蓮實は即座にステアリングを大きく切った。混み合う幹線道路上で、SUVを急速にUターンさせた。特殊作戦群で鍛えた車両感覚からすれば、周りのクルマと衝突する心配はなかったが、向こうはそう思わなかったのだろう。あちこちからクラクションが鳴り響いた。蓮實は詫びのハザードランプを数回点滅させると、ただちにアクセルを踏みこんだ。右に左に車間を縫うように疾走する。信号が変わる寸前に交差点を猛然と突破した。

雲英亜樹凪。ひところは内親王も同然に国民の誰もが知る、清楚極まりないお嬢様だった。上品さはいまも変わらないが、名門の私立進学校を留年し、公立の日暮里高校に転校してきた。直近の事件で攫(さら)われた被害者のひとりでもある。幸い性被害に遭うこともなく助けだされた。亜樹凪を病院に運んだのは蓮實だった。心的外傷後ストレス障害(PTSD)が心配される亜樹凪は、このところ早退を認められていたが、それどころではない事態が勃発(ぼっぱつ)したらしい。

現在地は深川(ふかがわ)二丁目近辺だった。この近くに杠葉瑠那の住む阿宗(あそう)神社がある。蓮實は学校からの帰り道、いつも神社の前を通ることにしていた。瑠那の身辺になんらかの異変が生じるのを危惧(きぐ)してのことだ。一方の亜樹凪は東京都現代美術館のそばでひとり暮らしをしている。母親と別居し、施設に入ることも考えたらしいが、雲英家の親族が許さなかったようだ。高級マンションを与えられ、週末のみ保護者が訪ねるときいた。

東京都現代美術館は江東区三好(みよし)四丁目。ここから遠くない。蓮實は幹線道路から外れ、裏道を抜けていった。仙台堀川(せんだいぼりがわ)に架かる橋を越え、平野(ひらの)という地名の住宅街に入る。雨脚が強くなった。帰路を急ぐ傘をそこかしこに見かけるものの、クルマの往来はほとんどない。

ほどなくレジデンス清澄白河弐(きよすみしらかわに)番館(ばんかん)の看板が見えてきた。ゲートの先は敷地内の私道だった。単身者用ではなくファミリータイプのタワマンだ。整備された庭園に木々が生い茂っている。花壇の谷間の先に車寄せとエントランスがあった。

ガラス張りの壁面越し、ロビーの照明が目に眩しい。しかし問題はエントランスの外の暗がりだった。なんらかの激しい動きがある。蓮實はステアリングをわずかに切り、ヘッドライトの照射範囲に人影をとらえた。

鳥肌が立った。黒ずくめの男たち三人が、私服姿の亜樹凪をひきずり、近くに停めた大型ワンボックスカーに連行しようとしている。亜樹凪は泣きじゃくり、必死に身をよじり抵抗していた。アスファルトの上にへたりこむたび、水溜まりに飛沫があがる。白のロングスカートに泥水が染みこんでいた。

白光に晒され、黒ずくめの三人は息を呑む反応をしめした。目出し帽に長袖シャツ、手袋、ズボンにミリタリーブーツ、肘と膝にはプロテクターを装着している。シルエットから鍛えた身体なのが見てとれるが、三人とも小柄なほうだった。

蓮實はアクセルを強く踏みこんだ。強烈な推進力を全身に感じる。SUVが一気に加速する。三人に突撃をかますわけにはいかない。亜樹凪が一緒にいる。蓮實は三人を威嚇しながらステアリングを切り、駐車中の大型ワンボックスカーに正面からぶつかった。衝撃につんのめりそうになったが、シートベルトに力ずくで引き留められた。

フロントガラスが粉々に砕け、ボンネットが大きく変形し隆起する。目の前でエアバッグが膨張したものの、たちまちしぼんでいった。向こうのクルマも同じありさまだった。

正面衝突したのはむろん敵の逃亡手段を封じるためだった。蓮實は自衛隊の訓練で学んだとおり、首の筋肉に力をこめ脳震盪(のうしんとう)を防いだ。めまいも吐き気もおぼえない。シートベルトを外し、蓮實は車外へと躍りでた。バケツの水をぶちまけたような豪雨に晒される。

黒ずくめのひとりが闘棒を振りかざし襲いかかってきた。闘棒を短めに握り、大振りを自制するあたり、それなりの経験を感じさせる。だが蓮實はわずかな隙を見逃さず、踏みこんで距離を詰めると、敵の手首をつかんだ。側面に逃れるやボディアッパーを脇に食らわせる。苦痛の呻(うめ)きとともに敵がくずおれた。

蓮實はそれを見下ろしたりしなかった。次の敵がもう眼前に迫りつつあるからだ。敵が悪態をついたのが耳に届く。「畜生(ピステカ)が!」

タガログ語だった。新人民軍(NPA)なるテロ組織が潜む国ゆえ、特殊作戦群でフィリピンの現地語を学ばされた。蓮實は間合いを詰めながら吐き捨てた。「生徒の前でそんな(ワグカンマグサリータナンガニヤンカス)暴言を口にするんじゃない(プラードサハラップナンステュディアンテコ)」

敵が右手を腰にまわしたことに蓮實は気づいていた。ベルトから引き抜かれたギザ刃のナイフが突きを浴びせてくる。蓮實は上体を反らし、敵の腕を両手でつかむと、重心を崩させつつ投げ技を放った。もんどりうった敵を水溜まりに叩きつけると、またも泥水が高々と撥ねあがった。

最後のひとりは姿を消していた。亜樹凪もいない。雨音のなかにかすかな叫びをきいた。木立の暗がりに白いロングスカートが揺れるのを見た。蓮實は猛然と駆けだした。

敵は片腕で亜樹凪の首を抱えていた。強引に木々のあいだを突破していく。亜樹凪は尻餅をついたまま、剝きだしの土の上をひきずられていた。蓮實が駆け寄ると、敵はあわてぎみに亜樹凪を引き立たせ、背後にまわった。亜樹凪を盾にした。敵が右手に握った物体を亜樹凪の首すじに突きつける。亜樹凪が怯えた顔で全身を硬直させた。拳銃だった。銃身の短いリボルバー、コルトのディテクティブスペシャルに似ているが、そのコピーのスカイヤーズビンガムにちがいない。

蓮實は足をとめた。まだ数歩の距離がある。亜樹凪の救いを求めるまなざしが見つめてくる。その向こうに敵の目出し帽が潜む。

発砲を辞さない、敵は最初からそんな意図だったにちがいない。オートマチック拳銃なら、排出された薬莢が現場に残ってしまう。リボルバーならそのかぎりではない。不用意に踏みこめば敵の銃撃につながる。

それでも蓮實は退かなかった。立ちどまったまま両手を下ろしてみせる。敵の目には無防備に映るだろうが、そうではない。すでに片脚を大きく踏みだしてある。

敵は亜樹凪を人質にとっているものの、背を向け逃走を図るわけにもいかなくなった。隙が生じたとたん蓮實が飛びかかるのは必至だからだ。敵の身震いはじれったさの表れにちがいない。亜樹凪に突きつけた拳銃は、蓮實に対する抑止力にはなっても、それ以上はどうにもならない。敵は進退窮まっていた。

業を煮やした敵が、すばやく拳銃を蓮實に向けてきた。蓮實はその瞬間をまっていた。片腕では拳銃の狙いが定まりにくい。銃口がぶれているあいだに踏みこみ、右腕で捻じこむや、左手で掌打を放つ。目出し帽が覆う顎を突きあげる。敵の身体は浮きあがり、大きくのけぞったものの、なおも拳銃を手放さずにいる。蓮實は敵の腕にフィギュア・フォー・アームロックをかけた。激痛に敵が絶叫を発する。ようやく拳銃をつかむ握力が緩んだ。蓮實は手刀で拳銃を叩き落とし、敵を力ずくで突き飛ばした。

後ずさった敵は体勢が目に見えて崩れていた。踵が木の根に当たり、仰向けに転倒した。拳銃を失った時点で形勢の逆転を悟ったらしい、身を翻すや脱兎のごとく逃げだした。

　蓮實は周囲を警戒しつつ片膝をつき、拳銃を拾いあげた。木立のなかに防犯カメラは見当たらないが、さっきのエントランス付近は別だろう。警備会社が遠隔監視していれば、間もなくガードマンが駆けつける。警察にも通報したかもしれない。なんにせよ拳銃は放置すべきではない。

　亜樹凪はへたりこんだ状態で項垂れていた。濡れた長い黒髪が垂れ下がり、うつむく小顔を覆い尽くしている。ブラウスが華奢な身体を浮きあがらせていた。半ば透けだしたロングスカートが、細く長い脚に貼りついている。蓮實はそちらに目を向けないようにした。

「雲英」蓮實は声をかけた。「だいじょうぶか」

　しばらくは無反応だった。亜樹凪の前髪から無数の雫が滴り落ちている。やがて亜樹凪の顔が少しずつあがった。端整きわまりない人形のような目鼻立ち。美少女が心細さに震えながら、間近にじっと見つめてくる。天使のように無垢で純粋な一方、どこか妖艶な面影も感じられる。それが女性に特有の色香だと蓮實が気づくまで、そう時間はかからなかった。

　蓮實は言葉を失った。心を奪われるとは、まさにこの瞬間のことかもしれない。泣き腫らした不安げなまなざしから目を逸らせない。

亜樹凪は蓮實に抱きついた。頬を寄せ、両腕でしっかりと抱き締めてきた。柔らかい感触が包みこんだ。

この少女の行動は耐えがたい恐怖のせいだ。いま引き離すのはあまりに冷たい。かといって亜樹凪の背に腕をまわすべきだろうか。亜樹凪は降雨の冷たさに震えている。わずかでも温めてあげるべきではないのか。

「先生」亜樹凪が蓮實の耳もとでささやいた。「怖かった」

なんらかの感情が胸のうちに生じる。蓮實は突っぱねようとした。教師として生徒を守ろうとしただけだ。それ以外になんの思いも抱いてはならない。

それでもいつしか蓮實は、亜樹凪の背をそっとさすっていた。濡れた髪をやさしく撫でる。当惑ばかりが深まる。よからぬ欲望を生じているのではないか。自分はそんな弱い意志の持ち主だったのか。

冷静さを保つべく、蓮實はうわずりがちな声を発した。「あいつらはいったい……？」

「わかりません」亜樹凪は離れようとせず、ただ涙声で告げてきた。「夏には別の暮らしがまってるって……。先生。わたし怖い」

「……警察が来たら事情を話そう」

「嫌」いっそう強い力が抱き締めてくる。亜樹凪はさらに小声になった。「わたしの部屋に連れて行ってください。凍えちゃう」

蓮實の戸惑いは深まるばかりだった。返答に迷いながら夜空を仰ぎ見る。激しい雨が蓮實の顔に降り注いだ。いまどんな境地にあるのだろう。真っ当な教師でありつづけるべきだ。だがそれ以前に、自分もひとりの人間にすぎない、そうも思えてくる。単なる意志の弱さなのか。正しいのはどちらだ。

2

午後三時すぎだというのに、教室のなかはぼんやりと暗い。このところ降りつづく雨のせいだった。窓の外にのぞく空は厚い雲に覆われている。体育館からは球技の音がきこえてくる。たぶんいくつかのクラスが体育の授業中なのだろう。きょう一年A組とB組の女子は、合同で保健の授業に切り替わっていた。

ぎりぎりで体育の中止が伝えられると、体操服で授業に臨むことになってしまうが、いまはそのかぎりではなかった。みな衣替え前の冬服姿だった。エンジとグレーのツートンカラー、リボンや肩飾りのついた、洒落た制服がすべての席を埋め尽くす。

杠葉瑠那もそのなかのひとりになる。授業中はきちんと背筋を伸ばし椅子に座る。小さな神社で育ち、巫女として働くための教育を受けた身からすれば、正しい姿勢の維持は習慣だった。

周りのクラスメイトたちはそうでもない。六時限目だけに頬杖をついたり、眠りこけたりする怠惰な態度がめだつ。瑠那はなんとも思わなかった。人はそんなに長く集中力を維持できない。部活で朝から忙しければ、この時間にはだれて当然だろう。

しかし生徒らのだらけぐあいは、時間のせいばかりでもなかった。教壇に立つのは身長百九十センチ超、屈強そうな体格を誇る三十歳前後の体育教師だが、なんだかうわのそらだった。蓮實は教科書を読みあげながらも、ずっと気が逸れているのがわかる。さっきから文章を読みまちがえてばかりだ。しかもその誤りに気づいていない。生徒たちはざわつきはしないものの、互いに妙な顔を見合わせている。

B組の学級委員、高杉理佐がおずおずと発言した。「先生。あのう……。さっきからコレストロールとおっしゃってるのは、コレステロールのことでしょうか」

蓮實が真顔を理佐に向けた。「そうだ。コレステロール。……先生はコレストロールといってたか？」

「あと、一日に必要なエネルギー量が標準体重かける三十カロリーだとか……。三十キロカロリーですよね？」

「……ああ。そうだよ。キロカロリー。いいまちがえたのなら訂正する」

誰も笑ったりはしない。沈黙だけがひろがった。理佐は気を遣っている。蓮實のまちがいはそれどころではない。高脂血症を高脂圧症、頻脈をフミャクと読んでいる。たぶん理佐は、ささいな誤りのほうを指摘することで、ほかのまちがいにも気づかせようとしたのだろう。けれども蓮實はなおもたどたどしく音読した。「食事の改善は、生活習慣病である肥満、高血圧、高脂圧症に……」

理佐が眉をひそめると、さすがに周りの女子生徒が苦笑を漏らした。けれども蓮實は、ぼうっとした面持ちのまま誤読をつづけるばかりだ。

チャイムが鳴った。生徒らが教科書やカンペンケースの蓋を閉じる。蓮實も言葉を切った。黙って教科書をカバンにしまいこむ。起立の号令がかかった。

瑠那は立ちあがった。一礼したのち、ストレートロングの黒髪を軽く掻きあげつつ、顔をあげる。蓮實と目が合った。しかし蓮實は特に気にしたようすもなく、ぶらりと教壇を離れていった。

ざわつきだした教室内に、瑠那はひとりたたずんだ。蓮實は半ば放心状態だったように思える。奥多摩の山中で、銃をまた手にせざるをえなかった、その反動だろうか。とはいえ瑠那については、さほど意識していないようでもあった。心はどこかほかに向いているのかもしれない。

A組女子が退室していき、B組男子が教室に戻ってきた。六時限目のあとは、休み時間を挟まずショートホームルームになる。一B担任の男性教師、四十代の江田が教卓についた。中間試験後の六月には体育祭があると江田はいった。二学期に文化祭と球技大会が予定されるため、日暮里高校の体育祭はこの時期の開催になる。

江田が妙に声を張った。「六月だからって雨天中止を望むんじゃないぞ。とはいえ先生も内心は、当日の土砂降りを望んでるが」

笑いを狙ったにちがいないが、教室は静まりかえっていた。滑ったのを自覚したらしい江田が、冗談だとやたら強調した。言葉を額面どおりに保護者に伝えられては困る、そう思ったからだろう。

やはり教師は敏感に生徒の反応を察する。蓮實も以前はそうだった。きょうの蓮實は絶対におかしい。

起立と礼を経てSHRは終わった。生徒たちが部活動や下校に散っていく。

女子生徒らが小さな塗料いりスプレー缶を手に、はしゃぎながら窓辺に寄り集まった。最近の女子高生の御用達、ミラー調スプレーだった。透明スマホカバーの裏側から噴きつければ鏡のようになる。可視光線反射率八十パーセントというから、ほぼ完全な鏡といっていい。

じつは瑠那も同じ物を持っていた。クラスメイトから貸してといわれることをひそかに望んだ。ことあるごとにカバンを開け、ちらちらとスプレー缶をのぞかせていたが、誰からも声はかからなかった。

瑠那はカバンを置いたまま机を離れた。特に別れの挨拶は交わさない。入学直後から発作で保健室に運ばれてばかり、早退も多かったせいで、いまだクラスに馴染めていない。寂しくはあるものの、いまだけは幸いかもしれなかった。誰にも注目されずに蓮實を追えるのだから。

廊下にでると、隣の一CもSHRを終えたところだった。生徒らが姿を見せるより早く、前方の引き戸を開け放ち、蓮實が足ばやに現れた。こちらに背を向け、さっさと廊下を遠ざかっていく。大柄な蓮實の後ろ姿は、生徒らに紛れても、けっして見失うことがない。瑠那は一定の距離を置き、蓮實についていった。

階段を一階に下りた。生徒の昇降口とは反対側、廊下沿いには校長室や職員室のドアが連なる。ここには生徒たちの往来はない。行く手には教職員と来賓用の玄関口がある。校舎内のほかの場所とちがい、ひっそりと静寂に包まれていた。蓮實の背が見えない。玄関から外にでたらしい。瑠那は歩を速めた。

広い靴脱ぎ場の手前で立ちどまる。ここだけ旅館のエントランスのようでもある。外に目を向けると、小雨がぱらつくなか、車寄せに日産エクストレイルが停車中だった。傘をさすのは蓮實だった。助手席に女子生徒が乗りこむのを手助けしている。女子生徒は三年A組の雲英亜樹凪だった。

亜樹凪が乗車するや、蓮實はそそくさと車外を迂回し、運転席へと向かった。こちらを振りかえりもしなければ、辺りに視線を配ったりもせず、ただあわただしくシートに身を沈めようとする。開いた傘がドアにひっかかり、閉じようと躍起になっている。

目も当てられないと瑠那は思った。あれでも特殊作戦群の出身だろうか。周囲を警戒するどころか、瑠那の存在にさえまるで気づかない。

凜香の声が間近で告げた。「まるで援助交際にうつつを抜かすパパだよな」

瑠那は振りかえった。ショートボブに丸顔、大きな瞳。制服は瑠那と同じ。一Cの優莉凜香が浮かない顔で立っていた。

「あ」瑠那はささやいた。「凜香お姉ちゃん……」

「学校では凜香って呼びなよ。まだ姉妹だって世間には知られてねえんだし」凜香は外を眺めた。なかなか発進しないエクストレイルの赤いテールランプが、断続的に明滅する。凜香があきれた声を響かせた。「シートベルトがうまく引っぱりだせなくて悪戦苦闘してやがる」

「なぜそんなに焦ってるんでしょう」瑠那はきいた。

「さあね。亜樹凪さんとこっそり逢い引きするにしちゃ、正門から堂々と出発なんて奇妙だし」

すると聞き慣れた男性教師の声が耳に届いた。「なにしてる」

三十代半ばで二Cの担任、数学Iの教師でもある石橋が歩いてきた。訝しそうに玄関から外を見やる。日産エクストレイルが徐行しつつ門をでていくところだった。石橋は瑠那と凜香の不審感に気づいたらしい。咳ばらいをしながら石橋が説明した。「蓮實先生は雲英さんを家に送り届けることになった。またちょっとした事件があったからな」

亜樹凪が不審な三人組に拉致されそうになった事件は、とうにニュースでも報じられていた。凜香が嘲笑に似た笑みを浮かべた。「家って。亜樹凪さんはひとり暮らしじゃん。そのままお泊まりコースなんてことは……」

「くだらんことをいうな」石橋が苛立ちをのぞかせた。「雲英さんは諸事情で保護者の送迎もままならないんだ。自衛隊出身の蓮實先生には適任じゃないか」

なおも凜香は煽るような口調をつづけた。「石橋先生。なんかイライラしてますね。妬いてるとか？」

「馬鹿いうな」石橋が踵をかえした。「世のなか物騒なばかりで、うちの生徒にも被害が及んで、迷惑極まりない。早く部活なり下校なりしろよ」

石橋は職員室に消えていった。瑠那は凜香と顔を見合わせた。もやもやした気分でふたり一緒に歩きだす。廊下を階段へと引きかえしていった。

階段を上りながら凜香がこぼした。「わたしもヤキがまわったかな。学校一の迷惑っていえば優莉家に決まってたのに、教員にスルーされる日が来るなんてさ」

瑠那は凜香に歩調を合わせた。「凜香お姉ちゃん……凜香さんは、真面目に通学してるのを評価されてるんですよ」

「刀伊の親父が訴えるとか息巻いてたのに？　一時は週刊誌でもフルボッコ。優莉の四女が高校入学早々やらかしたって」

「でも世間じゃ、凜香さんの勇気を称える声のほうが大きくて……。わたしも嬉しかったです」

凜香が顔をしかめた。「不起訴に終わったのはラッキーだったけどさ。瑠那の本性を知ってたら助けなかったよ。自分でなんとかできたろ」

いじめっ子を撃退してくれた凜香に、瑠那は少なからず尊敬の念を抱いていた。後先考えず行動に移しがちなのは、冷静とは呼べないかも知れないが、少なくとも妹の身を案じてくれた。

もっとも、入学後にふたりが経験した事態は、いじめどころの騒ぎではなかった。女子高生連続失踪（しっそう）暴行致死事件の真相をまのあたりにした。主犯を殺害したのはほかならぬ瑠那だった。

階段を上りきり、ふたり並んで廊下を歩いた。瑠那は思いのままをつぶやいた。

「ふつうの女子高生になりたい」

「ほんとそれ」凜香がため息をついた。「馬鹿な親父のもとに生まれたせいで、ちっともまともな人生を歩めねえ。知りたくもねえ世の裏の裏まで見えちまって困る」

「見たからにはほうってもおけませんしね……」

「だからっていまはなにもできねえだろ。坂東のおっさんにも、勝手な真似するなって釘（くぎ）刺されてるし」

矢幡（やはた）元総理は行方不明のままだった。評判が悪い現政権も、野党の力のなさゆえか存続し、経済と治安は悪化の一途をたどっている。不穏な空気がこの国を包みこみつつある。けれどもいちおう一介の女子高生である身には、取り立てて行動を起こす謂れがない。実際なにが起きているかもわからない。かといって高校生活に没頭しようにも、周りから浮いた存在なのは否めない。瑠那は白眼視され敬遠されていた。いままでの発作は仮病だったのかと揶揄する声もあるようだ。

本当はすべてをぶちまけて楽になりたい。しかしそうしたのではたちまち家裁送りだろう。戦火のなかを生きるのが当然だった幼少期に区切りをつけたい。そのように切望しようとも現実は非情だった。ふつうの女子高生なら見えないはずの暴力沙汰を目にしてしまう。いちど真実を知ったからには、黙って見過ごすわけにもいかない。

凜香が問いかけてきた。「最近ぐあいは？　頭が痛くなったりしない？」

「だいじょうぶです。おかげさまで全然平気」

「夏休みには巫女学校へ行くんだって？」

「儀式の作法だとか、巫女舞を習う夏期限定の講習みたいなものです」瑠那は一Bの引き戸を入った。教室内にはもう誰もいない。瑠那はいった。「今後のためにも学んでおきたいので」

「へえ」凜香も教室に入ってきた。「じゃ神社を継ぐつもり？」

「ずっと先はわかりませんけど、とりあえずいまは義父母を支えたくて」

「真面目だねぇ。巫女稼業ばかりじゃなくて、息抜きするのも大事だろうに」

「息抜きならしてます。きのうも防衛省の古いデータをハッキングしてました」

「ふつうの女子高生の趣味じゃねえよな。自分で理想形から遠ざかってるだろ」

「なかなか面白い発見があるんです。シビック政変より前ですけど、自衛隊から雲英製作所に戦術中性子爆弾開発の極秘依頼が……」瑠那は言葉を切った。ふと注意を喚起され、自然に足がとまる。

　瑠那の机の上に、見慣れない赤い封筒が置いてあった。筒型ではなく洋風の横長封筒だった。ほかの机に同種の物は見当たらない。ゆっくりと歩み寄る。封筒には〝設問Z〟と記してある。活字のように丁寧な字だが手書きだった。

　凜香が妙な顔になった。「なんだそれ。瑠那の?」

「いえ」瑠那はそっと手を伸ばした。軽く爪で弾き、重さを推し量る。ごく軽い。便箋一枚入っているとは思えない。

　封筒を持ちあげた。封はされていなかった。蓋を開きひっくりかえすと、切手大のメモリーカード一枚が転がりでた。

瑠那の住む家は小さな神社を兼ねている。社務所と連結された二階建てが境内にあった。そんな阿宗神社は江東区西部、古い住宅街の奥深くに存在する。

ここから墨田区方面に上れば、がらりと様相が変わり、瀟洒な街並みがひろがる。雲英亜樹凪のタワマンもその辺りにあるため、阿宗神社からそう遠くはないが、瑠那は訪ねたことがなかった。亜樹凪と蓮實の仲が気になるものの、きょうも立ち寄るつもりはない。雨の降りしきる夕方を、まっすぐ阿宗神社の自宅に帰った。凜香も同行している。

社務所の和室にふたりで籠もった。巫女として事務仕事をする部屋でもある。畳の上に正座すると、ノートパソコンを卓袱台の上に据え、スロットにメモリーカードを挿しこむ。メモリーカードの中身をたしかめるためだ。

3

ふたりともまだ制服のままだった。凜香は瑠那のわきで座布団に腰を下ろした。

「帰ったら巫女装束に着替えるわけじゃないんだね」

瑠那は苦笑した。「義父母はでかけてますけど、わたしは行事も儀式もないですし、雨天なので外の掃き掃除もしませんし」

パソコンが起動すると、メモリーカードのプログラムが自動的に立ちあがったらしい。ブラウザが開いた。なんらかのアプリが無線LANを通じ、インターネットに接続したようだ。

「おっと」凜香が真顔になった。「やべえ。ネットにつながっちまったか」

コンピューターウイルスを流しこまれたとしても、このノートパソコンにはさして重要なデータが入っていない。端末の位置を特定されるのを危惧する必要もないだろう。学校で瑠那の机にメモリーカードを置けるのなら、自宅の住所などとっくに突きとめている。

開いた画面は英語だった。表やグラフをびっしりと数字が埋め尽くす。イギリスの競馬場のオッズ表に似ていた。ただし小さく掲載された画像は、なんとも奇妙なことに、日暮里高校の校舎の外観だった。

凜香が頓狂な声を発した。「なんだこれ？」

「……ブックメーカーですね」瑠那は応じた。「ネバダ州のスポーツバーでは、いろんな試合を観戦しながら賭けるので、こういう画面がモニターに大きく表示されます。アメフトからサッカー、野球、オリンピック競技まで多種多様です」

「なんでうちの学校が載ってる？」

「"Nippori High School:Sports Day"とあります……。六月に開催される体育祭でしょう」

「はぁ!? うちの学校の体育祭が、海外ブックメーカーの賭けの対象になってんのかよ」

たぶんそうだろう。競技の種目が羅列されている。一〇〇メートル走、クラス対抗リレー、騎馬戦、綱引き、玉入れ、棒倒し、障害物競走。なんと応援合戦や教員選抜競技まで含まれている。一覧の数値はブックメーカーの設定する配当率だった。パリミュチュエル方式のオッズとは異なる。

NUMBER OF PARTICIPANTSに168,492とあり、さらに増えていく。表示が正しければ十七万人近くがアクセス中だった。

瑠那はマウスを操作し、画面を下端までスクロールさせた。「イギリスのブックメーカーではプロ競技のほか、大学スポーツも取り扱ったりしますけど」

「だからって日本の公立高校の体育祭なんか……。まだ誰がどの種目にでるのかもきまってねえのに」

「出場者予想も賭けの素材になってます。体育祭の数日前にいちど配当があってから本戦です」瑠那は思わず唸った。「シンガポールやカナダ、イギリスでブックメーカーは合法ですが、胴元の営業は免許制か認可制です。なのにこのサイトには公認マークがありません」

「非合法だってのか。闇カジノみたいに？」

「ええ。まともな運営でないのはたしかです」瑠那は画面表示されたボタンのひとつにカーソルを合わせた。「パリミュチュエル方式にも切り替えられるみたいです」

マウスをクリックすると、別のウィンドウが開いた。今度の一覧表には、生徒ひとりずつの顔写真が小さく掲載され、そのわきに英語でフルネームとクラス、身長と体重、出場種目予想と勝敗予想のオッズが並んでいた。表示は男女別で、上から人気順だとわかる。女子の最上段、一番人気の生徒は、ほかならぬ優莉凜香だった。配当の倍率は最も低い。それだけ勝って当然だと予想されている。

凜香が大仰に顔をしかめた。「学生証の写真じゃねえか。学校側もグルか？」

「そうとはかぎりません。どの学校でも生徒名簿は流出しがちです。身長と体重は四月の健康診断の結果でしょう。半ば反社の名簿業者に頼めば、これぐらいは揃います」

「勝手に出走馬みたいに扱われて、一番人気に祭りあげられてもな。体育の授業じゃ、わざと手を抜いてるんだけど……。わたしの素性を知る誰かのリークかな」

瑠那はいった。「凜香さんの運動神経のよさは、もう学校じゅうが知ってると思いますよ。刀伊一派を叩きのめしたんですから……」

「あー、そっか。腕力や敏捷さはお披露目済みだった。そうするとこのブックメーカーは、かならずしも内情に詳しい奴のしわざともいいきれねえわけか」

「でもどうしてうちの学校なんでしょう」瑠那はもういちど画面を下方にスクロールさせた。おびただしい数の生徒全員が網羅されているようだ。やがて最下段に行き着くと、そこには瑠那の顔写真があった。ため息とともに瑠那はつぶやいた。「わたしの勝率は最下位のようですね。棄権の可能性が高いともあります」

凜香が難しい顔になった。「やっぱり胴元は瑠那の正体までは知らねえのか。学校を外から見張って情報収集しただけかな」

「あるいは学校関係者から伝えきいたデータに基づいてるのかも……」

スマホのバイブ音が響き渡った。パソコンの傍らに置いた、瑠那のスマホの画面が点灯している。非通知の番号から電話が着信していた。

瑠那は応答ボタンをタップし、すぐにスピーカーモードに切り替えた。あえてこちらからは言葉を発さない。黙ったまま先方の発声をまった。

やがて野太い声が告げてきた。「設問Zを確認したか」

ボイスチェンジャーの音声だった。元の声が男か女か、まだ判断がつきかねる。瑠那は油断なく応じた。「設問の意味が不明です」

「そこにあるように、日暮里高校の体育祭は賭博の対象になっている。渡したメモリーカードは、そのサイトにアクセスするための暗号をおさめたキーだ」

「無関係の団体が勝手に賭けに興じようと、こっちにはなんの関係もないと思いますが」

「本当にそうか？　女子生徒のなかで優莉凜香はダントツの一番人気だ。出場種目はすべて凜香の一位が確実だろう。しかし賭けというのは常に大穴を狙う者たちがいる。連中が大金をつかもうとすれば、どんなことが起こりうる？」

瑠那は無言で凜香を見つめた。凜香も険しい目つきで見かえした。

なにを主張しているかは理解できる。瑠那は電話の相手に問いただした。「凜香さんが危険な目に遭う可能性を示唆してるとして、あなたの意図はなんですか。脅しですか、警告ですか」

「それを含めての設問だ。ちなみにそのメモリーカードはコピーできない。一枚しかないから、なくさないように注意しろ。健闘を祈る」通話が切れた。ビジー音がせわしなく反復し、ほどなく途絶えた。スマホの表示はメニュー画面に戻った。

しばし陰鬱な沈黙がつづいた。凛香がきいた。「二番人気や三番人気は誰だった？」

瑠那はオッズ表をふたたび最上段までスクロールさせた。トップの凛香を除き、上位組は三年生ばかりだった。二番人気は三Bの富坂麻緒。陸上部のエースとして全国大会に出場経験を持つ。三番人気は三Cの藤原瑞樹で、女子バスケ部の部長を務め、都のウィンターカップで準優勝をおさめていた。ほかにも三年生の体育会系が上位組に名を連ねる。一年生で帰宅部の凛香は例外中の例外といえそうだ。

表示された数値に目を走らせる。瑠那のなかに緊張が生じた。「富坂さんも藤原さんも、凛香さんほどじゃないですが、オッズはかなり低めですね」

凛香が鼻を鳴らした。「わたしが棄権に追いこまれたとしても、二番人気や三番人気が繰りあがるだけじゃ、大穴にはなれねえってことだよな。上位組を根こそぎ排除するつもりか？」

「そんな露骨な妨害工作があるでしょうか？　プロ競技ならともかく、高校の体育祭なら中止もありえます」

「だよな……。中止になっちゃ賭博も成立しねえだろうし」

胴元はどこの団体だろう。さっきの電話も何者だったのか。ブックメーカーの運営者が、賭けの対象にわざわざ情報をリークするとは思えない。設問Zとはどういう意味なのか。なぜ凜香ではなく瑠那に接触してきたのだろうか。

凜香が腰を浮かせた。「でるかどうかもわからねえ体育祭のことなんて、心配したって始まらねえな。帰る」

瑠那は不安とともに見上げた。「ひとりで帰ってだいじょうぶですか」

「なにいってんの?」凜香は苦笑いを浮かべた。「わたしたちの糞親父が経営してた六本木の店じゃ、大相撲や高校野球の賭博なんて日常茶飯事だったよ。日暮里高校も、優莉の四女がいじめっ子に暴力って報道のせいで、ちょっと名があがったからな。賭けの時事ネタにちょうどよかったんだろ」

「だけど」瑠那はあわてて立ちあがった。「これはたぶん国際裏社会のオンライン賭博です。賭け金も莫大だと思います。妨害があるとしたら、けっして油断できないレベルでしょう」

凜香は笑いながら廊下にでていった。「人気者はつれえな。心配ないって。誰か襲ってきたら返り討ちにしてやんよ」

胸騒ぎを禁じえない。瑠那は凜香を追いかけた。「きょうは泊まっていったら……」

「大げさだって。帰るのが遅いと施設長がぶち切れるからさ。その前に弘子んとこにも寄りたいし」

「でも凜香お姉ちゃん……」

靴脱ぎ場に着いたとき、引き戸の外に物音がした。びくつくほどではなかった。磨(す)りガラスから透けて見える人影から義父母だとわかる。

解錠の音が響き、引き戸が横滑りに開いた。氏子の家からの仕事帰り、斎服姿の義父母が入ってきた。義父の杠葉功治(こうじ)が目をぱちくりさせた。「ああ、優莉さん。来てたんですか」

凜香は靴を履いた。「お邪魔しました」

瑠那の義母、芳恵(よしえ)が穏やかに引き留めた。「夕食を一緒にしていったら？」

「いえ。ありがとうございます。でも門限があるんで」凜香は戸口の外にでると、瑠那を振りかえった。「じゃ、またあした学校で」

傘をさした凜香が境内の暗がりに消えていく。瑠那は見送るしかなかった。「気をつけて」

義父母にのぞく戸惑いに瑠那は気づいていた。いちど失踪(しっそう)した瑠那が帰ってきた翌日、奥多摩に女子高生失踪暴行致死事件の拠点があった、そんな報道が全国を駆けめぐった。凜香がなんらかの行動にでたことは明白だった。そのうえ義父母は、瑠那の実の両親が誰だったかを知っている。ただし胎児のころの生体実験、それに中東の戦場で育ったことは、想像すらしないはずだ。奥多摩にいたテロリストたちを皆殺しにした事実も。

芳恵がきいた。「瑠那、食事にする?」

声の響きに多少のぎこちなさがある。瑠那は微笑とともにうなずいた。「着替えたら手伝いますから」

4

蓮實は独身のため、急いで帰る必要がなかった。夜八時すぎ、いったん雲英亜樹凪の住むタワマンをでて、クルマでコンビニに買いだしにでかける。このところは日課になっていた。しかもその時間がだんだん遅くなってきている。

来客用の駐車場に日産エクストレイルを停め、エントランスのオートロックで亜樹凪を呼びだす。室内にいる亜樹凪の遠隔操作で自動ドアが開くと、蓮實はロビーに入った。エレベーターホールにはほかに誰もいない。

上りのエレベーターに乗りながらぼんやりと思った。教師にあるまじき行為に見えつつあるのではないか。事実の断片だけ切り取られ報じられたら、きっと世間はふたりの関係を怪しむだろう。けれどもこの行動にはれっきとした謂れがある。

初めて亜樹凪をこのタワマン前に送ったとき、彼女はなかなかクルマを降りようとしなかった。蓮實の腕をつかみ、部屋の前まで来てくださいませんか、不安げにそう懇願してきた。亜樹凪のてのひらは冷えきり、絶えず震えていた。

建物内に何者かの待ち伏せがないともかぎらない。蓮實が同行するのは理にかなっている。部屋の前までならと念押ししたうえで、蓮實はエンジンを切り、亜樹凪と一緒に車外にでた。

初日は約束どおり、二十六階にある亜樹凪の部屋のドア前で引きかえした。しかし翌日、亜樹凪はなかに入ってほしいといった。人が潜めそうな場所がいちいち怖い、そんなふうにうったえてきた。

担任ですらない教師が、女子生徒の送迎に止まらず、部屋にまで立ち入るとは問題がある。だからといって突き放したら、亜樹凪はショックを受けるかもしれない。なにより本当に襲撃者が隠れていたらどうする。部外者が鍵のかかった室内に侵入する手段は無数にある。いっさいの痕跡を残さず潜伏可能だ。亜樹凪をひとり部屋に残した結果、惨劇が発生したのでは悔やんでも悔やみきれない。

蓮實は一緒に室内に入った。３ＬＤＫの間取りは、亜樹凪ひとりで住むには充分すぎるほどの広さで、家具や内装も高そうだった。部屋の隅々まで詳細に調べ、なんの問題もないとわかると、蓮實は帰ろうとした。ところが亜樹凪が背後から抱きついてきた。蓮實の背にすがりながら、行かないでくださいと泣きだした。

当惑を通り越し、蓮實のなかには動揺があった。誤解を受けると説得したが、亜樹凪はききわけがなかった。しだいに苛立ちが募りだしたものの、叱りつけるのは好ましくないと感じた。ひとまずその日は、戸締まりに気をつけるようにいってきかせ、蓮實は強引に退室した。

翌日も亜樹凪を送迎せねばならなかった。きのう室内を調べたからといって、きょう潜伏者がいないとはかぎらない。よって蓮實はまた亜樹凪と一緒に部屋へ行き、隅々まで確認するのを余儀なくされた。すると亜樹凪はふたたび蓮實を引き留めてきた。

今度の説得は長引いた。亜樹凪が両手で顔を覆い、肩を震わせ涙声でいった。ひとりでは眠れないんです。

半ば取り乱しながらも、なんとか亜樹凪を説き伏せ、蓮實はタワマンをあとにした。クルマを運転し帰路についたとき、冷や汗をかいているのに気づいた。なぜこんなに冷静さを欠くのだろう。判断に自信が持てなくなってきた。

その翌日、マンション前に着くと、亜樹凪はひとりクルマを降りた。あきらめ顔で亜樹凪はささやいた。先生、迷惑をかけてしまって、本当に申しわけありませんでした。明日からはひとりで帰りますから。あっさりとエントランスへ立ち去ろうとする亜樹凪を、蓮實は茫然と見守った。気づけばクルマを降り、亜樹凪を追いかけていた。心配だから部屋まではつきあうよ、蓮實は亜樹凪にそう告げた。

室内の確認を終えたのち、亜樹凪が静かにダイニングテーブルの椅子を引いた。お茶をお淹れしますからお掛けください。先生に相談したいことがあって。茶だけなら断れるものの、相談を持ちかけられたのでは、教師として無下にできない。蓮實は話をきかざるをえなかった。

亜樹凪は家庭の内情を打ち明けてくれた。雲英製作所の社長を務めていた父親は、家庭を顧みない冷たい人物だった。母も父に迎合していた。経済的には恵まれていても、愛情のない両親のもとに育った。ホンジュラスで死を覚悟したとき、あの家庭に戻らずに済む、そう思うと少しは気が楽になったという。

雲英健太郎はシビックに与していた。グループの各企業はシビックの歯車でしかなかった。そんな実態を知ればこそ、亜樹凪の感じた孤独感は本物にちがいない、蓮實にはそう思えた。

犯罪組織マラスに攫われた亜樹凪は、コルテス港から密輸船で日本に運ばれた。船上では暴行が繰りかえされたらしい。亜樹凪は大粒の涙を滴らせ、当時のことを少しずつ打ち明けた。不憫で仕方なかった。女性教師が相談に乗ってくれる、蓮實はそう励ましたが、亜樹凪は首を横に振った。大人は誰も頼りにできません。蓮實先生じゃなきゃ駄目なんです。強くてやさしい蓮實先生でないと。

いつしか亜樹凪は蓮實の手を握っていた。蓮實は拒絶しなかった。これは不幸な女子生徒を想ってのことだ、教師としての生き方からはみだしてはいない。自分にそういいきかせた。

ひとり暮らしの亜樹凪は、ふだん自炊していたようだが、このところ食材を切らしぎみだとわかった。デリバリーを頼むのは適切ではなかった。誘拐犯が配達員に化けることはよくある。以前に亜樹凪が襲撃を受けたとき、夏には別の暮らしがまっている、フィリピン系の犯人がそう告げた。七月か八月までに、今度こそ拉致しようと全力で襲ってくる可能性があった。当面はけっして気が抜けない。

よって蓮實は亜樹凪を送り届けたのち、コンビニへ買いだしに行くのが日課になった。そもそも独身の蓮實は夕食をどこで摂ろうと同じだった。ほどなく亜樹凪の部屋で一緒に食事をするのが習慣化した。

だんだん距離が詰まっていくことに当惑をおぼえる。と同時に昂揚する気分を拒みえない。十代のように心が弾む側面を、みずから否定できずにいる。亜樹凪があまりに魅力的だからか。いや教師たるもの邪な考えにとらわれるべきではない。生徒を守っている。女子高生失踪暴行致死事件の真相を知る蓮實は、警察にまかせる気になれなかった。いまや司法にも反社会的な陰謀が渦巻いている。亜樹凪が蓮實を頼りたがるのも当然かもしれない。

蓮實は二十六階でエレベーターを降りた。ふいにあわただしい動きを目にした。通路を駆けてきた黒ずくめの三人が階段に飛びこんだ。大慌てで転げ落ちるように階段を下っていく。

小柄な体形に見覚えがある。フィリピン系の三人にちがいない。追うべきではないと蓮實はとっさに判断した。亜樹凪が心配だった。蓮實は通路を走りだした。

亜樹凪の部屋の玄関ドア前に着いた。慎重に把っ手を引くと、施錠はされていなかった。蓮實はなかに踏みこんだ。

廊下が散らかっている。あえて土足であがった。買い物袋を床に下ろす。足音を立てないよう静かに歩を進める。LDKをのぞく。やはり室内が荒らされていた。警戒心が募ってくる。蓮實はひと部屋ずつ、人の気配がないのをたしかめつつ、ゆっくり奥へと歩いていった。廊下の最深部のドアを開け放った。

ひっ、と亜樹凪がうわずった声を発した。寝室の大きなベッドの上で、亜樹凪は半身を起こし、怯(おび)えた表情で蓮實を見つめていた。両手のなかには、なんと拳銃(けんじゅう)があった。銃口はこちらに向いている。全身が尋常でなく震えていた。撃つ気がなくともトリガーを引いてしまいそうだ。

蓮實は片手をあげ制した。「落ち着け、雲英。先生だよ」

「……ああ」亜樹凪の目に大粒の涙が膨れあがった。なおも震えがおさまらない。亜樹凪は熱にうかされたかのようにささやいた。「先生。蓮實先生……」

「そのままだ。じっとしてろ」蓮實は亜樹凪を刺激しないよう、緩慢な動作を心がけながら、徐々に距離を詰めていった。

亜樹凪の持つ拳銃に手を伸ばすには、蓮實もベッドに上らねばならなかった。シーツに両膝(りょうひざ)をつき、ほぼ四つん這(ば)いの姿勢でそっと近づく。銃を下ろすように呼びかけるのは逆効果だ。気が動転している亜樹凪は、どの筋肉を動かすべきか、おそらく自分でもわからなくなっている。

いつも蓮實が買いだしに行っているあいだ、亜樹凪は私服に着替える。いま亜樹凪はカーディガンにスカート姿だが、きちんと着ておらず半裸に近かった。襲われたのだろうか。いや、おそらく亜樹凪の着替え中に、さっきの奴らが飛びこんできた。亜樹凪は拳銃を枕の下にでも隠していたにちがいない。とっさにベッドに乗り拳銃を向けた。よって三人が逃走したと考えられる。

敵意がないことをしめしつつ、蓮實は亜樹凪に手を差し伸べた。銃口はなおも逸れない。亜樹凪と目が合うや、蓮實はすばやく拳銃を上からつかんだ。雲英製作所のオートマチック拳銃、ヤマカゼ9P。九ミリ口径で小ぶりだが、亜樹凪の手にあると大型に見える。スライドが後退しないよう、しっかり掌握してしまえば、トリガーを引き絞ることもできない。

亜樹凪はあっさりとグリップの握力を緩めた。蓮實は拳銃をひったくった。すると亜樹凪は両腕で蓮實に抱きついてきた。仰向けに寝る亜樹凪に対し、蓮實は覆いかぶさるように引き寄せられた。

泡を食うとはまさにこのことだった。蓮實はもがいたが、亜樹凪はいっこうに離れようとしない。顔を近づけるばかりか、頰をぴたりと寄せてくる。恐怖が醒めないらしく、尋常でない震えが伝わってくる。吐息も蓮實の耳もとに吹きかかる。甘酸っぱさをともなう、なんともいえない上品な香りが漂う。

「まて」蓮實は必死に亜樹凪の手を振りほどいた。「ちょっとまて、雲英。離れろ」

ようやく亜樹凪から逃れた蓮實は、必死にベッドを降りた。しかし亜樹凪は猫のように四つん這いにベッドの上を進んでくると、蓮實の近くで俯せに横たわった。すがるようなまなざしを上目づかいに向けてきた。

　蓮實はうろたえがちな自分を律しながら、手もとの拳銃に視線を落とした。マガジンを引き抜く。実弾がおさめてあった。スライドを引き、薬室に装塡済みの一発も排出する。腹立たしさとともに蓮實はきいた。「どこでこんな物を」

「……父の遺品のなかにありました」亜樹凪がわずかに身体を起こした。「身を守るために持っていなさいって、手紙が添えてあって」

「法に反してる。拳銃所持なんか認められない。警察沙汰になるぞ」

「通報するんですか……？」

　亜樹凪はまだベッドに俯せのままだった。スカートの裾がまくれあがり、太腿まであらわになっている。蓮實はそちらに目を向けまいとしたが、亜樹凪の顔も直視しづらい。誘うような瞳に、吸いこまれそうになる唇。もともと美少女だが、十八にもなると大人の色香が備わってくる。乱れがちな髪がまたセクシーさを匂い立たせる。

視線を逸らしながら蓮實は問いかけた。「ほかに銃や弾は？」

「あります」

「よくないな。どこにある？　先生が全部預かる」

「全部ですか？」亜樹凪は不安な面持ちになった。その目が蓮實の足もとを見下ろす。

ふいに微笑を浮かべ亜樹凪がいった。「先生。靴」

「あー、すまない」蓮實は足を浮かせ、片手で左右の靴を順次もぎとった。「緊急事態だと思ったから」

「いつもわたしの安全を気にかけてくださるんですね。嬉（うれ）しい」

「……生徒だからな。当然だよ」

亜樹凪は悄（しょ）げた表情に転じた。「これから警察に行くんでしょうか」

「いや」通報すべきだろう、そう思いつつも蓮實は逆のことを口にした。「亡きお父さんのせいでもあるし、このことは先生が処理する」

「わたしが拳銃を持たずにいて……。今後もだいじょうぶでしょうか」

思わず言葉に詰まる。じっと見つめてくる亜樹凪の目に、また心もとないいろが浮かびだした。

　きょう拳銃が黒ずくめの三人を追い払った。蓮實が飛び道具をとりあげたら、亜樹凪が侵入者に対処できなくなる可能性は高い。亜樹凪に万が一のことがあったら、すべては蓮實の責任になってしまう。

日本では特殊な武器に思われがちな銃も、アメリカではスーパーマーケットで買える。人類にとって普遍的な護身用のツールといって過言ではない。たしかにこの国では違法だが、すでに蓮實も奥多摩で禁を破っている。大勢の命を救うためにはやむをえなかった。法の遵守を原則としようにも、いまや国家にきな臭い動きがある。個人がみずから防衛する以外に道はないのではないか。まして雲英亜樹凪は重要人物だ。何者かに付け狙われている。

蓮實のなかにはまだ迷いがあった。一般論など通用しない。「雲英。拳銃を撃ったことはあるのか」

「何度かは……」

「あんなへっぴり腰じゃ狙いはさだまらない。かえって危険だ。襲撃者に間合いを詰められたら、たぶんきみは怖じ気づいて、あっさり銃を奪われてしまう」

「どうすればいいんでしょうか」

「射撃は練習あるのみだが……」

亜樹凪が顔を輝かせた。「先生が教えてくださるんですか」

じれったさがこみあげてくる。蓮實は片手で頭を掻きむしった。「祭りの射的とはちがう。闇雲に銃を撃つ訓練を重ねればいいってもんじゃないんだ。必要な筋肉を鍛えなきゃならない。体幹トレーニングから始めるべきだ。銃以外にも護身術をおぼえないと」

にわかに亜樹凪が笑顔になり、ベッドから跳ね起きると、蓮實に駆け寄ってきた。

「指導してくださるんですね！　嬉しい。わたし、どうなるかと心配で……」

また涙声になった亜樹凪が抱きつき、蓮實の胸に顔をうずめてくる。心臓の高鳴りを悟られまいとしても、おそらくもう無理だろう。蓮實は途方に暮れながら立ち尽くした。

だがしだいに困惑とは別の感情が頭をもたげてくる。生徒を守る、そんな教師としての義務を果たす一方、男として女に頼られることを、なぜ否定せねばならないのだろう。体力と精神力を鍛え、日々成長してきた証ではないか。

「先生」亜樹凪が強く抱き締めてきた。「わたしは先生が好きです」

意味を深く問いただす気になれない。自分の意に沿わない返答をききたくないからだ。好意を抱かれていると信じたい。それが亜樹凪の身を守ることにもつながる。すべては亜樹凪のためだ。

蓮實は今度こそためらいなく亜樹凪の腰に手をまわした。ふたりの身体はひとつになったかのように密着した。なにもかも教えてやる、蓮實はひそかに決心を固めた。徹底的に鍛える。亜樹凪がたったひとりでも生き延びられるぐらいに。

5

瑠那は父親についての記憶がない。優莉匡太の子供だという自覚もほとんどない。それでも日本の裏社会には馴染みがある。小さな神社でもときどき、日本刀を奉納したいという申し出があるからだ。安産を御利益とする阿宗神社では、よりふさわしい神社を紹介するのが常だが、いますぐ預けたいという強弁に、義父母が押しきられたりもした。ヤクザが銃刀法違反の摘発から逃れねばならない一方、組に代々伝わる宝を容易に捨てられないと悩んだ結果、神社への奉納が最善の落としどころになるようだ。

切断した小指の奉納や、重傷を負った組員への祈禱など、暴力団関係者による駆けこみ依頼は少なくない。とはいえ義父母が本気で脅されたことはない。そうなる前に、度を越して凄んでくるヤクザに対しては、瑠那がひそかにお灸を据えてきたからだ。ついでに組事務所の内情も少しずつききだす。おかげで違法賭博についてもそれなりに知っていた。

違法賭博といえばまず高レート雀荘、次に闇カジノが挙げられる。ただし闇カジノが雑居ビルやマンションの一室にあるというのは、ほぼ漫画の世界だった。暴力団員がカジノの備品を搬入して、警察に目をつけられないはずがない。室内は証拠品だらけになるし、リスクが大きすぎる。

よって暴力団の系列会社は、渋谷や新宿の繁華街で、堂々とカジノ風ゲームセンターかカフェを経営する。内装はラスベガスのごとく豪華絢爛で、バカラやルーレットのテーブルがあるものの、あくまで雰囲気だけを楽しむ店という建前になる。朝から夕方まで営業するが、客はチップを換金できない。メダルゲームと同じく、増えた減ったと喜ぶだけに止まる。

しかし夜になると闇カジノに変貌する。店先はクローズし、看板も消灯するが、裏口から出入りできる。

むろんカジノ風ゲーセンやカフェのすべてが闇カジノというわけではない。実態が闇カジノかどうかは、昼間の経営状態でおおよそ見当がつく。物件の高そうな立地で、昼間は閑古鳥が鳴いていれば、別の収入があるとわかる。

渋谷の道玄坂にあるカタカラビル二階、カジノバー〝ヨンドル〟もそのひとつだった。食べログによれば、ランチもさして美味しくなく、いつもガラガラだという。カードやルーレットのテーブルは飾りでしかなく、遊ぶ客を見たことがないともある。

夜七時すぎ、瑠那は日暮里高校の制服姿のまま、道玄坂に足を運んだ。渋谷駅ハチ公口前から目黒区方面へ向かう、緩やかな上り坂にはクルマが渋滞し、歩道に会社帰りのサラリーマンやOLがあふれかえる。

瑠那はカタカラビルの外階段を上り、無人状態の二階バルコニーに足を踏みいれた。カジノバー〝ヨンドル〟の看板に明かりは灯っていない。脇にある通路を奥へと入っていく。

切れかけた蛍光灯が明滅しながら、暗い通路をおぼろに照らす。壁に鉄製のドアがあり、その前にスーツの男がひとり立っていた。ドアの上にドーム型監視カメラの設置が確認できる。

男の近くまで来た。髭面の三十代が鋭い目で見下ろす。野太い声で男がきいた。

「なにか用か」

「食事したいんですけど」

「六時半で閉店だ。もう誰もいない」

「話し声がきこえます。ルーレットの音も」

「貸し切りなんだよ」

「誰もいないんじゃなかったんですか」

　髭面の男は苛立たしげに手を伸ばしてきた。「さっさと消えねえと……」

　女子高生が大の男を殴ったり蹴ったりして、充分なダメージをあたえられるはずがない。引き締まった筋肉の密度が、異常なほど発達させられた瑠那にしても、その点は例外ではなかった。体格で劣るぶんだけ、助走やテイクバックが必要になるし、それだけのタイムラグが生じる。ゆえに瞬時の打撃には威力を発揮できない。けれども握力にかぎれば問題なかった。それも手の構造を知れば、梃子の応用により、最小限の力を加えるだけで目的が果たせる。

　伸びてきた男の手に対し、瑠那は上方から覆うようにてのひらを這わせ、中指と薬指をつかんだ。鍛えて分厚い手になろうと虫様筋はさほど変わらない。手根骨のＭＰ関節を軸に、二本指を逆方向に強く折る。

　硬い物に亀裂が入るような音がした。男の二本指が不自然に手の甲に密着する。絶叫を発した男が手を押さえながら両膝をつく。洒落にならないぐらいの激痛だが、骨折はしていない。ＭＰ関節の脱臼でしかない。

　ドアは施錠されていた。うずくまった男の腰に鍵束がぶらさがっている。それをもぎとり、鍵を次々に鍵穴にあてがう。合致した鍵をひねり解錠した。

　渋谷駅近くではテナント料も高い。店舗内に無駄な空間を設けられない。ドアの向こうは遮光カーテンで、それを割ると目の前がもう店内だった。照明の光量は落としてある。思いのほか大勢の客がひしめきあっていた。バカラのテーブルに人だかりがしている。ルーレットやビリヤードも人気だった。ダーツもこの時間には高レートの賭博と化していた。

　見たところ客の顔ぶれは、いたってふつうのサラリーマンやOLばかりだ。闇カジノは呼びこみをしないときいた。客はジャンケットと呼ばれる誘い屋の紹介で連れてこられる。ジャンケットはホストやキャバ嬢が多く、店とはグルで、一定の紹介料をもらう。路上の客引きがない以上、さっきのように少々手荒な方法で入店するしかなかった。

　外のようすは監視カメラで観ていたのだろう。より屈強そうな男たちが瑠那を取り巻いた。客はみなゲームに熱中し、こちらには目もくれない。

　もとより瑠那は周囲に助けを求める気などなかった。いささかも動じることなく瑠那はいった。「オーナーさんに会いたい」

　さほど広くない店内で、揉めごとや小競り合いを起こしたのでは、客たちの退店につながる。通報されるわけにもいかない。制服の女子高生をつまみだせば、外の誰かの目にとまる可能性もあった。反社の群れもそれぐらいの判断はつくらしい。瑠那はドア一枚を隔てたオフィスに通された。ただし鬼のような形相の男たちが、なおも瑠那ひとりを囲みつづける。いつでも袋叩きにしてやるといわんばかりに鼻息を荒くしている。瑠那は醒めた気分でたたずんでいた。

オフィスはいっそう手狭で、事務机ひとつでいっぱいだった。頭の禿げた中年男が難しい顔で、ノートパソコンの帳簿と向き合っている。

オーナーは瑠那の制服を一瞥しただけで、すぐにまた画面に目を戻した。「正気か。未成年なんか店にいれるな」

やはり円山町が縄張りの鵜森組か。瑠那は声をかけた。「畑掘さん」

鵜森組幹部の畑掘が訝しげに顔をあげた。その表情に驚きのいろがひろがる。「おい嘘だろ。巫女の瑠那ちゃんじゃねえか！」

笑いだした畑掘を見て、男たちは当惑顔を突き合わせた。畑掘が手で追い払うと、一同が眉間に皺を寄せつつも、そそくさと店内に戻っていった。

畑掘が身を乗りだした。「阿宗神社に祈禱で世話になったのは、もう三年ぐらい前か。たしかまだ中学生だったろ？　大きくなったな」

義父母がいちど別の暴力団組織から、ドスの奉納を請け負ってしまったのが、すべての発端だった。阿宗神社なら相手にしてくれると評判が立ったらしく、ひところはあらゆるヤクザが駆けこんできた。暴力団には嫌悪しかないが、そのなかで鵜森組はわりと礼儀正しいほうだった。

瑠那は顔がほころぶのを自覚した。「俊之君と数葉ちゃんは……」

「おー、よく覚えてるな！　ふたりとも生意気になってな。学費ばかりかかって厄介な金食い虫だよ」

「そんなこと。奥様も幸せそうだったじゃないですか」

「もう別れたんだよ」

「……そうなんですか」

「ガキらも養育費だけ払わされてる」

「木下のおじさんや、笠部のおじさんたちも、あの子たちを可愛がってましたけど」

「あれは本当の叔父じゃねえんだ。組の関係は家族みたいなもんでよ」畑掘は傍らの棚からウィスキーの瓶をとった。「飲むか？」

瑠那は首を横に振った。「まさか」

「そっか」畑掘は曇ったグラスに琥珀の液体を注いだ。「お姉さんは酒豪だろ？　高

―でもつきあってくれそうだ」

「姉ですか？」

「優莉凜香」畑掘はグラスを口に運んだ。「あんた優莉匡太の娘だって？」

「なんでそんなことを……」

「俺たちの稼業は公安とズブズブでな。敵対関係にあっても、お互い持ちつ持たれつ。情報も入ってくる」畑掘がウィスキーを呷った。「神社で会ったときから、ただの小娘じゃねえと思ってた。度胸が据わってたからな。うちの若えモンをおとなしくさせるとは」

「ひとり店の外で気の毒なことになってます。でも脱臼だから関節を嵌めて、冷やせば治ります」

「あとでさっきの奴らに手当てをさせとく。瑠那ちゃん。奥多摩でドンパチやったってのは本当か？　公安にも妙な派閥があるらしいってきいた」

世間話はもう充分に思える。瑠那は胸ポケットからメモリーカードをとりだし、事務机の上に置いた。「この中身を見てほしいんですけど」

「なんだ？」畑掘はメモリーカードをつまむと、ノートパソコンのスロットに挿入した。画面に日暮里高校体育祭のブックメーカーが映しだされる。鼻を鳴らし、畑掘が低くつぶやいた。「ああ。これか」

「知ってるんですか」

「うちにも送られてきた」畑掘が引き出しを開けた。水いろの封筒をひっくりかえす。なかから同じメモリーカードが転がりでた。

封筒は瑠那が受けとった〝設問Z〟とはあきらかに異なる。便箋も入っているようだ。瑠那は手を差し伸べた。「拝見できますか」

渡された封筒から、そっと便箋を引き抜く。英文が印字してあった。

Invitation
How about launching this game at your own casino?
X

瑠那は翻訳を口にした。「招待状。あなたのカジノでこのゲームをあつかってみませんか。X」

畑掘が封筒に顎をしゃくった。「宛名も差出人も切手もなし。店の郵便受けに入ってたが、監視カメラの録画を観たら、ホームレスっぽい高齢者が投函してた。ありゃたぶん頼まれただけだ」

「あちこちの闇カジノにばら撒かれたんでしょうか」

「たぶんな。こういう売りこみはめずらしくねえんだ。賭け金を多く集めるために、俺たちみたいな店を頼る。うちの店にしてみりゃ、窓口代わりになることで、あるていどのパーセンテージが入ってくるって仕組みだ」

「請け負うんですか」

「いいや」畑掘がまた瑠那の制服をちらと見た。「あんた日暮里高校に通ってるんだな。凜香もそうだろ？　やばそうな案件だ。どうするか迷ってたがパスする」

「なぜ日暮里高校の体育祭なんでしょう。出場者は無名の一般人ばかりなのに」

「それがな。裏社会のこういう賭博じゃ世間とはちがう見方をする。そのなかで有名人が生まれたりするんだ」

「有名人？」

「反社のにおいがして、見た目も魅力的で、強靱な肉体の持ち主。要するに将来の仲間になりうる奴。そんな手合いが一般のスポーツにでてたりすると、闇カジノのギャンブラーのあいだじゃ人気者になる」

「……凜香さんのことですか？」

「凛香がいじめっ子を叩きのめしたのがニュースになった。蛙の子は蛙って意見がある反面、ネット上じゃ英雄あつかいだよな。時事性と話題性がある。裏社会も興味津々だし、今後の凛香はいろんな組織から引く手あまただろう」

瑠那はうんざりした。「将来は反社に就職しないと思いますよ」

「だが現にこのブックメーカーでも、凛香は一番人気だ。就活としちゃいい宣伝になってる」

「どうも腑に落ちません。凛香さんの時事性と話題性だけで、体育祭が賭博の対象になりますか」

「レコ大受賞者や紅白歌合戦の勝敗も賭けになる世のなかだ。なんだってありうる。ただ今回はたしかに奇妙だな。なんといってもゲームとして面白くねえ。凛香のほか、体育会系の生徒たちの圧勝が見えてるし、そんなに荒れそうにもねえんでな」

「妨害工作があるかも」

「上位組を根こそぎ排除したら、今度はふつうレベルの生徒の数が多すぎて、大穴を絞りこめねえんだよ。無個性のどこにでもいる生徒の誰かが、運に左右されて勝つだけなら、スロットマシンと変わりゃしねえ。なにより問題なのは……」

「なんですか」

「体育祭の競技の結果なんて、リアルタイムでどうやって知るんだ？　運営側の人間が保護者を装って潜りこみ、カメラで動画撮影すると見せかけながら、こっそり配信するしかねえ。テレビ中継してるプロスポーツならもっと手っ取り早いのに、なんでそこまでして高校の体育祭を賭けのネタにする？」

「とはいえ配信の中継があれば、賭けてる人たちはみんな視聴しますよね」瑠那のなかにふとひとつの考えが浮かびあがった。「ひょっとして……。そっちが目的だとか？」

畑掘がグラスを持つ手を宙に留めた。「どういうことだ？」

「世界じゅうに招待状を送って、あちこちからアクセスさせて……。当日のリアルタイム配信を視聴する人間を大量に増やす。誰かが別の理由で、日暮里高校体育祭を監視したがってるのを、無数の接続データのなかに埋もれさせられます」

「ああ」畑掘が納得した顔になった。「公立高校の体育祭にひとりだけ着目してたらめだつもんな。誰かを送りこんで中継配信させても、アクセスが一本だけなら怪しまれる。賭博にしときゃアクセス数が膨れあがるし、カモフラージュには最適だ。だが体育祭をのぞきたいばかりに、そこまでするか？」

瑠那は自分の考えを口にした。「監視を絶対に知られたくないぐらいの違法行為に手を染めるつもりだとか……。たとえば体育祭当日に特別なイベントがあったら？

来賓がサプライズ登場するとか」

「……なるほど。なくはねえな。武蔵小杉高校事変も矢幡元首相の訪問から始まってる。誰か鉄砲玉がその来賓を狙ってて、隙を突くために遠隔監視が必要だとか。しかしわざわざ体育祭で襲う必要があるのか？　たとえ国会議員だったとしても、ほかにチャンスは山ほどありそうじゃねえか」

そうでもないと瑠那は思った。永田町や霞が関で暗殺されれば、国家の威信そのものが揺らいでしまう。武蔵小杉高校事変のように黒幕が閣僚だった場合は避けたい状況だろう。警備の厳重さもある。その点、議員が視察先などで被害に遭えば、政府として責任を問われることもない。

特に公立高校の体育祭なら、大勢のＳＰを引き連れるわけにいかない。なにより当人がずっとグラウンドで観覧することになる。視野が開けていれば狙撃にもうってつけだ。

ただし腑に落ちないところもある。瑠那はささやいた。「うちの高校の体育祭に、重要人物の訪問なんかありうるでしょうか？」

「ありうるだろ」畑掘があっさりといった。「優莉匡太の娘がふたり、雲英家の留年娘がひとり。凛香がいじめっ子相手に大暴れしたってニュースの直後だ。瑠那ちゃんよ。なんだかやばいぜ」

「なにがですか」瑠那はきいた。

「田代勇次や優莉結衣がいた武蔵小杉高校に似てるんだよ」畑掘は飲み干したグラスを机に叩きつけた。「アクの強いキャラが勢揃いして、世間の関心を集める学校になってる。また魑魅魍魎が動きだしやがる。俺たちも反社だがご免こうむるぜ、二度目のシビック政変はよ」

あるていど安定した世のなかでなければ、ヤクザのシノギも成り立たない。畑掘の顔にはそう書いてあった。

瑠那は黙って手を差しだした。畑掘がメモリーカードをパソコンのスロットから抜き、瑠那にかえした。

巫女としての習慣から、きちんと頭をさげる。面をあげたのち、瑠那は踵をかえした。「お邪魔しました」

すると畑掘が声をかけてきた。「瑠那ちゃん。勝率予想じゃ人気最下位になってるな。学校じゃまだ病弱っぽく振る舞ってんのか？　本性だしちまえよ。なら大穴中の大穴に化けるからよ」

「賭けて儲けようとしてるのならお断りです」瑠那はぶっきらぼうにいった。「インサイダー情報の賭博利用は卑怯ですよ」

6

日暮里高校体育祭を文部科学大臣が訪問する。讀賣新聞政治部の若手記者、安西正一が情報を得たのは、けさ早くのことだった。

しかし国会は朝から審議に入り、大臣への直接質問はかなわなかった。昼の休み時間、国会内の赤絨毯の廊下は、大勢のスーツでごったがえしていた。メディア各社の記者が入り乱れ、議員らに話をきこうと躍起になっている。

この時間の取材は議員に煙たがられる。国会は午後ずっと休みなしで四時間つづく。体力を温存しておきたい年配の議員は、特に記者を避ける傾向があった。それでも閣僚から少しでも発言を拾おうと、どの記者も必死に食いさがる。

安西も負けてはいられなかったが、廊下は満員電車のような混みようだった。閣僚が本会議場からでてくるたび大勢の記者が殺到する。押し合いへし合いのなか、安西はようやく混雑を脱したものの、胸に手をやった瞬間に緊張が走った。内ポケットにいれていたはずのワイヤレスマイクがない。

録音用のICレコーダーは上着のポケットに、イヤホンは耳に嵌(は)まっている。しかし議員に差し向けるための、肝心のマイクを失ったのでは、それらはなんの意味もなさない。廊下の騒々しさがイヤホンからもきこえてくる。靴音がやけに響くのは、床に落としたからだろうか。ノイズからどの辺りに落としたか判断できるかもしれない。とはいえまた過密状態のなかに身を投じるのは気が引ける。もう少し空(す)いてから捜すべきか。

そのとき廊下の反対側に、くだんの議員の姿をとらえた。閣僚のなかでは最年少、四十三歳の尾原輝男(おはらてるお)文科大臣。中肉中背、黒々とした髪を真んなかで分け、フレームの太い眼鏡をかける。生真面目でいささか頑固、とっつきにくいところがある。若手のせいもあり、ほかの閣僚からは浮いた存在だった。いまも喧噪(けんそう)から少し離れた場所で、数人の記者のみを相手に立ち話している。

報道関係者のなかでは同じく若手の安西は、やはり記者クラブで孤立しがちだった。よって尾原大臣には勝手に親近感をおぼえる。落としたワイヤレスマイクが気になるものの、拾いに戻っていたのでは、せっかくのインタビューの機会を失うかもしれない。安西は足ばやに尾原大臣のほうへと向かった。

尾原大臣は語気を強めていた。「たしかに閣僚の一員ではありますが、私が政府の方針に異を唱える意義は、野党よりも大きいといえるはずです。正しくないことは正さないと」

記者のひとりがきいた。「大臣は梅沢内閣の姿勢に対し、常々批判的な発言をなさっていますが、具体的にはどのような点が正しくないとお考えですか」

「総理は防衛増税を第一に掲げておられます。しかし私は国債発行でよいと思います。総理が以前おっしゃった〝異次元の少子化対策〟が、じつは故・浜管少子化対策担当大臣による横暴を意味していたのでは、との憶測もあります」

別の記者がおずおずといった。「女子高生連続失踪致死事件について、政府の陰謀論はデマであると有識者が……」

尾原大臣が表情を険しくした。「政府批判をいっさい許さない風潮は、優莉架禱斗によるシビック政権の継承にさえ感じられます。あなたがたマスメディアも本音を書くべきです。テレビ局や新聞社の上層部に圧力がかかっていることは、いまやよく知られた事実です」

記者たちは困惑のいろとともに沈黙した。尾原大臣の声はよく通る。遠慮のない物言いが、廊下にいる議員や秘書らの一部を振り向かせた。冷やかな視線が投げかけられる。こんな状況では記者も萎縮するしかない。

安西にとっては質問の好機だった。「大臣。日暮里高校体育祭を訪問なさるとの話がきこえてきたのですが、事実でしょうか」

尾原大臣の目が初めて安西をとらえた。ごく真面目な態度で尾原が応じた。「そうです。もう噂が伝わってるんですか。こちらから申しいれて、学校側の了承を得られたのは、つい先週のことです」

「よろしければご訪問をきめた経緯などを……」

「文科大臣として教育の現場を見たいと思いました。それも授業ではなく、生徒たちの自然な関係に触れられそうな、体育祭という行事を選びたかったのです。六月に体育祭をおこなう高校は増えていますが、日暮里高校はごく平均的な公立校ということですし、距離的にも当日の移動に支障がないので」

「日暮里高校といえば、優莉凜香さんがいじめっ子に対し暴力を振るったと、一部週刊誌が報じましたが、そのことと関係が？」

優莉というワードをききつけたからだろう、周りの記者たちがいっせいにマイクを尾原大臣に差し向けた。廊下の離れた場所にいた記者らも、興味を喚起されたらしく、徐々にこちらに近づいてくる。

尾原大臣は口をつぐんだが、すぐに淡々と語りだした。「関係ないとそらぞらしく答えるのは簡単ですが、私は正直に生きたい。優莉凜香さんの件は、書類送検もされていないとの話ですし、単なる噂かもしれません。しかしいじめグループのリーダーがナイフを所持していたのは事実だときいています。文科大臣として聞き捨てなりません」

新たに囲みに加わった女性記者が、間髪をいれず問いかけた。「優莉匡太元死刑囚の四女で、優莉架禱斗の妹でもある凜香さんがいる学校を、視察なさるのが本当の目的でしょうか」

「いや」尾原大臣は慎重な物言いに転じた。「あのような噂の立った高校が、どのように問題をおさめ、いまはどう生徒に向き合っているか、それをたしかめたいのです。体育祭という集団の行事で、生徒のみなさんが生き生きと活動するようすを目にできると確信しています」

「問題の起きた学校をあえて訪問なさり、諸事情を大臣ご自身の目でおたしかめになりたい、そんなご意向だという解釈でよろしいでしょうか」

「その解釈は同校の健全な生徒さんたちや、保護者のみなさん、教員の方々に失礼でしょう。教育の現場について、伝聞と現実の乖離(かいり)ぐあいを知りたいと思っております。

優莉匡太の子供が在学するというだけで、悪い噂が立ったり、尾ひれがついたりする風潮もあると思います」

別の記者が発言した。「日暮里高校といえば雲英亜樹凪さんも……」

尾原大臣が片手をあげ記者を制した。「すみません。たしかに慧修(けいしゅう)学院高校から留年なさった雲英亜樹凪さんが、同校に編入しています。しかしそれについては完全に個人のプライバシーですし、今回の私の訪問とはなんの関係もありません。報道で意味ありげに触れたりしないでもらえますか。雲英さんにも迷惑がかかります」

「仮にですが、日暮里高校にまつわる噂が事実で、本当に校内になんらかの問題が見受けられた場合、大臣はどのようになさいますか」

しばし沈黙があった。尾原大臣はきっぱりといった。「どんな状況にせよ、未成年の生徒さんたちに罪はありません。どん底からの再生をめざした矢幡政権と異なり、現政権は未来に目を向けていない。総理がご子息を秘書官に任命するなど、権力の私物化ばかりです。若い世代はいい加減な政治の犠牲になっています」

尾原大臣の声量はどんどん増していった。なぜか睨(にら)みつけるような目つきで遠くを見つめている。安西はそちらを振りかえった。

思わず肝が冷える。廊下を埋め尽くしていた記者たちは左右に退き、その奥に梅沢和哉(かずや)総理の姿があった。

　岡山出身の六十五歳、額の生え際がやや後退しているものの、黒く染めたふさふさの髪に、年齢よりは若く見える面長。険しい表情で尾原大臣を見かえす。一緒に立つ秘書官は三十三歳、梅沢総理を若くしたような外見といえた。名は梅沢佐都史(さとし)。父である総理の縁故採用と囁(ささや)かれている。

　政権批判で知られる尾原大臣が、わざと総理親子にきこえる声を響かせたのは明白だった。廊下に張り詰めた空気が漂う。誰もが固唾(かたず)を呑(の)み、総理の反応をうかがっている。

　だが梅沢総理は背を向けると、さっさと廊下を遠ざかっていった。息子の佐都史も尾原を一瞥(いちべつ)したものの、無言のまま父につづき立ち去った。

　廊下にざわめきが戻りだした。尾原大臣は総理とは逆方向へと歩きだした。「午後から審議もありますので、これで失礼します」

　記者たちが尾原を追いかける。安西もそこに加わろうとした。

　ところがそのとき、安西の耳に妙な音声が飛びこんできた。低くささやくような声だった。「尾原大臣を野放しでいいんですか」

　はっとして振りかえった。さっきまで混みあっていた廊下が、いまは余裕を生じるなか、総理親子の背が遠ざかっていく。きこえたのは梅沢佐都史の声だった。安西のワイヤレスマイクは、あの辺りに落ちているようだ。

梅沢総理の声が応じた。「好きにいわせておけばいい。文科相の後任候補なら、もうきまってる」

総理へのインタビューは、一日二回のぶら下がり取材がきめられている。よってこの廊下では誰もマイクを向けることができない。記者たちはみな尾原大臣を追いかけている。人の流れに逆らい、安西はひとり総理親子の立ち去る方向へと、ゆっくり歩を進めた。

ふたりの声はもうきこえなくなった。赤絨毯の端にワイヤレスマイクが落ちている。安西はそれを拾いあげた。

上着のポケットに手を突っこみ、ICレコーダーを再生した。音声はしっかり記録されている。梅沢総理の声がふたたび耳に届いた。「文科相の後任候補なら、もうきまってる」

安西はその場に立ち尽くした。後任候補。総理は尾原大臣の失脚を予期しているのか……？

7

瑠那は学校帰りの制服姿で、ライフ東日暮里店の近く、凜香の住む児童養護施設を訪ねた。

同じく制服のままの凜香が、なかを案内してくれた。外観は小ぶりな二階建ての民家そのもの、内部も一階にダイニングキッチンがあり、もとから古びた戸建てだったとわかる。二階は複数の小部屋に仕切られていた。二段ベッドがふたつあり、計四人が暮らす狭い室内が、凜香の居住空間だった。

凜香が下段のベッドにカバンを放りだした。「ルームメイトは中学生と小学生、もちろんどっちも女子」

瑠那は部屋のなかを見まわした。「この時間はまだ帰らないんですか」

「そう。ちゃんと塾や習いごとに通ってるって」凜香はベッドに座り、ノートパソコンを操作しだした。「おかげでいまはのんびりできる。瑠那も座りなよ」

「失礼します」瑠那は恐縮しながら、凜香と並んでベッドに腰掛けた。

パソコンの画面にブラウザが立ちあがり、ネットニュースの記事が表示された。凜香がため息とともにきいた。「これだよな?」

「そうですね」瑠那はうなずいた。

尾原輝男文科大臣、都内公立高校体育祭を訪問。見出しにはそうあった。国会内の廊下らしき場所で、なにやら熱弁を振るう尾原大臣の顔写真が掲載されている。記事では学校名が伏せてあったが、大臣の訪問予定はきょうホームルームで生徒に伝えられた。

国会議員のなかでは若手の尾原は、歯に衣着せぬ物言いで知られている。テレビの討論番組でも梅沢政権への批判を隠さなかった。怖いもの知らずな反面、まだ総理大臣の持つ権力の強大さに気づいていないふしもある。高一ながら瑠那はそう感じた。九歳までを過ごしたイエメンとサウジアラビアの国境付近を思いだす。勇気ある政治家が何人も戦場を視察のために訪ね、難民キャンプに援助物資を提供した。砂嵐が激しく吹き荒れるなかでも、彼らは子供たちへの激励を忘れなかった。平和はかならず来ると約束してくれた。けれども誰ひとり戻ってこなかった。ある者は失脚し、ある者は暗殺された。

凜香が鼻で笑った。「この議員さんも、まさか女子高生に身の安全を心配されてるなんて、予想もしてねえだろうな」

瑠那はきいた。「日暮里高校への訪問をきめたのは、やはり凜香お姉ちゃんの存在を意識してのことでしょうか」

「そりゃそう。優莉家の問題にもしっかり向き合ってるとアピールするのが狙いでしょ。国民の支持率が低迷してる梅沢を追い払って、自分が若くして総理の座に就きたがってるのかも」

「純粋に教育の現場を視察したがってるわけじゃないんですか」

「尾原大臣がどんな性格かはわかりゃしない。とんでもない野心家かもしれないし」

「そうでしょうか……」

「一Cのホームルームじゃ、担任の蓮實が渋い顔してたよ。武蔵小杉高校事変から何年も経ってないのに、大臣の訪問なんて軽率だって。そんな演説、生徒にきかせてもしょうがないのに」

瑠那はパソコンの画面を眺めた。尾原大臣の表情からは強い意志が感じられる。政府における最高権力への欲求があるにせよ、とるべき方策がまちがっていなければ、熱心さはむしろ歓迎できる。

問題は発言が過激なことだ。現政権にはたしかに怪しいところがある。批判は的を射ているものの、尾原はふだんからあまりに喧嘩腰（けんかごし）で、それゆえ反感を買いやすい。

彼の忖度のない主張が、国民の支持を集めつつあるいま、暗殺者の標的となってもおかしくない。

凜香がいった。「瑠那。体育祭当日に尾原大臣を狙う勢力があって、リモート監視のアクセスがめだたないよう、ブックメーカーを立ちあげたとして……。本当にそんな必要があるのかな。わざわざ大規模なオンライン賭博を展開しなくても、体育祭のライブ配信があれば目的は果たせるんじゃね？」

「ライブ配信は困難ですよ。学校のサイトですら生徒の画像を載せない昨今です。中継なんて学校側が絶対に許可しません。逆に最初から非合法のブックメーカーで、監視用スタッフを潜りこませ、スマホの撮影とみせかけて中継すれば……」

「アクセス数が山ほど稼げるわけか。たしかにただの盗撮中継じゃ、観る人も限られてくるから、不審なアクセスも絞りこまれやすいよな。でもそこまでしてリモート監視するのは、現場に送りこむ暗殺者になにか指示を伝えるつもりとか？」

「ありえます。ほかにもたとえば、事前に来賓席に爆弾を仕掛け、中継映像を通じ尾原大臣の着席を確認、無線で起爆するとか」

「そうなったら犯人をたどるのは至難のわざだよな」

「そのためのブックメーカーによるアクセスのカモフラージュですから……」

「だけどさ。なんであのメモリーカードが瑠那の机に置いてあった？　設問Zってなんのこと？」

「わかりません。いまのところは情報が少なすぎて」

凜香はじれったそうに唸(うな)りながら腰を浮かせた。狭い室内の壁に四か所、それぞれ小さなクローゼットの扉がある。うちひとつには南京錠がとりつけてあった。鍵(かぎ)をとりだした凜香がその扉に向き合う。「要人暗殺に気を病む女子高生なんて健全じゃねえよな。なんでこんな人生になっちまったんだか」

瑠那も立ちあがった。凜香が解錠したクローゼットを開ける。私服が何十着も吊(つ)り下がっているが、足もとには段ボール箱が置かれ、なかには銃器類がぎっしりだった。アサルトライフルも数丁、クローゼットの内側に立てかけてある。

無造作に山積みになった拳銃(けんじゅう)のなかから、凜香は全長十五センチの小ぶりなオートマチックをとりだした。スプリングフィールド・アーモリー社のヘルキャット。短いグリップに、装弾十一発のマガジンを叩(たた)きこみ、瑠那に差しだした。「これ持っときなよ」

「いえ」瑠那は手をださなかった。「わたしは……」

「もうじき衣替えだけど、これなら夏服のスカートのポケットにも入るよ？　もっと小さいほうがいいなら」凜香は段ボール箱に向き直った。「スミス・アンド・ウェッソンのM&Pボディガード380あたりかな。六発しか入んねえけど」

「そうじゃなくて……。ふだん銃は持ちたくないんです」

「なんで?」凜香が眉をひそめた。「体育祭までひと月を切ってる。物騒なことが起きようとしてるじゃんか」

「それでも武装するのはちょっと。違法ですし」

「だけど阿宗神社の家の自室に、何十発か弾を隠してなかったか? 前に遊びに行ったときに見た」

「あれはぜんぶ血糊弾です」

「血糊弾? 海外で実銃サバゲーに使うやつじゃねえか。なんでそんなもん……」

「ほとんど空砲ですけど、撃たれれば痛いうえに、自分の胸が真っ赤に染まってたら、たいていびっくりします。それだけで強盗とかにも反省を促せるし」

凜香はやれやれという顔になった。「奥多摩で戦車乗りまわしてたとは思えねえな。学校の所持品検査でも気にしてんのか? そういや特殊作戦群って、極秘に海外派兵されてるじゃんか。武器をどう隠してるか蓮實にきいたんだけどさ」

「教えてくれたんですか」

「特殊作戦群の心得として、銃を隠し持つ場合でも、分解は絶対しねえって。いざというとき使えねえから。いつでも撃てる状態で、すぐ取りだせて、他人に中身を見られない持ち物のなかに隠すとか」

「……そんな持ち物あるんでしょうか？」

「さあ。謎めかしときながら、それ以上はなにも明かさねえでやんの。ま、知ったところで、わたしのクラス担任は蓮實だからな」

「ホームルームで所持品検査があっても通用しませんね」

「それでもわたしは丸腰じゃいられねえ。なんだか不穏な空気が流れてるし」

段ボール箱からグロックG19をとりだした凜香が、銃身をスカートベルトに滑りこませ、制服のジャケットの裾で覆い隠す。クローゼットの扉を閉め、しっかり施錠すると、凜香は瑠那を振りかえった。「鵜森組の闇カジノ経営者どもが、暗殺者側にタレこまねえとも限らねえよな」

「あの人たちはそんなことしませんよ」

「なんでそんなことがいえんの？　瑠那。ヤー公どもなんかぶっ殺して口封じしちまえばよかったのに」

瑠那は面食らった。「どうしてですか。せいぜい違法賭博の胴元ですよ」

「ヤー公はゴミクズだろ。別の場所じゃ人を人とも思ってねえ所業に及んでるよ」

当惑が募りだす。瑠那は口ごもった。「いえ……。暴力団員でも祈禱にいらっしゃるときには、ご家族や親戚を連れてこられるんです。子供にやさしかったりもします。ごくふつうの人たちですよ」

凜香が顔をしかめた。「DV野郎は気まぐれなんだよ。いい人ぶってるときの自分を、本当の自分と錯覚してやがる。ほんとは社会の害悪中の害悪、ただの人殺しの集まりだろ」

「素顔を目にするまでは、裏社会の人間という色眼鏡で見るべきじゃないと思います。わたしたちもそうじゃないですか」

「まいったな。んな甘っちょろいこといってると命を落とすぜ？」

瑠那は腑に落ちなかった。「凜香お姉ちゃんはどうしてそんなに、暴力団を目の敵にするんですか？」

「馬鹿な大人の集まりだからだよ。ガキのころから刷りこまれたせいもあるかな。半グレは基本的に暴力団と敵対関係だったし」

「でもいい人もいると思いますけど。半グレにも暴力団にも……」

「おい」凜香が睨みつけた。「きいたふうなことをいうなよ。親父たちと一緒に住んでたわけでもねえのに」

「……ごめんなさい。だけど……」

「あー。もっと苛酷な環境を生き抜いてきたって？　そこんとこは感心するけどな、日本の半グレやヤー公のクズさ加減を、瑠那はまだ知らねえんだよ。中東のゲリラほどわかりやすくねえけど、あんな大人どもとの馴れ合いはやめとけって。そもそもゴミみたいな大人どもがいなきゃ、わたしたちもこうならなかったんだよ」

　室内はしんと静まりかえった。廊下に足音がする。ドアが開き、女子小学生が顔をのぞかせた。瑠那を見て戸惑いのいろを浮かべる。

　凜香が瑠那の肩をぽんと叩いた。「腹減った。キッチンになにか食うもんがあるか見に行こ」

　返事をまたず凜香がドアに向かった。瑠那は女子小学生に頭をさげると、おずおずと凜香の背につづいた。

　複雑な感情が胸のうちにひろがる。姉妹は意見が合わないものだときいた。自分たちの場合はどちらが正しいのだろう。凜香はヤクザがみな死ねばいいと思っている。瑠那の考えは異なる。人による。

8

日曜の朝、江東区は晴天だった。瑠那は紅白の巫女装束に身を包み、義父の運転する軽トラの助手席に揺られていた。

義父の功治も斎服に身を包んでいる。眩い陽射しに目を細めながら功治は運転しつづけた。「きょうは氏子からじゃなく、ハウスメーカー経由で地鎮祭の依頼でね」

荒川沿いの住宅地の路地を徐行していく。幅の広い川に大きな橋が架かっている。その付近は新しく分譲されたらしく、まだ家の建っていない区画ばかりだった。瑠那はささやいた。「こっちのほうには、あまり来たことがありませんね」

「うちの神社からは遠く離れてるからなぁ。でも日曜には、受けられる仕事は受けておかないと」

平日の功治は公務員を務めている。小さな神社の経営者としてはふつうだった。休日にはこうして、外祭と呼ばれる出張祭祀をおこなう。最も多い外祭が、家の新築工事にともなう地鎮祭になる。

区画整理地しかない開けた一帯から、家屋がひしめきあう古い住宅街へと入った。

クルマや人の往来もない生活道路を、軽トラがのろのろと進む。功治が辺りを見まわした。「たしかこのあたり……。ああ、あった」

二階建ての住宅が並ぶなか、ひとつの区画がぽっかりと空いていた。広さは約五十坪、ほぼ正方形で、三方を既存の家々に囲まれている。手前は十メートル以上にわたり生活道路に面する。地面は剝きだしの土のみで、まだ着工していないため、柵もなにもない。

周辺にひとけはなかった。停まった軽トラの車内で瑠那はきいた。「施主さんはまだですか」

功治がダッシュボードの時計に目をやった。「遠くから来るみたいだから、時間ぎりぎりの到着だろうな。ハウスメーカーの営業さんと、工務店の現場監督さんも立ち会うそうだ。さっさと設営を済ませておこう」

瑠那は功治とともに車外に降り立った。五月も下旬だけに気温もちょうどいい。痩せている瑠那は寒がりで、春先には巫女装束に空気の冷たさが沁みたものの、いまは平気だった。

軽トラの後方にまわった功治が、荷台の後アオリを下ろす。大勢の列席者がいる場合の地鎮祭では、テントを張ったり椅子を並べたりするが、きょうはごく小規模だった。土地の真んなかに、一坪ていどの簡易的な祭壇を設けるにすぎない。祭壇は基本的に木製の奉献台を据えるだけになる。

土地に向き合ったとき、瑠那は妙な気配を感じた。自然に注意が喚起される。路上にたたずんだまま、剝きだしの土の全面に目を走らせた。

「お義父さん」瑠那は踵をかえし、軽トラの荷台に近づいた。「設営はわたしがやるから、お義父さんは御幣を作っといて」

功治が怪訝な顔になった。無理もない。御幣すなわち紙垂なら、もう瑠那が作った物が荷台に積んである。功治がつぶやいた。「これ以上作らなくても……」

「小さい御幣しか用意してないんです。この半分ぐらいの広さの土地だと思ってました。大きい御幣のほうが御利益があるかなって」

「まあ見栄えはするかな。でも瑠那が御幣づくりをやればいいよ」

「いいえ。設営のほうをやります。お義父さん、紙に切れ目をいれる間隔、くれぐれもまちがわないでね。五十三センチの幅を四分割、十三・三センチごとに上、下、上……」

「だいじょうぶだ。若いころからずっとやってる」

「面倒でも、水引を通す穴もできるだけ小さく」

「わかったわかった、じっくりやる」功治は苦笑しつつ運転席に乗りこんだ。

車内で功治が眼鏡をかけ、カッターナイフ用下敷きと定規を用意し、白い紙に取り組みだした。瑠那は車外を迂回し、荷台から細い青竹を取りあげた。長さは二メートル以上ある。葉はもちろん枯れていない。青竹と奉献台を抱え、土地に足を踏みいれた。中央付近へと歩いていく。

青竹を地面に突き刺し、まっすぐに立てたのち、その傍らにしゃがみこむ。地面に不自然な土のいろのちがいが見てとれた。わずかに盛りあがってもいる。その範囲をまたぐように奉献台を据える。

奉献台の位置を調整するふりをして、片手でそっと地面の土を払う。指を徐々に深く突っこんでいった。

ほどなく爪の先が硬い物に当たった。そこに至るまでの土を軽く掘る。金属製の円盤の縁が地中から現れた。わずかに錆びついている。

予想どおりだと瑠那は思った。懐のなかに手をいれ、なにげなくスマホを操作する。画面をちらとのぞき、凜香に電話をかけた。スピーカーに切り替えたうえで、音量を耳に届くていどに絞る。

呼びだし音が数回、凜香の眠たげな声が応じた。「瑠那。なんだよ朝から」

「まだ寝てたんですか」

「ゆうべ深酒したからな」

高一女子の発言とは思えないが、いま問題はそこではない。瑠那は問いかけた。

「ルームメイトは？」

「……いない」緊張を察したらしい。凜香が身体を起きあがらせたのがわかる。「どうかしたのかよ」

「例のメモリーカード持ってますよね？」

「ノートパソコンに挿したままだけど？」

「電源をいれてもらえますか」

しばし沈黙があった。OSの起動音がきこえる。ほんの数秒ののち、凜香が驚きの声を発した。「おい!?　別のブックメーカーに表示が切り替わってる。っていうか、小さく開いたウィンドウに、ライブ映像が映ってるけど……。巫女装束で地面にしゃがんでるのは瑠那かよ？」

「そうです。どの角度から撮られてますか」

「定点カメラ、瑠那から見て十時の方向、距離は七、八メートルかな。角度からすると地面から三メートルの高さ」

瑠那はわずかに顔をあげ、そちらを一瞥した。「隣の家の外壁に防犯カメラがあります」

「監視はその家に？」

「いえ。住人は関係ないでしょう。宅内のＨＤＤからネットに送られる映像を、第三者が傍受して、ブックメーカーのサイトに配信してるんです」

「なんの賭けだよこりゃ。数値がパーセントで表示されてるな。DEATH FROM EXPLOSIONってあるけど……」

「爆死です」

「……商売が大コケって意味じゃねえよな？」

「ええ。文字どおり爆発による死亡。ここに地雷が埋まってます」

「マジか」凜香のため息がノイズになってきこえた。「瑠那が地雷を踏むかどうか、賭けてやがる連中がいるのか」

「NUMBER OF PARTICIPANTSは？」

「二十万人以上。悪趣味な暇人が世界じゅうにいるっぽい」

瑠那は地面から露出した地雷の一部を観察した。「直径十五センチぐらい、厚さは五、六センチ。外周に二重の凹凸」

「ガキのころ見た。量産型の対人地雷だろ。いちばん安くて、カンボジアあたりで爆発せずに掘り起こされたやつが密輸されてる。構造も単純だよな」

「踏んだ圧力で起爆するタイプです。二キロほどの重さがかかればもう爆発します」

「ずいぶん敏感なスイッチだな」

「だから浅く埋めてあるんです。土の重みで起爆しないように」瑠那はゆっくりと立ちあがった。素知らぬ顔で軽トラに歩いていく。

凜香の声が不安げに問いかけてきた。「瑠那、そこはどこだよ。わたしも行こうか？」

「万一のとき凜香お姉ちゃんが巻きこまれたら困ります」

「そんな心配すんな」

軽トラの運転席の功治と目が合った。紙をまっすぐ切るのに苦戦しているらしい。瑠那は微笑とともに片手をあげた。功治もうなずいた。

荷台にまわった瑠那は青竹三本を取りあげた。片手におさまるドライバーのセットを隠し持つ。懐のなかのスマホにささやく。「凜香お姉ちゃん。防犯カメラ映像の右下か左下に数列は？」

「……ある」凜香の声がにわかに弾みだした。「個別のＩＤだな？」

「アマゾンでよく見かける中国深圳（しんせん）Ｈｉｓｅｅｕ製の家庭用防犯カメラです。隣家はごくふつうの建て売りっぽくて、ガレージに停まってるのは型落ちのプリウス」

「メカにこだわりがある家主じゃねえな。なら……」

「ええ。Ｈｉｓｅｅｕ製ならアクセスアカウントはadmin、パスワードはpasswordがデフォルトになってます。そのまま接続する人が大半だと思います」

こういう家庭用防犯カメラは、ＨＤＤ装置からウェブにつながり、外出先でもスマホで映像が確認できるのが売りだ。ただしＨＤＤと自分のスマホが直接リンクするわけではない。あくまでメーカーのサーバーに送信されるリアルタイム動画を、ＩＤとアカウント、パスワードの指定で閲覧できるにすぎない。メーカー側が常時チェックしないと、盗撮など犯罪目的に使用されてしまうからだ。

瑠那は土地の真んなかに戻ると、三本の青竹を立てていった。奉献台を囲む四隅に立てる。

凜香の緊迫した声がささやいた。「瑠那。Ｈｉｓｅｅｕの公式サイトからユーザー専用ページにつながった」

「CUT OFFのボタンが表示されてると思います」

「わかってる。いまクリックする。……画面が消えた！　もう瑠那はモニターされてない」

すばやく奉献台をどかし、瑠那は地面に四つん這いになった。犬のように両手で土を掘り起こす。むろん闇雲に土を除去するのは危険だった。地雷の円周に沿い、慎重に指先で削りとっていく。

凛香の声がいった。「無線の起爆装置が付いてたら、躍起になってスイッチいれやがるかも」

「見たところ受信機はありません」瑠那は地雷の周りの土をほぼ除去しきった。地雷は動かさず、外側の凹みにマイナスドライバーを挿しいれ、左右にひねることで留め金を外す。円の三十度ごとにひとつの留め金がある。それらを一個ずつ外していった。

上蓋を静かに持ちあげる。イエメンでもよく見かけた構造があらわになった。圧力スイッチ以外にも、水平器と同じ仕組みを内蔵する。わずかでも傾斜したら起爆してしまう。サウジとの国境付近でも地雷除去作業員が大勢犠牲になった。

内周には極細のワイヤーがぐるぐる巻きにされている。電線ではなくふつうの針金だ。圧力と傾斜以外に、遠隔で起爆させたい場合、高価な無線装置の代わりにこの内蔵ワイヤーが使われる。地雷の側面に付いた指輪大のリングは、ワイヤーの端に結びつけられている。このリングに指をかけ、ワイヤーを引っぱりだせば、実に最長五十メートルにもなる。ストッパーをかけたうえで、さらに強くワイヤーを引くと爆発する。フーシ派が対人地雷を安く遠隔操作爆弾に改造するため発明した。軍資金の乏しさから生まれた知恵だが、すでに世界じゅうに広まっている。

いま問題となるのは傾斜スイッチだった。小型水平器を留めるネジを、一本ずつドライバーで外す。マイナスドライバーの先を、数ミリ離れたふたつの端子に同時にあてがい、通電を維持する。長さ五センチほどの水平器を慎重に浮かせる。別のドライバーを下にねじこみ、徐々に持ちあげていく。

凜香の声が警告してきた。「瑠那、動画配信が途絶えたからには、地雷を埋めた輩（やから）が戻ってくる」

「承知してます」瑠那は手を休めずに応じた。

ここだけ土が新しい。地雷はけさ瑠那が到着する寸前に埋められた。前の晩から埋めたのでは、野良猫が踏んでしまうかもしれないからだ。対人地雷ゆえ、爆発の及ぶ範囲はごく限られているが、仕掛けた人物は遠くへ退避したにちがいない。それでも不測の事態が生じた以上、現場のようすをたしかめるため、ここに引き返さざるをえなくなる。

瑠那は汗ひとつかかなかった。指先が震えたりもしない。このていどの処理がおこなえなくては、イエメン紛争の地獄を生き延びられなかった。

　小型水平器は充分に浮きあがった。両手にそれぞれドライバーを持っているが、瑠那は困惑をおぼえもせず、歯で水平器を嚙んだ。ゆっくり真上へと引き抜く。水平器の底に隠れていた配線に、ドライバーの先端を絡みつけ、力ずくで引っぱった。手応えとともに配線が切断された。

　ため息が漏れる。瑠那は上半身を起こすと、くわえた水平器をプッと吐きだした。ふたたび地雷に蓋をし、回転させながら軽く投げ上げ、すぐにキャッチする。なにも発生しない。傾斜スイッチを殺せた。瑠那はつぶやいた。「処理完了」

「マジか」凜香の声が大きくなった。「ニラ玉作るより速えじゃねえか」

　瑠那は地雷に上蓋をかぶせた。地雷の底部に砂鉄がびっしりと付着していた。磁石になっている。やはり多目的爆弾に改造してあったようだ。瑠那はそれを片手にぶらさげ、軽トラのほうへ歩きだした。「ニラ玉ですか。フライパンを熱して油を引くだけでも、わりと時間がかかると思いますが」

「そんなじっくりやらねえよ。切ってあるニラを使うし、卵もといておくんだよ」

「調味料は？」

「醬油とみりんと酒、鶏ガラスープを混ぜたやつ。冷蔵庫に用意してある」

「あー。じゃフライパンでゴマ油を温めて……」

「卵をいれて混ぜて、半熟状態で調味液を加えるだけ。二分とかからねえ」

苦笑が漏れる。瑠那はつぶやいた。「そんなに準備してあれば、さすがにそっちのほうが速いですよ」

運転席の功治はまだ手もとの作業に追われていて、こちらに目を向けない。そのとき住宅街の静寂を破り、クルマのエンジン音が近づいてきた。

黒塗りのワンボックスカーは、トヨタのハイエースだとわかった。生活道路を接近してくるや、駐車中の軽トラを追い抜き、土地に横付けするように速度を落とした。

瑠那は息を呑んだ。助手席から鋭いまなざしを向けてくるのは、頭の禿げあがった中年男、先日見たばかりの顔だった。鵜森組幹部の畑掘だ。

隣の運転席から身を乗りだし、こちらのようすをうかがう男も、やはり見覚えがある。闇カジノにいたヤクザのひとりだ。後部座席のサイドウィンドウにはスモークフィルムが貼ってあるが、乗員の気配が複数ある。組員たちにちがいない。

半ば唖然としながらも、瑠那のなかでは急激に反感が募りだした。畑掘と視線がぶつかり合う。表情をこわばらせた畑掘が、運転席のヤクザになにかを命じる。ハイエースは速度をあげ、猛然と逃走しだした。

瑠那はハイエースを追うべく生活道路を駆けていった。助走をつけつつ、フリスビーのハイザーの姿勢をとると、地雷を力いっぱいにぶん投げた。円盤の遠い側を下方に傾けたうえ、俯角ぎみに投げることで、高速回転にカーブが加わる。地雷がまっすぐハイエースの後部に飛んでいった。追いついたあたりで曲がりだし、底部がリアハッチと平行になる。磁石により地雷がハッチに貼りついた。

立ちどまった瑠那の胸に、空虚な思いがひろがった。急速に遠ざかるハイエースのテールランプを黙って見送る。ハイエースは荒川方面に向かっていた。

背後でドアの開閉音がした。瑠那が振りかえると、功治が紙垂を手にしながら、ぽかんとした顔で降車してくる。

「いまのは?」功治がきいた。「施主さん一家、まだ現れないのか」

「たぶん永遠に来ませんよ。施主なんていないんです」

功治が目をぱちくりさせた。「どういうことだ?」

瑠那の右手中指に嵌めたリングに力が加わった。ワイヤーに結びつけられていたリングだった。張り切ったワイヤーの先、五十メートルほど先の路上で、耳をつんざく爆発音が轟いた。路面が隆起するほどの震動が突き上げ、衝撃波とともに熱風が押し寄せる。長い髪がなびいた。瑠那は背を向けていたが、ハイエースが消し飛んだのは明らかだった。外れたホイールが路面に転がる、うつろな音がかすかに響き渡った。

「なんだ!?」功治が慌てふためきだした。「事故か。119番しないと!」

瑠那はなおも振りかえらなかった。あの地雷の威力なら、ハイエースは粉々になっただろうが、位置は区画整理のみの新規分譲地だ。道沿いに家屋はなく、人的被害は生じない。ハイエースの乗員以外には。

近隣の住人らがなにごとかと駆けだしてくる。瑠那はひとり軽トラへと遠ざかった。真冬のように冷えきった風が胸のうちを吹き抜ける。凜香のほうが正しかったのかもしれない。

9

斜陽の射す荒川の土手、草の生い茂る斜面に、瑠那は腰を下ろしていた。

眼下の河川敷は広々とし、小さな子供たちが駆けまわっている。川幅がきわめて広く、対岸はかなり遠くに見える。首都高の高架には無数のクルマがひっきりなしに流れる。じきにヘッドライトの運河になるだろう。

この近くに路線バスの終点がある。ひとりになりたいときには、いつもバスを乗り継いでここに来る。本当はクルマの運転も知っているが、高一の瑠那はもちろん無免だ。人前でハンドルを握るわけにもいかない。

ただし、きょうはもの思いにふけるためだけに、ここを訪ねたわけではない。いったん神社に帰ってから、私服に着替えたうえでまたでかけた。分譲住宅地で起きたクルマの爆発について、現場検証の進捗(しんちょく)状況を自分の目でたしかめておきたかった。

警察は午後三時ごろには引き揚げた。それまであの一角はマスコミと野次馬で大賑(おおにぎ)わいだった。瑠那は街頭防犯カメラを避け、遠目に眺めるのみだったが、刑事らの上腕に暴力団対策課の腕章が確認できた。

報道も鵜森組の幹部以下六名が死亡、抗争の疑いありと伝えた。渋谷道玄坂のカジノバーに家宅捜索が入ったという。鵜森組による違法賭博(とばく)はこれで壊滅だろう。数ある末端の闇カジノのひとつにすぎないが。

川面(かわも)に反射する夕陽の煌(きら)めきを見つめる。憂鬱(ゆううつ)な気分に浸っていても、土手を近づいてくる足音には、自然に注意が向く。歩調から誰なのかもわかる。なにかを投げてきた。小ぶりなペットボトルの飲料だとわかる。瑠那は片手で受けとった。

黒のパーカー姿の凜香は、もう一本のペットボトルを片手に下げていた。近くで足をとめ、瑠那を見下ろすと、凜香が話しかけてきた。「やっぱりここにいたかよ」

瑠那は川面を眺めつづけた。「もうすぐ帰ります。社務所の雑務が残ってますし」

「公安はうろついてなかった？」

「それらしき人はいませんでした。所轄と警視庁の暴対課だけです」

「なら隣の家の防犯カメラも、特に問題視はされねえな」

空き地で地鎮祭の準備をする巫女が映っているだけだ。HDDに録画されたのも途中まででしかない。事件の発生を受け地鎮祭は中止、なんら不自然なことではない。それでも所轄は、ひとりでも多くの目撃者をあたろうとするだろうし、どこの神社の巫女だったかを割りだしにかかる。畑掘の周辺を調べれば、きょう阿宗神社を嵌めた痕跡が見つかるかもしれないし、公安の刑事がHDDをチェックすることもありうる。しかし瑠那が物理的に関わった証拠はなにもない。

瑠那は思いのままをつぶやいた。「Xの招待状は、ただ闇カジノに撒かれたわけじゃありません。世の闇カジノは経営がバラバラでも、組合のようなネットワークで結ばれてるんでしょう。それを踏まえたうえで、新規の賭博への参入を募るため、あの招待状が送られてきたんです」

「だよな」凜香が隣に座った。「瑠那の目にとまった闇カジノを一軒訪ねただけで、あのメモリーカードがあったんだから、ほぼすべての違法賭博場に横のつながりがあるってことだろ」

「わたしが持ってたメモリーカードを、道玄坂の闇カジノの事務室で開いたから……」

「そう。瑠那が鵜森組の畑掘を訪ねたことを、胴元側も察知した。メモリーカードごとにアクセスが識別できるようになってるんだろうな」

「胴元のXが、畑掘さんの抜け駆けを疑って……。罰としてわたしの抹殺を命じたんでしょうか。畑掘さんは体育祭のブックメーカーをパスするといってたけど、それを許すXじゃないですよね」

凜香が苦々しげに指摘してきた。「まだ暴力団員に好意的な見方をしてやがる。畑掘ってのがパスするっていったのは嘘にきまってる。闇カジノじゃふつうに運営するんだろうよ、Xが提供したブックメーカーを」

瑠那は言葉に詰まった。「でも……」

「案外難しい女だな、瑠那は」凜香はペットボトルの蓋を開けた。「血で血を洗う戦場育ちなんて、高一にしてよっぽど達観した性格の持ち主かと思いきや、ヤクザのおっさんらにもファザコン発揮かよ。わたしや結衣姉に特有の病じゃなかったんだな」

「……そうかもしれません」瑠那はすなおにいった。「両親を知らずに育ったせいか、少しでも親切にしてくれる大人に対し、依存心を抱きがちなんです。裏切られてもなかなか事実を受けいれられなくて……。戦場では敵と味方が入り交じって混沌としてました。案外いい人ってのが、予想もできない陣営から出現したり」

「日本の反社はもっと馬鹿だよ。暴力団や半グレと呼ばれるのを歓迎してやがる。思いやりをしめすことがあっても、それは人をだまして懐柔して、まんまと利用するためでしかねえし」

「神社に祈禱に来られたときには、みんな笑顔でした。家族や親族どうし、愛情と思慮深さに溢れてて……。あれは偽らざる感情だったはずです」

「そんなもん優莉匡太半グレ同盟の奴らも、宴会じゃ楽しい兄ちゃんたちだったぜ？　悪ぶってる輩は強そうだし、やさしくさえしてくれれば、根が真面目な大人より親しみやすくて、頼りがいがあるように思えるんだよ」

　徐々に腑に落ちるものがある。法を外れて生きる人間が自分だけではないと、九歳のころから信じたかった。たとえ暴力行為に及ぶことがあっても、じつはまともな大人がいれば、孤独ではないと実感できる。そんな期待感を勝手に募らせていた。

　視線が自然に落ちた。瑠那はつぶやきを漏らした。「たしかに……。中東のゲリラ兵はみんな怖かったし。言葉が通じない場合も多かったし。でも日本に来て、反社と呼ばれる人たちと接したときには、案外わかりあえる気がしたんです」

「砂嵐のなか完全武装してる兵士に比べたら、ヤクザはおとなしいし、人間味があるように思えるのかもな。わたしたちも人殺しだから、勝手に親近感をおぼえちまうこともありうる。でも今回のことでわかっただろ。本性は危ねえ奴らばっか」

心の奥底を哀感が鋭くよぎった。瑠那は力なくささやいた。「この国には信頼があるかと思ったのに」

「ヤー公が信頼できねえってだけだよ。少なくともわたしたちは姉妹なんだし、仲良くやろうぜ」凜香は冗談めかした口調でそう告げると、ペットボトルを呷った。「瑠那。わたしや結衣姉はよく精神鑑定を受けさせられた。ゴミを殺しても証拠は残さねえから、反社会性パーソナリティ障害の認定は免れてきた。でも境界性パーソナリティ障害なのはまちがいないって決めつけられた」

「境界性……」

「心が不安定。自暴自棄な行動を繰りかえすせいで、対人関係が崩壊しがち。日常生活も支障だらけだから、苦しくて仕方ないんだけど、自分じゃどうにもならない。人の気持ちを敏感に察するとこがある一方、見捨てられるかもって不安にさいなまれると、もうヤケになっちまう」

「発症の七割が女性だそうですね」

「ヒスを起こすからめだつだけじゃねえの？　ほんの一回か二回会っただけの相手に、勝手に理想像を当てはめて、親しくしようと躍起になる。でも現実には相手がそんな人間じゃないと知るや、たちまち憎悪の対象とし罵倒する。周りはそんな極端さにうんざりして、しだいに遠ざかる。だから孤立してよけいにイライラ」

「原因はどこにあるんでしょう」

「三歳までの発育に、親の愛情を充分に受けられなかったのが原因って、専門家はいいたがる。分析には納得いかないとこも多いけど、誰かに求められなきゃ自分がないと感じるってのは当たってる。根本的に自分が悪いとも思ってるし」

「わたしにも当てはまるといいたいんですね」

「ちがうよ。わたしの場合だってぜんぶ的を射ちゃいねえ。親をありがたがったり、心底憎んだりを繰りかえすのも、境界性障害の特徴だっていうけど、そこんとこはまるで外れてる。わたしは親が嫌いなだけだし」

「でもお父さんから得た知識のおかげで、いままで生き延びられたって実感はありますよね？　ときどきそんなふうにいってるし」

凜香は苦笑いを浮かべた。「必死に生き延びなきゃいけねえこと自体、あんな親のもとに生まれた弊害じゃん。親に感謝はしてねえし、ありがたいなんてこれっぽっちも思わねえ。ただ……」

「なんですか」

「糞両親は好きじゃなかったけど、親子関係には憧れてた。小さいころ親父と言葉を交わしてたのはそのせい。だけどわたしが望んでたのは、あくまで理想の親とのつきあいだと思い知った。よその家の子になりたかったんだよ、結局」

実の親と話せただけでも羨ましい。瑠那はそう思ったが、きっと凜香にとっては論外なのだろう。

凜香が鼻を鳴らした。「パーソナリティ障害の理屈なんて、天才の瑠那にはわかりきってるよな。瑠那には関係ねえかも。九歳から育ての親に恵まれてるし、生みの親のことなんて、わざわざ振りかえる必要もねえだろうし」

「母は可哀想です。なんとか少しでも自我を取り戻せるすべはないのかと、いつも考えています。父は……。優莉匡太という人は極悪人です」

「的確」凜香はしばし川を眺めていたが、やがて瑠那に向き直った。「胴元のXって奴の意図が読めねえ」

「体育祭と同じく、今回も暗殺の現場を監視するにあたって、賭博目的の無数のアクセスに紛れようとしたのかと」

「そのわりにはブックメーカーが本格的すぎね？　〝犯人自爆〟の項目もできてたけど、事前の人気は最低で、賭けてるのも一名だけだった。でもそれが現実になったと報道されて、結果は大穴。実際に大金が動いたみたいだし」

「わたしが本当に賭けの対象にされて、遊ばれてるってことでしょうか」

「あるいはそう見せかけて、やっぱ命を奪うことが目的かも」凜香が深刻な面持ちになった。「瑠那にしろ尾原大臣にしろ、危うい立場にあるのはあきらかだよな」

「凜香さんもです。体育祭当日に凜香さんがいれば、レースが荒れることをいっさい期待できませんから」

「賭博を面白くするために、真っ先にわたしが狙われるって？　上等じゃん」

嫌な胸騒ぎがする。瑠那はささやいた。「気をつけてください。凜香お姉ちゃん」

「心配ねえよ。こういうのは慣れてる」凜香が立ちあがった。「それ飲みなよ」

「ありがとうございます……」

「瑠那のほうこそ注意してよ。地雷ごときに殺られる瑠那じゃねえだろうけど、きょう狙われたのはたしかなんだし」

「はい。油断しないようにします」

凜香はまだ立ち去らなかった。「なあ瑠那。EL累次体やら胴元のXやら、わけのわかんねえ勢力が暗躍しやがる。ふだんはだいじょうぶかよ。無事に暮らせそう？」

「平気です。でも」瑠那は内なる感情のままにつぶやいた。「義父母に拾われてから人の温かさを知りました。この国では誰かを死に至らしめるような、本当の意味での裏切りなんて、めったにないって思ってたのに」

「またそこかよ。それが奥田って医者をぶち殺した瑠那の台詞かよ。あいつは世間を欺きまくってた。大勢の十代女子が犠牲になったじゃねえか」

「あの人は恒星天球教の幹部で、友里佐知子の右腕でした。母の仇だったんです。あんな人はほかにいないと信じてました。あれで終わったと思ったのに」

凜香が頭を掻いた。「戦場を知ってるわりに、案外ピュアなとこがあるんだな」

「この国は理想郷だと信じたかったので……」

「そんなもんほど遠いよ」

「ならなにを拠りどころに生きればいいんですか。凜香お姉ちゃんも結衣さんもここ数年、抗争と殺戮に明け暮れてたんですよね？　そこに幸せはあったんですか？」

「抗争と殺戮って、遠慮なくいってくれるな。でもそこんとこきかれてもなぁ……。永遠にそのままでいいとは思わなかったよ。結衣姉も大学生になって、過去を思い出と割りきったのか、足を洗ったように振る舞ってるし」

「凜香お姉ちゃんはどうなんですか。将来割りきれると思いますか」

「わたしは……」凜香は口ごもった。「どうかな。いろいろ後戻りできねえとこまで突き進んじゃった気もするし。瑠那は脅威を振り払いしだい、おとなしくあどけなく暮らせばいいんじゃね？　わたしみたいに悪名が轟いてるわけでもねえから」

「……わたし、凜香お姉ちゃんと一緒に暮らしたいんですけど。そういうのは無理ですか」

並木が微風にざわめく。凜香は真顔になったものの、すぐにまたおどけだした。

「やめとけって。せっかく糞親父と絡まずに育ったのに、優莉家の悪影響なんか受けんなよ」

「でも……」

「いまだけはコナかけられたんだから、瑠那も反撃するしかねえけどさ。それが終わったら真っ当に生きなよ」凜香がやけにあっさりと告げた。「早く帰れよ」

返事をまつようすもなく凜香が背を向けた。いつしか辺りに夕闇が迫っていた。朱いろを濃くした堤防敷の斜面を、凜香がひとり上っていく。ショートボブの髪が風に揺らいだ。いちども振りかえらず、凜香の後ろ姿は小さくなっていき、そのまま姿を消した。

10

あと一年で死ぬかもしれない、ずっとそう思ってきた。延命できるかどうかの瀬戸際を生きつづけた。実母の仇をとるのと、未来の人生を獲得するのは、どちらも同じ場所に位置するゴールだった。

奥多摩の廃病院でふたつの目的を果たした。恒星天球教の残党を突きとめ、息の根をとめた。と同時に瑠那は、人並みに長く生きられる、その望みを達成するに至った。

とたんに途方に暮れた。一年以上先のことをなにも考えてこなかったからだ。生きるためにすべてを投げ打つ決心をした。友里佐知子の仲間への復讐に執念を燃やした。プロセスしか頭になかった。人生を得てからはなにがあるのだろう。ずっと想像さえせずにいた自分に驚かされる。

これから高校の三年を過ごす。どうしたい。願いはすぐに絞りこまれた。巫女として働き、義父母に恩返しする以外は、ふつうの女子高生になりたい。カワイイ文化で世界に知られる日本のJKとして、なにも起きない日常を過ごしたい。友達を作り、渋谷に遊びに行き、ティックトックに興じて、お洒落に明け暮れたい。

そんな思いがあるからか、学校生活は楽しかった。入学当初は発作の連続だったため、瑠那はすっかり周りを遠ざけてしまったが、それでも通学自体に心が躍る。六月に入り夏服になった。女子はエンジにグレーのストライプが入ったスカートが、冬服と共通する一方、半袖ブラウスにリボンという装いだった。胸ポケットの校章があいかわらず素敵に思える。

おとなしい生徒と仲良くなることが多かった。いまも生活指導の蓮實先生から、凜香ともども進路指導室に呼びだされているものの、どうしても先に友達の課題を手伝いたくなる。休み時間の一B教室で、瑠那はクラスメイトの鈴山耕貴の机に寄り添い、数学Aのプリントに目を落としていた。

童顔で小柄、内気な鈴山は、授業中に先生への質問をためらってしまった。おかげで謎を解くための糸口をつかめずにいる。鈴山は顔を真っ赤にしながら文面を見つめた。「ええと……。Eのカードが三枚、Tのカードが二枚、A・N・Dのカードが一枚ずつある。シャッフルして無作為に並べたとき、出席者を意味する英単語になる確率を求めよ。……英語の問題も交ざってるんだけど?」

瑠那は苦笑してみせた。「意地悪だよね。でもこれらのアルファベットの組み合わせなら、出席者って意味になる単語は"ATTENDEE"」

「そっか。Eが三つとTがふたつだから……」鈴山がプリントにシャープペンシルを走らせた。「3360分の1?」

「当たり。さすが鈴山君」

鈴山が笑顔になった。「杠葉さんが単語を教えてくれたからだよ」

事実として鈴山は頭の回転が速い。数学も得意のようだ。それに親切だった。瑠那は鈴山を見つめた。「わたしが掃除当番だったのに、音楽室から戻ってきたら、もう片付いてたけど……。鈴山君だよね?」

「ちょうど暇だったから……。たいしたことないよ」

「ありがとう。嬉しい」

耳まで真っ赤に染まった鈴山が、あわてたようにプリントに目を落とした。「ぼ、僕のほうこそ、この問題にヒントをもらえて……。あとは自分で頑張ってみるから」

進路指導室に行かねばならない。瑠那は手を振りながら鈴山の机を離れた。

以前に瑠那と話していたというだけで、鈴山をいじめようとした男女三人のグループは、いまや気まずそうにそそくさと逃げ去っていく。蓮實先生のビンタを食らったのがよほどショックだったようだ。体罰ではなく教育だと蓮實はいった。不器用でもやさしい先生やクラスメイトがいる。この日常こそ瑠那が求めているものだった。こんな環境が壊れてほしくない、いつも心からそう思う。

廊下にでて階段を上り、特別教室が連なる四階を歩いた。次の授業に利用がないらしく、いまは静まりかえっている。行く手に進路指導室の引き戸があった。凜香は先に来ているはずだ。

引き戸に近づいたとき、なかから物騒なノイズがきこえてきた。なんの音かは明白だった。瑠那は急ぎ引き戸を開け放った。

狭い進路指導室には事務机がひとつと椅子数脚しかない。残りのわずかなスペースで、夏服の凜香が巨漢の蓮實先生と激しく打ち合っていた。蓮實のポロシャツに、ラグビー選手のような逞しい二の腕と胸板が浮きあがる。凜香の執拗な打撃と蹴りを、蓮實がすばやく平手で払いのけては、巧みに身を退かせ躱す。必死の凜香に対し、蓮實のほうはいたって冷静な面持ちのままだった。

瑠那は声をかけた。「あのぅ」

「ああ」蓮實が凜香の攻撃を受け流しながらいった。「杠葉。同い年の姉にいえ。先生だから相手になってやれるが、ほかの先生に対してなら、殴りかかった時点で傷害罪だと」

凜香が歯を食いしばり、左右のこぶしで突きを矢継ぎ早に繰りだす。「ききわけのねえ先生のほうがいけねえんだろが」

蓮實はすべての突きをてのひらで受けとめた。「すぐにカッとなる。優莉、おまえの欠点はそこだ。闇雲に打つばかりで間合いも詰まりすぎてる」

「ジークンドーのケンカ殺法なんだよ」

「おまえの場合は好き勝手の殴る蹴るを、ジークンドーと呼んでるだけだ」

「ならこいつはどうだよ」凜香は吐き捨てるや、跳ね上げる蹴りで金的攻撃を見舞おうとした。

ところが蓮實は姿勢を低くし、蹴りが命中するより速く、その脚を両手でつかんだ。右手でふくらはぎ、左手で踵を掌握する。一本足で重心を崩しかけた凜香を、そのまま後方の椅子へと倒しこむ。凜香は両手をばたつかせながら、椅子に座るのを余儀なくされた。

蓮實がやれやれというように額の汗を拭った。「ふたりとも着席しろ。話すために呼んだんだ。じゃれ合いたいならまた今度つきあってやる」

瑠那は凜香の隣に腰掛けた。凜香は苦々しい面持ちで、肩で息をしている。そんな凜香に瑠那はきいた。「なにがあったんですか」

「事情を相談したら、わたしを体育祭にださないとかいいやがる」

すると蓮實が向かいの椅子に腰を下ろした。「おまえのためだ。杠葉はもともと身体が弱いことになってるから自習にする。優莉も同じく教室で自習しろ」

「あのな」凜香が声を荒らげた。「武蔵小杉高校でなにが起きたか、知らねえわけじゃねえよな？　女子ふたりで自習室って、あんときのテロ発生寸前とまるで同じだろうが」

「あれは武装勢力の標的が総理大臣だった。今度狙われるのはおまえだ」

「出場種目の一位候補だから？　あほくさ。標的は尾原大臣かもしれねえのに」

「金儲けのために手段を選ばない連中が、この世にはいくらでもいる」蓮實の目は瑠那に移った。「地鎮祭のブックメーカーでも、犯人自爆に賭けて大勝ちした奴が怪しい」

瑠那は蓮實を見かえした。「あのサイトをご覧になったんですか」

蓮實が事務机の上のパソコンに顎をしゃくった。「優莉がメモリーカードを持ってきたからな。ルール上、賭けたい項目がなければ申請し、胴元が承諾すれば新たな項目が加わる仕組みだ。プレイヤーの誰か一名が、犯人自爆に賭けたいと望んだ。希望が叶えられ、犯人自爆という項目が新設された結果、ひとり勝ちしたわけだ」

凛香が苛立たしげな目を蓮實に向けた。「地雷がとっくに土に埋まってた以上、犯人自爆なんて結果、ふつうなら予想つかないよな？　瑠那が地雷を掘り起こして、反撃にでるのを読んでたとすれば、瑠那の能力を知ってる奴かよ」

「だろうな」蓮實が応じた。「今度もそいつが仕掛けてくると思う。優莉が突然、出場できなくなったとして、その代わりは？　ほかの生徒はみんな出場種目が決まってる。身体が空いてるのは杠葉だろう。優莉が大怪我をしたりしたら、すすんで代理を務めるんじゃないか？」

瑠那はつぶやいた。「ありえます……。凛香お姉ちゃんが出場しなかったせいで、一Cが負けたら、きっとクラスメイトに恨まれるでしょう。そんなふうになってほしくないですし」

凛香がため息をついた。「瑠那の勝率予想は学年最下位……。配当の倍率は最大。大逆転でレースがひっくりかえるよな」

蓮實がマウスをクリックした。パソコンの画面にブックメーカーが映しだされた。マウスで表示をスクロールさせ、蓮實が神妙につぶやいた。「きみらが受けとったメモリーカードで、こうして日暮里高校からアクセスしてると判明しても、いまさら状況は変わらんだろう。だからチェックしてみたんだが、勝率最下位の杠葉瑠那に賭けてるプレイヤーが、一名だけいる。匿名だ。どの国からの参加かもわからない」

凜香が身を乗りだした。「地鎮祭で犯人自爆に賭けたのも一名だったんだろ？　同じ奴？」

「ああ。これだ」蓮實がカーソルを画面の一か所に合わせた。その参加者のハンドルネームは〝Killer Deeper〟、アクセス元はルワンダとなっている。

蓮實がいった。「こいつは優莉が欠場すれば、杠葉が出場すると確信してる。杠葉の身体能力だけじゃなく、優莉との姉妹関係も承知してると考えるべきだ」

「まてよ。このブックメーカー自体がまやかしじゃねえの？　遠隔監視がバレねえように、総アクセス数を増やすためだけのでっちあげじゃね？」

「いや」蓮實が事務机の引き出しを開けた。「そうじゃないと思う」

カラー印刷されたＡ４のコピー用紙の束が、机の上に置かれた。瑠那は息を吞んだ。凜香も表情をこわばらせた。

パソコンのブラウザ表示を、そのままスクリーンショットで残し、画像をプリンターで出力したらしい。印刷されているのは今回と同じレイアウトのブックメーカーだった。ただし賭博の内容が異なる。パリミュチュエル方式のオッズ表には、きりっとした日本人青年の顔写真が並んでいた。陸上自衛官の制帽も多い。襟元は迷彩服だとわかる。

凜香が画像のひとつを指さした。「これ蓮實先生じゃね？」

「そうだ」蓮實が硬い顔でいった。「このオッズ表は全員、俺の元同僚だよ。陸上自衛隊の特殊作戦群。ホンジュラスのテグシガルパへ、極秘のうちに派遣されることになった面々だ」

「マジか。慧修学院高校の生徒救出のために？」

「ああ。ゼッディウムに占拠されたベアトリス・スクールで、日本人の生徒や教員が人質になってた。特殊作戦群の一員として、先生もホンジュラスに行く予定だった」

「……行かなかったおかげで難を逃れたんだろ」

「全滅だったからな……。みんな同じ釜(かま)の飯を食ってきた仲間たちだ。でも誰ひとり帰らなかった」

「この悪趣味なブックメーカーはどこから……？」

「当時、公安が情報を得て、防衛省に通知してきた。闇カジノが妙な賭博を始めたとの情報を、公安がキャッチした。参加への鍵(かぎ)となるメモリーカードを刑事が入手、アクセスしてみたらこれがでてきたそうだ。Xという胴元から各地の闇カジノにメモリーカードが卸されたとか」

「前にもあったのかよ」凛香が唸った。「胴元のXってのは、特殊作戦群が派遣されたのも、そのメンバーまでも知ってたのか」

「勝率予想の人気最下位を見てみろ。配当の倍率は最高値になるわけだが」

凛香が紙を一枚ずつめくっていった。オッズ表の最後は“SPECIAL ENTRY”、特別枠となっている。そこにはなんと女子高生の顔写真があった。瑠那は面識がないものの、報道を通じ何度となく目にしてきた。凛香と会ったときもそうだったが、父親が共通するせいで、なんとなく鏡のなかの自分に面影が重なる。

特別枠は優莉結衣だった。自衛官のなかにたったひとり、十代の少女が交ざっている。たぶん学生証の写真の転用だろう。冷ややかなまなざしの仏頂面が、まっすぐこちらを見つめていた。

蓮實がいった。「表示によれば優莉結衣に賭けたのは一名だけ。やはりルワンダの“Killer Deeper”だ。そいつが胴元Xに特別枠の項目を申請し、受諾されたとしか思えない」

凛香が紙束を机の上に放りだした。「そんときも儲けを独り占めかよ。胴元Xとグルじゃね？　同一人物かもな。あるいは遠隔監視のためのカモフラージュとして、ブックメーカーをでっちあげただけで……」

「ホンジュラスのときは現地からの映像中継はなかった。遠隔監視のためのアクセス自体がなく、カモフラージュする必要も皆無だった。なによりこのブックメーカーが開催されたのは、部隊の全滅後、一般にはまだ結果が報じられていないうちだった」

「なんだよ。それを先にいえよ」凜香がふくれっ面になった。「ってことは、ブックメーカーはガチか」

　蓮實が深刻な面持ちでつぶやいた。「世間の知らない情報を賭博に反映させ、巨額の金を動かす胴元が実在する。いわば裏社会の国際オンラインカジノだ」

　凜香が天井を仰いだ。「ギャンブラーのほうは何者？　ルワンダの"Killer Deeper"ねえ。韻を踏んでるよな。意味は？　〝もっと深い殺戮者〟？」

「ルワンダではスワヒリ語がよく話されてますけど。なぜ英語のハンドルネームなんでしょう」

「いちおう国際的な催しだからだろ？　スワヒリ語なんかわたしたちにゃわかんねえし」

「〝殺戮者〟はスワヒリ語でmuuaji、〝深い〟はkinaです」

「……あー」凜香が醒めたようにつぶやいた。「瑠那は天才の生まれで戦場育ちだったな。忘れてた」

蓮實が話題を戻した。「胴元のXはホンジュラス以来、優莉匡太の子供たちに目をつけたんだろう。体育祭で優莉が狙われるのは必至だ」

「よしきた」凜香が椅子にふんぞりかえった。「返り討ちにしてやる」

「何度もいわせるな。襲撃が予想されるからこそ出場はさせられない」

「ほかの先生たちにはどう説明するんだよ？　ブックメーカーのことも、瑠那がじつはもう病弱じゃねえってことも、誰にも明かしちゃいねえんだろ？」

「理由なんかいくらでも思いつく。優莉、四つの教科で宿題が未提出だ。英語コミュニケーションIの授業中、ファッキンとかダムンとか、汚いスラングを交ぜるのはよせ。早口でいっても、英語の先生はちゃんとリスニングできてるそうだ」

「その罰則として謹慎させようってのかよ？　自習室が襲われるだろが」

「優莉がグラウンドにいて、周りの大勢を巻き添えにするよりマシだ。自習室で人知れず防御の手段を講じるのなら、ぎりぎり暗黙のうちに許可してやる。命をつなぐためだからな」

瑠那は蓮實を見つめた。「先生。たしかにすべての要素は、体育祭を舞台にした賭博の可能性を裏付けてますが……。尾原大臣の訪問が気になります。わたしたちの関心を賭博に向けさせつつも、じつはやはり大臣が標的ってことはないんでしょうか」

「そっちは警察に相談し、警備の強化に努めてもらう。ブックメーカーについてもだ。公安がこのブックメーカーの存在を把握してる以上、刑事警察にも情報の共有が可能だからな」

「よせって」凜香が大仰に顔をしかめた。「青柳なんて裏切り者がいる公安だぜ？信用できるかよ」

「ＥＬ累次体というのがなんなのか知らないが、妙なものを信奉してそうな派閥の刑事は排除する。先生には自衛官だったころの信頼できる筋がある。まかせろ」

「いまいち信用できねえ。でも警察が体育祭を警備してくれるんなら、わたしが出場してもかまわねえよな？」

「くどい。おまえは杠葉と一緒に自習だ」

「そりゃねえだろ」凜香が食ってかかった。「わたしたちを爪弾きにする気かよ！」

「先生も一緒にいてやる！」蓮實が怒鳴った。「自習室で三人、何者かの襲来を待ち受ける。それでいいだろう。グラウンドにいる全校生徒と教員の命は危険に晒せない。来賓もだ。防御手段を容認するだけでもありがたく思え！」

11

六月半ばの梅雨どきだというのに、体育祭当日の朝は、雲ひとつない青空がひろがった。生徒たちはみな教室の椅子を外に運びだし、グラウンドを取り巻く席を作っている。白テント屋根の下の来賓席には、予定どおり尾原大臣が姿を見せていた。SP以外にも荒川署の制服警官が校門の警備にあたる。

校舎の二階、一Bの教室に居残る瑠那は、それらのようすを伝えきくだけでしかない。一Cの凜香も隣の席についている。あきらかに不満顔だった。ふたりとも体操服ではなく制服のままだ。教室内に椅子は二脚のみ。ほかの机からはきれいに椅子が消えている。

教卓のわきに立つ蓮實は、座るところがなくてもかまわないようすで、ときおりランジで足腰を鍛える。さらに片足を浮かせバランスをとり静止する。ふらつくどころか微動だにしない。まるで等身大の彫像だった。

凜香はじれったそうに宿題に取り組んでいた。「なんだよこれ……。数学Aのくせに英語が交じってるじゃねえか。出席者の英語って"ATTENDEE"?」

鈴山と同じ問題だ。瑠那は国語の教科書から顔をあげた。宿題をすべてこなし、中間テストの成績もよかった瑠那は、いま特にあたえられた課題もない。

「ええと」凜香が頭を掻きむしった。困惑顔を瑠那に向けてくる。「"ATTENDEE"になる確率って……」

「3360分の1」

「ありがと」凜香がプリントに答えを書き殴った。

「おい」蓮實はストレッチしながら苦言を呈した。「杠葉。答えを教えるな」

凜香はかまわず次の問題を読みあげた。「同じ八枚を無作為に並べて"DEAN"が含まれる確率……。瑠那。頼むよ」

「112分の1」

「天才の妹がいると助かる」

「こら!」蓮實が憤然と歩み寄ってきた。「それじゃ優莉のためにならんだろ」

だが凜香が悪びれたようすもなくいった。「いいんだよ確率なんて。殺戮現場じゃ勝ち目のない状況もしょっちゅう経験するじゃん。一割だろうが一分だろうが、たいしてちがいなんてねえし」

蓮實が凜香を睨みつけた。「おまえが生き延びたときには、誰かが助けてくれただけかもしれん。それを忘れるな」

「いまは生存の確率が著しく下がってるぜ？　こんなふうに揉めてる隙にロケットランチャーでも撃ちこまれてみろ。三人が手分けして窓辺を見張るのが最善策だろが」

「警察が警備してる。先生も絶えず聞き耳を立ててる。いいからおまえは宿題に集中しろ。問題は自分で解け」

「解くべきは設問Zってやつだろ。どこの誰がメモリーカードを瑠那の机に置いたんだよ？　なんの目的で？　それがわかんなきゃ対策も充分になりえねえ」凜香はカバンをまさぐり、小ぶりなオートマチック拳銃、グロックG19を取りだした。「自分の身は自分で守らなきゃな」

　蓮實がすばやく踏みこみ、凜香の手から拳銃をひったくった。効果的な奪取のムーブメントだと瑠那は思った。凜香はグリップをつかんでいたが、ついいましがた弾倉をリリースするため、側面のボタンを押そうと握力を緩めた。蓮實はその一瞬を突き、銃身をつかむや真上に引き抜いた。

　凜香があわてぎみに両手を振りかざした。「なにすんだよ！」

「授業に関係ない物は持ちこまない。没収する」

「防御手段を容認するといってただろが」

「銃の所持は違法だと常々いってるだろう。認められん」

「丸腰でどうやって襲撃者と戦うんだよ」

「あくまで防御だ。銃撃を避け、間合いが詰まった場合には、体術で危機を回避すればいい。足払いをかけたり椅子を投げつけたりするぐらいなら許してやる」

「目潰しや金的攻撃は？」

「駄目だ」

「戯れ言もたいがいにしろよ自衛官先生！　武装兵が大挙して乗りこんでくる可能性を考えねえのか」

「体育祭が中止になったら、杠葉に賭けてるプレイヤーは元も子もなくなる。大規模襲撃はない」

　凜香が弾かれたように立ちあがった。「いいから拳銃を返しやがれ！」

　瑠那はかすかなスリッパの音をききつけた。「誰か来ます」

　蓮實がぎょっとして動きをとめた。凜香も静止した。沈黙のなか、複数の歩調が耳に届く。廊下をこちらに向かってくる。凜香と蓮實はなおもささやき声で押し問答をつづけた。銃の返却を求める凜香と、返そうとしない蓮實の小競り合いだった。だがスリッパの音がいよいよ間近に迫ると、蓮實は教壇へ走り、教卓のなかに拳銃を投げこんだ。凜香が歯ぎしりした。

引き戸が開いた。襲撃者でないことは一見してわかる。凜香は憤懣やるかたないといった顔で着席した。

ぞろぞろと入ってくる先頭は、頭頂の禿げた五十代、池辺校長だった。教頭や学年主任ら教師も顔を揃える。その後ろにはSPらしき屈強そうな男が数人つづく。彼らに守られているのは、四十代の黒縁眼鏡、尾原文科大臣だった。

尾原大臣は教壇の蓮實に会釈をした。蓮實が泡を食ったようにおじぎをかえす。尾原の目は瑠那に移り、それから凜香を見つめた。

「優莉凜香さん?」尾原がきいた。

「あ?」凜香は斜にかまえたままだったが、さすがにまずいと思ったのだろう。椅子から腰を浮かすと、軽く頭をさげた。「あー、はい。優莉です」

「元気で活発そうな子じゃないですか」尾原は政治家に特有の、芝居がかった笑いを浮かべていた。「体調が悪いわけでもないんでしょう? あなたが欠場するときいて、とても残念に思いましてね。ぶしつけながら本人の意志をたしかめに来たしだいです」

「ええと。わたしは……」

池辺校長がうわずりがちな声で遮った。「もちろん優莉さんは出場する気満々です。クラスメイトからも期待されてますからね。でも未提出の宿題が山積みで、それを終えてからということだったんですが……」

腰巾着っぽい教頭があとを引き継いだ。「大臣がお越しになったことですし、宿題はちゃんとやるという前提で、きょうの出場は認めるべきでしょう」

「そう！　私もそういおうと思っていた。蓮實君、それで問題はないね？」

蓮實が当惑のいろを浮かべた。「いえ。しかし……」

校長は譲らなかった。「蓮實君。わが校を大臣が訪問なさったのは、世間の優莉凜香さんに対する関心を反映してのことだろう。いじめ問題における、その、きみの対処も正しかった。優莉さんを欠場させたとあっては、わが校の判断が疑問視される」

この校長は当初、凜香を退学させたうえ刑事告訴する、そう息巻いていたはずだ。蓮實はいじめっ子を真っ当に加害者認定したが、校長はそこに不満をあらわにしたという。完全なてのひらがえしだった。風見鶏以外のなにものでもなかった。

尾原大臣が穏やかにいった。「蓮實先生、私からもお願いします。優莉さんを体育祭に参加させてくださいませんか。いじめ事件後の視察と公にはいえませんが、私は優莉さんのいる学校が、平和かつ健全に運営されているさまを見たい」

蓮實の表情が曇りだした。瑠那には蓮實の感情が理解できる気がした。尾原大臣の本心がのぞいたからだ。

体育祭にかこつけて日暮里高校を訪問した。凜香の卓越した運動神経については、尾原にも情報が伝わっていただろう。まちがいなく凜香が活躍できる日に来て、事後のマスコミ取材で賞賛してみせる。大衆に迎合するとともに、優莉家の四女が問題を起こそうとも、文科大臣は寛大な態度で接したとの評判を得る。現政権に反目する新世代の旗頭としては、そんな打算も当然かもしれない。

すべては凜香に関する世間の声が理由にある。優莉匡太と市村凜(いちむらりん)、凶悪犯カップルの娘が、校内暴力におよんだ。けれどもそれは、不良生徒らによるいじめを見るに見かねての、やむをえない行為だった……。賛否両論が巻き起こったものの、凜香を支持する意見は圧倒的多数を占める。尾原大臣はそんな風潮にいち早く目をつけた。いわば流行(はや)りに乗り、名声を高めようとしているだけだ。

尾原大臣が瑠那に向き直った。「ええと、きみは……？」

「杠葉瑠那です」瑠那は立ちあがり深々とおじぎをした。

「ほう。姿勢がいいな。こんなふうにきちんと礼をする生徒はめずらしい」

学年主任が説明した。「杠葉さんの家は神社でして、巫女(みこ)を務めているんです。ですから礼儀作法は身についています」

ただし病弱のためきょうは欠場、そういうかと思いきや、学年主任は言葉を切った。瑠那を傷つけまいとしたのだろう。実際には瑠那の現状といえば、生まれ変わったように健康そのものなのだが。

「で」尾原大臣が返答をうながした。「蓮實先生。どうですか」

蓮實は浮かない顔でうなずいた。「わかりました」

「よかった！」尾原が笑った。「ではグラウンドでまってます。優莉さん、頑張って」

凜香はさも嫌そうな表情で尾原を見かえした。しかし尾原は気にしたようすもなく、ただ満足げな微笑とともに踵をかえした。SPらを引き連れ退室していく。

池辺校長も立ち去りぎわにいった。「蓮實君。優莉さんに急いで体操服に着替えてもらい、グラウンドにでるよう伝えてくれ。杠葉さんもきょうは体育祭を見学させるように。全校生徒が勢揃いすべきだからな」

返事を待つ素振りもなく、校長ら一同はさっさと廊下にでていった。スリッパの音が遠ざかっていく。心なしか来るときよりも足どりが軽やかだった。

蓮實は低く唸ると、教卓から拳銃を取りだし、ズボンのポケットにねじこんだ。

「仕方ない。優莉、着替えしだいグラウンドだ。先生もなるべくそばにいる。杠葉も一Bに合流しろ」

凛香がやれやれといいたげな態度で椅子に腰掛けた。「銃を返してくれよ」

「無理だ」蓮實が凛香の前に立った。「こんな物を持って全力疾走できるか？　落としたらどうする」

「スナイパーから地雷まで、あらゆる危険がまってるかもしれないってのに、衆人環視のもとで丸腰かよ」

蓮實が真顔になり、静かな物言いで説きだした。「いいか、優莉。いまはこんなことになってるが、俺が教師に転職したのは、おまえみたいな若者を更生させるためだ。生い立ちの不幸はわかる。だがそれで将来を見失っちゃいかん」

「だからって無抵抗のまま襲撃者の餌食になれってのか」

「そうはいってない。それでもおまえの本性は、世間に知られるべきじゃないんだ。隠しているうちに真っ当になろうと努力し、ゆくゆくは本当に問題を起こさない生徒になれ。暴力を振るう機会をおまえにあたえたくない。先生を信じろ」

凛香が戸惑いぎみに目を泳がせた。教師による真剣な説得に慣れていないようだった。蓮實は無言のまま凛香の前を離れ、引き戸の外に姿を消した。

「……ったく」凛香が頭を掻きむしった。スカートの裾をたくしあげ、太腿のバンドに挿しこんであった物体を引き抜く。クレジットカード大、厚みは文庫本ていど。折りたたみ式の護身用小型拳銃(けんじゅう)、ライフカード22LRを手のなかでもてあそび、凜香は吐き捨てた。「頼りになるのはこれの二発だけかよ」

瑠那はささやいた。「凜香お姉ちゃん。蓮實先生は純粋に将来を案じて……」

「わかってるよ。元自衛官だけに筋金いりの熱血馬鹿教師。マジになりやがって、調子が狂うぜ。ことなかれ主義の先生のほうが、自由にできてありがてえのに」

そうはいっても凜香はどこか嬉(うれ)しそうに思える。瑠那は凜香に問いかけた。「蓮實先生が担任でよかったと思いませんか?」

「……思わなくはねえかもな」凜香はカバンを机の上に置くと、体操服一式をひっぱりだした。「わたしを自習させたのも、ぎりぎりまで迷ったうえでの、苦渋の決断だったんだろうよ。いちおう体操服を持ってこいとはいってたし。それにしても……」

「なんですか」

凜香がため息をついた。「生まれ育ちのせいとはいえ、いつまでこんないかれた状況がつづくんだか。早くまともになって、ほかの女子高生みたいに、アオハルの無駄遣いみたいな日々を送りてえ」

それこそ瑠那にとって待望の未来だった。うなずきながら瑠那はいった。「そのためにも敵を見つけだして殺しましょう。非日常を脱し、日常を手にいれるために」

12

瑠那は制服のまま陽射しの下にでた。梅雨どきの晴れ間は初夏の暑さだった。

日暮里高校のグラウンドはラバーマットでなく土になる。陸上競技用のトラックも体育祭開催にあたり、白線が引いてあった。

周回するトラックをぐるりと囲むように、全校生徒らの椅子がクラス別に並ぶ。ひとクラスごとに四、五列の座席になっている。見学の瑠那はいちばん後ろの列だった。

校舎を背にし、白いテント屋根がふたつ並ぶ。左のテントの下は、校長以下教員らと来賓が列席する本部。尾原大臣とSPらの姿も見える。右は放送部で、マイクを設置した長テーブルに、部員の生徒らが詰めている。放送部は熱心だった。ワイヤレスマイクを持ち、グラウンド上で出場者の生徒にインタビューまでする。

テントの隣は保護者席だった。瑠那の義父母はきょう仕事で来られない。凜香も児童養護施設の関係者が来るわけがないといった。一方ほとんどの生徒には親がいる。わが子の活躍を記録すべく、こぞってスマホカメラをグラウンドに向ける。

入場は生徒の保護者に限定され、部外者は立ち入れない。それでもあのなかには、撮影と見せかけながら動画の中継配信を図る、ブックメーカー側のスタッフがいるかもしれない。

見学の瑠那はいつでも抜けだせる立場にあった。こっそり教室に戻り、パソコンでリアルタイム映像をたしかめるべきだろう。画角からカメラの位置が特定できる。保護者席から撮っていれば、容疑者をたちまち絞りこめる。

グラウンドでは応援合戦が終わったところだった。これから女子百メートルの予選がある。凜香はさっそく一Cの代表として駆りだされていた。体操服は半袖トレーニングシャツに膝丈のハーフパンツだが、色彩豊かでデザインも洒落ている。学校の体育祭に特有の垢抜けなさとは一線を画する。生徒らの表情がそこそこ明るいのはそのせいかもしれない。

一年各クラスの代表選手がスタートラインにつく。凜香も身を屈め、クラウチングスタートの姿勢をとる。わきに立つ運営委員の生徒が、スターター用ピストルを空に向け、パンと火薬を鳴らした。

ほんの数秒で観衆がどよめいた。生徒らは驚愕の反応をしめし、いっせいに立ちあがった。

瑠那は着席したまま、群衆の隙間からグラウンドをのぞいた。観る者を沸かせる存在がある。ひとりだけ異様な速度でトップを独走する女子。目を凝らすまでもなく凜香だった。小柄な身体をさらに低くし、さすがに両手をつくことはないものの、地を這うチータのごとく猛進していく。本部のテント屋根の下でも尾原大臣が歓喜している。

あっという間に凜香がゴールのテープを切った。ほかの出場選手たちはまだ半分を越えたあたりでしかない。グラウンドは大歓声に包まれた。凜香は息ひとつ乱れたようすもなく、ただ気怠そうに歩を緩めている。放送部員がワイヤレスマイクを向けるが、凜香は手で追い払った。

みな凜香の走りっぷりに沸き立っていた。瑠那はなにげなく腰を浮かせ、自分の席を離れた。

生徒らの席の後方を、学校の敷地を囲むフェンスの内側に沿い、ひとり歩いていく。誰もがこちらに背を向けている。瑠那はまずフェンスを観察した。最近の学校は不審者対策のため、高いメッシュフェンスを築く。通用口はどこにもなかった。フェンスの向こうは住宅街だが、路地に警官の姿はない。

生徒の登下校用の北正門が見える。グラウンドへ直接出入りできるのはそこしかない。ほかには校舎の向こうに南正門があるが、このグラウンドからは目に入らない。そちらは教職員と来賓用の玄関口だ。

北正門の傍らには保護者向けの受付が設営してある。門の外には制服警官がふたり立っていた。手持ち無沙汰(ぶさた)になにやら言葉を交わしている。路上にはパトカーなど見当たらない。

視認できる範囲内では、荒川署による警備はそれだけだった。警察官らも歩いてきたわけではないだろう。パトカーはおそらく南正門だ。そちらにもふたりほど配置されているのかもしれない。あとは警視庁から派遣されたとおぼしき、大臣のSP数名だけになる。

警備としてはずいぶん心もとない。蓮實から公安の知り合いに働きかけがあったはずだが、本気で受けとられなかったのだろうか。大人の事情はよくわからない。元自衛官であっても教員に転職した身では、そんな扱いもやむをえないのか。

そういえば蓮實はどこにいるのだろう。瑠那はグラウンドに視線を向けた。出番を終えた凜香がやれやれという顔でぶらつく。その近くに蓮實が立っていた。まるでSPのごとく周辺に険しい眼光を放つ。

体育祭は凜香の活躍で幕を開けた。このままでは大方の予想どおり順当なレースになり、ブックメーカーは荒れない。瑠那に賭けるような手合いが、そんな状況を許すとは思えなかった。きっとなにか仕掛けてくる。

放送部のアナウンスがこだました。「男子百メートル予選のあと、二人三脚リレーを挟み、女子二百メートル予選となります」

拍手がぱらぱらと響く。瑠那の目は校舎に向いた。粗末なスーツをまとった男が昇降口に歩いていく。年齢は四十代、鼻の低いゴリラ顔で、警戒のまなざしを観衆に配る。みなグラウンドに注目しているため、誰も男を見かえさない。

男の背が昇降口に消えた。瑠那は歩を速めた。やはり観衆が振りかえらないうちに、足ばやに校舎内へと侵入する。

昇降口のなかは薄暗かった。廊下も消灯している。しんと静まりかえり、足音ひとつきこえない。

瑠那はフローリングの床にあがったが、上履きには履き替えなかった。靴下のままなら自分の足音も反響しない。脱いだ靴は両手に嵌めた。靴底を右手はてのひら側に、左手は手の甲側に向ける。左右それぞれの手で、ガードに用いる側の装甲を厚くしておく。

生徒も教職員も出払っているため、廊下には誰もいない。ただし中央階段に靴音をきいた。さっきの男は土足であがりこんだようだ。瑠那は慎重に上っていった。

階上からどたばたと音がする。男が教室を次々と物色しているのがわかる。瑠那も二階に着いた。一Dの引き戸が半開きになっている。机を滑らせる音がせわしなく響き渡る。靴音もあわただしさを増していた。瑠那は靴下で冷たい床の上を駆け抜けた。ノイズをいっさい立てず引き戸に迫った。

とたんに引き戸からでてきた男と鉢合わせした。ぎょっとしたゴリラ顔が瑠那の目の前にある。男は両腕いっぱいに、女子生徒の制服ばかり十数着も抱えこんでいた。

瑠那は冷やかな気分で男を睨(にら)みつけた。男はばつの悪そうな表情を浮かべたが、それも一瞬にすぎなかった。ゴリラ顔にふさわしい単純さで逆上するや、腰から抜いた鉄パイプで襲いかかってきた。

だが振り下ろされた鉄パイプに対し、瑠那は右のてのひらと左の手の甲で挟みこみ、勢いよく突きかえした。鉄パイプの端が男の額を直撃し、鈍い音を響かせる。男は呻(うめ)き声とともによろめき後退した。すでに十数着の制服がぶちまけられた床に、鉄パイプが落下し、耳障りな金属音を奏でる。

男の額は割れていない。出血は見てとれなかったが、さも痛そうに両手で覆っている。ほんの一撃で戦意を喪失したのか、泡を食いながら教室内を逃げまわるばかりになった。

　瑠那は右手の靴を外した。床に散乱する雑多な物のなかからコンパスを拾いあげる。かつて凜香はコンパスを百八十度に開き、棒状にすれば投げやすいといった。瑠那は百六十度ていどに角度をつけたほうが、手首のスナップを利かせられると感じていた。コンパスをテイクバックし、敵の反撃に備えたものの、男はもうひとつの引き戸へ逃走していった。あたふたとする挙動に脅威は感じられない。瑠那は狙いを下げ、男の尻にコンパスを投げた。直線に飛んだコンパスの針が、片方の尻に浅く刺さった。男は内股になり、大きくのけぞった。だが尻にコンパスをぶら下げたまま、廊下に飛びだしていく。

　油断なく靴音に耳を傾ける。余裕のない走りが東階段へと遠ざかり、転げ落ちるも同然に駆け下りていった。まるっきり素人然としている。ほどなく一階から外へと逃げたらしく、なにもきこえなくなった。

　もう戻ってくるとは思えない。瑠那は床を見下ろし、軽くため息をついた。制服をそれぞれの机に戻してやりたいが、持ち主がわからない。ああいう変質者に名を知られないために、名札はずいぶん前に廃止された。それでも女子の制服というだけで、ごっそり持ち去ろうとする犯行となると抑止できない。

制服と一緒にぶちまけられた雑多な物のなかに、家庭科の課題、縫いかけの刺繍(ししゅう)があった。糸が針の穴から抜けてしまっている。瑠那は糸をつまみ、すんなり穴に戻した。こういうミクロな作業は得意だった。せめてこれぐらいはやっておいてあげたい。

微音が耳に入った。自然に注意を喚起される。靴下だけで駆けてくる足音だった。けれども足取りで誰なのか識別できた。瑠那は振りかえらずに報告した。「ただの変態でした」

教室に入ってきた凜香は、やはり運動靴を両手に嵌めていた。「なんだ。そういう手合いだったのかよ」

「グラウンドにいなくていいんですか」

「いま二人三脚リレーをやってる。二百メートル予選にもでなきゃいけねえ。けど瑠那が校舎に入っていくのが見えたから、急いで追っかけてきた」

「蓮實先生は？」

凜香が窓辺に歩み寄る。瑠那もそれに倣った。ふたりでそっとグラウンドを見下ろす。二人三脚リレーが開催中のグラウンド上で、蓮實がひとり困惑ぎみに、きょろきょろと辺りを見まわしている。

苦笑とともに凜香が吐き捨てた。「頼りねえボディガード」

瑠那はささやいた。「先生として体育祭の進行にも気を配ってるでしょうから、凜香お姉ちゃんを守るなんて、そもそも限界がありますね」

「そのとおり」凜香が窓に背を向けた。「自分の身は自分で守るよ」

「あ、凜香お姉ちゃん」瑠那は呼びとめた。「例のメモリーカード、貸してほしいんですけど。ブックメーカーの現状をたしかめたくて」

「いいよ。こっち来て」凜香が廊下にでていった。

靴を脇に挟み、瑠那は凜香に歩調を合わせた。「さっきの侵入者のこと、蓮實先生にも報告しとくべきでしょうか」

「どうかなぁ」凜香が隣の一Cに入った。「あの熱血馬鹿教師、正直者すぎるし人を信じやすいから、悪気なく誰かに情報筒抜けってこともありうる。公安の知り合いってのも、まだ誰なのかわかんねえし。わたしたちがあまりズブズブになるのもな」

凜香は自分の机ではなく、教室内の後方に設置された備品、ホワイトボードに近づいた。貼りつけてあるマグネットクリップのうち一個を外す。一辺が三センチていどの正方形だった。黒いマグネット部分だけを剝がす。メモリーカードが挟まれていた。

うまい手だと瑠那は思った。誰かがメモリーカードを探しにきたとしても、マグネットクリップのなかという発想は浮かびにくい。メモリーカードに磁石は天敵と思いがちだからだ。けれどもじつは、フラッシュメモリーは磁性体非使用のため、磁力の影響など受けはしない。

凜香がメモリーカードを手渡してきた。「戻らなきゃ。蓮實が心配してるだろうし」

「気をつけて。凜香お姉ちゃん」

「抜かりはねえって。瑠那もなるべく早くグラウンドに戻れよ」凜香は運動靴をぶら下げ、廊下へと駆けだしていった。

瑠那はメモリーカードを手に、一Bの教室へ移動した。自分の机に歩み寄り、カバンからノートパソコンをとりだす。メモリーカードを挿入すると電源をいれた。校内の無線LANに接続される。

ブックメーカーが表示された。レイアウトは以前と変わらない。中継動画が表示されるはずのウィンドウは、いま暗転状態だった。"Please wait"とある。

瑠那は教室の窓に目を向けた。グラウンドでは二人三脚リレーが終わり、女子二百メートル予選の準備が進んでいる。インターバルのためリアルタイム配信が中断しているのだろうか。どこからカメラを向けるのか、中継が再開するまではわからない。

パリミュチュエル方式のオッズ表をスクロールさせる。一番人気はやはり凜香のままだった。ただし百メートル予選を一位通過したからか、配当の倍率はさらに下がっている。いまのところレースはまったく荒れる気配はなく、賭け率もそれを反映していた。

スクロールが下端まで達した。瑠那は妙に思った。人気最下位は見学の杠葉瑠那、そこに変化はない。だがなぜか瑠那の欄から"Killer Deeper"の名が消えている。いまや瑠那には誰も賭けていない。

ほかの出走馬に賭け直したのだろうか。このブックメーカーのルール上、キャンセルが可能か否か、瑠那には知るよしもなかった。しかし体育祭はまだ序盤だ。ギャンブラーが胴元に一定のペナルティを払えば、方針の変更が認められる仕組みもありうる。

"Killer Deeper"の名を探し、画面をふたたびスクロールさせた。ところがいっこうに見つからない。そのうち出場者以外を賭けの対象とする、特殊な項目の存在に気づいた。そこをクリックすると、一覧のなかに"Killer Deeper"が見つかった。

思わず凍りつく。体育祭の中止を予想するギャンブラーたちが、なぜそうなるかを賭けるための項目一覧だった。今後の展開が賭博の対象になっている。"Killer Deeper"ただひとりだけが張るのは"All students died"なる項目だ。

鳥肌が立った。瑠那は愕然としながらたたずんだ。窓の外から放送部員のアナウンスがきこえてくる。「間もなく女子二百メートル予選です」

じっとしてはいられない。それでも瑠那は焦燥に駆られるばかりではなかった。ウィンドウズのロゴキーとシフトを押しながらSキーを叩く。スクリーンショットを画像ファイルに貼りつけておく。これで今後の画面に変化があろうとも、異常な項目の存在は記録できた。画像保存の時刻も頭に叩きこむ。午前十時十二分。

瑠那はノートパソコンを二つ折りにし、小脇に挟んだ。靴をつかむや教室から駆けだした。蓮實の耳にいれるのを躊躇している場合ではない。常勝の"Killer Deeper"が"All students died"に賭けている。"生徒全員死亡"……。

13

グラウンドの隅には体育用具室がある。どの学校でも見かける平屋のプレハブ、正面にスライド式の鉄扉を備え、内部に跳び箱やマットが収納されている。体育祭に必要な物は、すべてグラウンドに搬出されているため、いまは人の出入りもない。

瑠那はそこに蓮實を引っ張ってきた。ふたりきりで半開きの鉄扉のなかに入り、暗がりに潜んだとたん、蓮實が抵抗をしめしだした。

「よせ」蓮實が当惑の声を響かせた。「こんなところに女子生徒と出入りするなんて、見られたら誤解を受けるだろ」

瑠那は苛立ちとともにいった。「誤解は解けばいいでしょう。それより見てほしいものがあるんです」

跳び箱に載せたノートパソコンの電源をいれる。室内がぼうっと明るくなった。蓮實はなおも不安顔で鉄扉を振りかえっている。

じれったそうに蓮實がつぶやいた。「優莉から目を離したくない。なにが起きるかわからんからな」

目を離せないがきいて呆れる。ついさっき凜香はあっさり蓮實の監視を逃れ、瑠那を追って校舎内に駆けこんできた。瑠那はブックメーカーの表示を下方にスクロールさせた。「これです。生徒に賭ける以外の特別な項目が……」

ふと手がとまった。体育祭中止の理由一覧、そのページに入るリンクがあったはずだ。ところがいまは見当たらない。

「どうした」蓮實が急かすようにきいた。

「ここに特殊な項目の入口があったんです。体育祭中止を予想するギャンブラーたちが、そこに至るまでの経緯を賭けていました。〝生徒全員死亡〟という項目に、〝Killer

Deeper"の名があって」

「なに？　生徒全員死亡？」

「たぶん"Killer Deeper"が項目の新設を提案し、運営側に了承されたんだと思います」

「だが"Killer Deeper"は今回、きみに賭けてたんだろ？」

「そうなんですけど、わたしの欄からは名前が消えてて……」スクロールが下端まで行き着いた。瑠那は面食らった。「あれ？」

「……なにも変わってないじゃないか」

勝率予想の最下位、杠葉瑠那の欄に"Killer Deeper"の名が載っている。まるで元どおりだった。いちど名が消え、また復活したのだろうか。だがそんな経緯をしめす痕跡は、画面上にまったく見当たらない。

「いえ」瑠那はブックメーカーの表示を、いったんOSのメニュー画面へと切り替えた。さっき保存した画像ファイルを開きにかかる。瑠那はいった。「スクリーンショットを残しておきました。リンク先を開いた画面です。体育祭中止の理由を予想する一覧が……」

ところが開いた画像には、生徒のオッズ表だけが映っていた。瑠那の記憶のなかにある、特殊な項目一覧とはまるで異なっている。

　こんなはずがない。瑠那は動揺しながら画像ファイルのプロパティを確認した。保存日時は午前十時十二分。ファイルが上書きされた形跡はない。プロパティがしめす情報どおりなら、これが瑠那の保存した画像にまちがいない。

　瑠那は蓮實にうったえた。「特殊な項目が並んでたんです。"All students died"に賭けてたのは"Killer Deeper"一名だけで」

　蓮實が渋い顔で首を横に振った。「杠葉。いってることと画面がまるでちがう。疲れてるんじゃないのか」

「いいえ。見間違いじゃありません。表示が切り替わったのには、なにか原因があるんです」

「スクリーンショットまで変わっちまったっていうのか？　杠葉、いいから落ち着け。幼少期から経験を積んでても……いや、だからこそ認知の歪みが生じうる。特殊作戦群でも、極秘の海外派兵から帰ってきた隊員の多くに、記憶障害がみられたりする」

「わたしはＰＴＳＤに苦しんだりしません。そんなのはとっくに通り越してます」

「それでも生い立ちからして……」蓮實は言葉を濁した。「とにかく極限状態で育ったきみは、ふだんから神経が張り詰めすぎてるのかもしれん。ふつうの生徒になれ。

きみ自身もそれを望んでただろ」

「いまはそんな場合じゃありません」

蓮實が片手をあげ制した。「先生にまかせろ。優莉は先生が守ってやる。そのためにも早くグラウンドに戻らなきゃならん」

「危険に晒されてるのは凜香お姉ちゃんだけじゃないんです。全校生徒が……」

放送部員のアナウンスがきこえてきた。「女子二百メートル予選、選手入場です」

拍手が鳴り響く。蓮實が踵をかえした。「優莉は二百メートルにも四百メートルにも出場する。一緒にいてやらないと。もう行くぞ」

蓮實が鉄扉の外にでていく。引き留めても意味がない、瑠那はそう思った。後ろ姿を黙って見送る。開いたままの鉄扉に近づき、そっと外をのぞいた。グラウンドに女子の体操服が一列になり入場してくる。凜香がだるそうな態度でそのなかに加わっていた。そこに蓮實が近づいていく。

瑠那はふたたび体育用具室の奥へと引きかえした。暗がりのなかに立ち尽くし、パソコンの画面をしばし眺める。

幻でも見たような気分だ。けれどもあれは現実だった。自分を信じられなくなったら終わりだ。物理的な変化にはなんらかの理由がある。

両手をキーボードに這わせた。タスクバーにcmdと入力、コマンドプロンプトを起動する。

画面が真っ暗になり、無機的なアルファベットの表示だけが出現した。コマンドの入力待ちになっている。ログを調べにかかる。いままでの操作はあきらかだった。瑠那がメモリーカードを開き、スクリーンショットを撮り、画像ファイルにペーストした。それだけの記録しか残っていない。またしても幻を裏付けるようなデータだった。

けれども瑠那はウィンドウズの前身であるMS－DOSにも慣れていた。もうほとんど使われないサブシステムから、別系統に記録が残る一種のコマンドラインの片鱗を、つぶさに拾っていく。そのうち真実があきらかになっていった。ひとつの可能性に気づいたとき、憤怒の感情が胸のうちにひろがった。

表示をウィンドウズのOSに戻し、ブックメーカーへと切り替える。女子二百メートル予選が始まったからだろう、今度こそ中継映像が現れた。トラックの第三コーナーで、女子生徒らがスタートラインにつくさまにズームしている。

張り詰めた空気が瑠那の全身を包みこんだ。メモリーカードを引き抜き、制服の胸ポケットにおさめる。ノートパソコンをマットの下に隠すと、瑠那は体育用具室から外にでた。

陽射しを眩く感じる。グラウンドを取り巻く観衆の背後を、瑠那は足ばやに抜けていった。白テント屋根の下では、池辺校長や尾原文科大臣が観戦に熱中している。間もなく凜香の走る番が来る。そのため誰もが競技を注視し、瑠那を振りかえる目はない。

保護者席に近づいた。さっきの中継映像はあきらかにこの角度から撮られていた。それも着席した状態での視線の高さではない。

席を埋め尽くす保護者らは、みな笑顔とともに前のめりになっている。半数近くがスマホのカメラレンズをグラウンドに向けていた。やはり高さが異なる。保護者たちのなかに中継映像のカメラマンはいない。

そのとき保護者席の後方に立つ人影が目に入った。粗末な背広の中年男が、堂々とスマホカメラで撮影をつづけている。なんとさっきの制服泥棒だった。

男は不穏な空気を察したかのように、鋭い目つきで瑠那に向き直った。校舎内で鉢合わせしたときとは、まるで別人だった。取り乱したようすもなく、ただ冷やかなまなざしで瑠那を睨みつける。レーザー距離計のような眼光が、これだけ離れていれば瑠那に追いつかれない、瞬時にそう判断したかのようだった。男は突如として身を翻し、校舎のほうへと逃走しだした。

瑠那も猛然と追跡を開始した。グラウンドに拍手が鳴り響く。優莉さん、そう呼びかける女子生徒の黄いろい声援が耳に届いた。早くもファンがつき始めたようだ。凜香の出番が来たらしい。観衆の目は凜香に釘付けになっている。瑠那が男を捕らえるならいましかない。

制服を盗もうとしてあたふたと逃げだした、あの情けない男の姿は見せかけでしかなかった。いま男の足はすさまじく速い。フォームもトップアスリートさながらだった。地面を蹴ったあと、脚が流れることなく、すばやく膝が畳まれる。卓越した運動神経の持ち主。しかも昇降口まで達しないうちに、開いた窓のひとつに跳躍し、すんなりと校舎内に入りこんだ。まるでパルクールのウィンドウ・ジャンプそのものだった。

瑠那も遅れをとるわけにいかなかった。観衆が誰も見ていないことを確認し、瑠那は同じ窓へと駆け寄り、頭から飛びこんだ。空中で身体を丸め、廊下の床に前転し、着地の衝撃を背中全体に逃がす。ただちに上半身を起きあがらせた。男が西階段を上っていくのが見えた。

いまは靴を脱いでいる暇はない。片膝をついた状態から立ちあがり、廊下を一気に駆けだす。瑠那は全力疾走に転じた。階段に着くや跳ぶように駆け上った。斜面を高速で上るコツが階段でも生きる。脚力に頼らず、尻の筋肉を頼りに、身体を斜め上方へ押しだす。

男もあいかわらず土足だった。靴音がどんどん上昇していく。瑠那は三段ずつジャンプしながら追跡していった。踊り場や新たな階に達するたび、姿勢を低くし手すりに身を寄せる。不測の待ち伏せに対処するためだった。だが男の単独行動らしく、少なくとも校舎内に仲間はいないようだ。駆け上りつづける靴音のみが、敵の居場所を知らせる唯一の情報源だった。

最上階の四階を過ぎても、なお靴音との距離が縮まらない。瑠那は屋上に向かう最後の階段に突入した。男が階段塔の扉を開け放ったのだろう、自然に閉じつつある。閉まりきる前に瑠那は扉にぶつかっていった。体当たりも同然に押し開けると、屋上へと飛びだした。

誰もいない屋上で、男が金網フェンスによじ登っていた。こちらを一瞥したものの、表情は変わらなかった。男はいきなり空中に身を投じた。

瑠那は動じることなく駆け寄った。校舎の西端は敷地外の住宅街に近い。南北の正門からも視野に入りにくい。よって脱出経路として好都合なのはわかっていた。男は飛び下りながら両腕を水平に伸ばした。空気抵抗を増すことで、降下速度を巧みに抑制する。路地を挟んだ向こう側、瓦屋根の二階建て民家の狭い庭に、男は転がりながら着地した。砂埃が衝撃の強さを物語るが、それでも負傷しないていどに、落下の勢いを殺していた。柔道の受け身のごとく回転したのち、男が難なく身体を起きあがらせた。

それだけ視認すれば充分だった。瑠那も助走をつけ、金網フェンスの上端に手をかけると、身体を前に押しだすように飛び越えた。

強烈な風圧を全身に浴びる。高所からの飛び下りなら、瑠那も何度となく経験してきた。イエメンとサウジの国境付近には渓谷が多かったからだ。俯せに両腕両脚を突っ張らせれば、空気抵抗を増幅させられるが、瑠那はそうしなかった。両腕を胴体の左右に這わせ、脚をまっすぐ伸ばし、頭を斜め下方に向ける。あえて落下を加速させた。敵に逃げる隙をあたえられない。わずか一、二秒の差が明暗を分ける。

視界に映る民家の瓦屋根がみるみるうちに大きくなった。瑠那は空中で身体をひねり、片足で軒先を蹴り、落下速度を殺すと同時に進路を変えた。庭から脱出を図る男の頭上に飛びかかった。

肉体どうしの衝突は鉄壁に叩きつけられるに等しかった。瑠那と男は絡みあいながら庭に激しく転がった。地面は剝きだしの土だった。割れた鉢植えの破片が辺り一面に飛び散った。

激痛など感覚にすぎないが、神経の麻痺はいかんともしがたい。片膝で立とうとしても、触覚が失われているため、みずからの姿勢が曖昧になる。男のほうもその点では同じ状況のようだ。首を横に振るばかりでいっこうに立ちあがれずにいる。瑠那は両手両脚の指を地面に押しつけ、強引に感覚を呼び覚ました。

走れる。その実感を得た直後、瑠那は迷わず男に駆け寄った。民家は雨戸が閉ざされ、留守の可能性も高い。それでも近隣住民が通報しないともかぎらない。男を叩きのめし、逃亡を封じるのは早いほどいい。

ところが男は急に立ちあがった。低い横蹴りを繰りだすや、瑠那がステップバックで躱そうとすると、顎めがけ裏拳を見舞ってきた。瑠那はとっさに手刀でわきに払ったが、予想以上に重い突きだった。てのひらに痺れを感じる。男の攻撃がなおもつづいた。瑠那は掌打とストンプキックで反撃にでたが、男に胸倉をつかまれた。対処法は敵の両手首をつかみ、引き寄せながら頭突きを浴びせるしかない。しかしその動作は読まれていた。男は身体をねじり、瑠那を一本背負いに投げた。宙を舞う感覚のなかで、瑠那は後頭部を打つのを避けるため、顎を引くことしかできなかった。背中が盆栽の棚に叩きつけられた。半袖のせいで剝きだしの前腕と、スカートが覆わないふくらはぎに、無数の針に刺されたような痛みが襲った。ただし傷はごく浅いとわかる。たぶん松の棘に似た新芽が突き刺さったにちがいない。神経を貫かれていたらこのていどで済むはずがない。

瑠那はまだ仰向けの状態だった。男は踏みつけんばかりの蹴りを振り下ろそうとしてきた。しかし片脚しか軸のない敵は隙を見せたも同然だった。瑠那は男のくるぶしに肘鉄の水平打ちを食らわせた。片脚ではけっして踏んばれない急所だからだ。男は勢いよく横倒しになった。突っ伏した男に対し、瑠那はすかさず馬乗りになった。背後から男の首に腕を絡ませ締め上げる。

男が苦しげにもがきだした。堪りかねたかのように悪態を漏らす。「畜生」

「本物のメモリーカードは？」瑠那は腕に力をこめながらきいた。

「なんの話だ」

「制服泥棒は芝居でしょ。最初からメモリーカードのすり替えが目的だった」

あのパソコンはコンピューターウイルスに感染していた。コマンドラインが改竄されたものの、異常事態の断片は副次的なプログラムの随所に残っている。表示されたブックメーカーは、世界じゅうの闇カジノに配信されている画面とは、細部で異なると考えられた。男がすり替えたメモリーカード内のアプリを反映した表示でしかない。

すなわち現在、本当はどんな表示がギャンブラーたちに閲覧されているのか、瑠那のパソコンからはたしかめられない。

コンピューターウイルスはさらに、スクリーンショットを保存した画像をも、別ファイルに置き換えてしまった。敵は先を読んでいた。この男の考えだろうか。あるいはほかの誰かの差し金か。

瑠那は腕力とともに語気を強めた。「いまはどんな配信がなされてるの？　生徒全員死亡なんて項目、本当はあるの？　ないの？」

並みの相手なら梃子の力を利用し、頸椎をへし折るほど圧迫することも可能だ。だが男は鍛えた猪首の持ち主だった。苦痛に表情を歪めながらも、徐々に身体の向きを変えてくる。男が雄叫びに似た発声とともに、瑠那を地面に押し倒し、逆に馬乗りになった。男が右のこぶしを振り下ろしてくる。瑠那はすばやく身体を横にずらし、敵の手首をつかむと、三本指で目突き攻撃を放った。眼球をとらえられないことは百も承知だった。男をひるませるのが狙いになる。顔をそむけた男に対し、瑠那は腹を蹴り上げようとした。

ところがいきなり棒状の物が、男の後頭部に振り下ろされた。頭骨が割れる独特の音が響いた。男はぐったりと脱力し、瑠那の上にのしかかってきた。

瑠那は男の身体を押しのけ、地面を這いながら逃れた。新たな敵に向き直るまでに充分な距離を稼ぐ。

庭には極端に痩せたスーツが立っていた。腕も脚も細く、すらりと長く伸びている。背丈もあるが、かなりの小顔だ。肌のいろが白く、彫りの深い細面で、髪も長めだった。年齢は二十代だろうか。手にした角材は盆栽の棚の梁だったらしい。衝動的に男を殴りつけたものの、いまは茫然自失という状態に見える。

女子高生に好感を持たれるのを狙ったような外見。ホスト崩れともＫ－ＰＯＰもどきともいえる。ハンサムにはちがいない。着痩せしているが引き締まった筋肉の持ち主でもある。でなければ角材の一撃で男を仕留められない。左右の手が竹刀を持つのと同じ位置を、正確に握っている。剣道の心得もあるのだろう。それでも妙に弱腰だった。

青年はうろたえた目で男を見下ろした。角材は宙に留めたままだった。ひたすら全身を硬直させるばかりでしかない。

瑠那は地面に俯せた男のわきで片膝をついた。後頭部の陥没ぐあいから、脈をとる必要もないが、いちおう頸動脈に指を這わせる。ため息が漏れる。瑠那はつぶやいた。「死んでる」

しばし沈黙があった。青年が震える声で応じた。「きみが危ない状況だったから……」

そんなことはない。形勢を逆転する直前だった。傍目からそれがわからなかったのだろうか。瑠那は立ちあがった。青年の角材をひったくり、わきに放り投げる。

「誰？」瑠那は青年を見つめた。「ここの住人じゃないですよね」

「……ああ」青年は手の汗を胸もとで拭った。右手が内ポケットに滑りこむ。瑠那は脅威を感じなかった。拳銃のホルスターがあれば膨らみでわかる。青年は丸腰だった。取りだされたのは二つ折りの身分証入れだった。それを開きながら青年がいった。「伊倉有宏。公安五課」

瑠那は差しだされた身分証を一瞥した。警視庁公安部とある。伊倉の顔写真はいまより髪が短かった。

それらしい身分証ではある。だが瑠那はまだ気を許すつもりはなかった。「凜香さんなら公安にも顔見知りが多くて、身分証の真偽もたしかめられるでしょうけど」

「きみも優莉凜香の妹だ。公安五課がどういう部署かは知ってるだろ」

胸にぴりっと微量の電流が走る気がした。瑠那の素性を知る以上、公安の刑事だという主張に矛盾はなくなる。

公安一課はノンセクト急進派グループを追うのが専門だ。二課と三課が右翼団体構成員、四課が共産圏の工作員を捜査対象とする。五課はいわずと知れた国内犯罪者集団の情報収集を受け持つ。恒星天球教と友里佐知子、優莉匡太半グレ同盟の残党、それらのリーダーの子供たちをマークしつづける。

瑠那はきいた。「わたしをご存じですか」

「もちろん。顔写真なら何十枚も見た。本庁の坂東捜査一課長からも情報を得てる」

「公安の刑事さんはベテランが多いそうですけど、伊倉さんはずいぶん若いですね」

「二十七だよ」

見た目はさらに何歳か若い。瑠那は男の死体を見下ろした。「貴重な情報源の命を絶ったのはなぜですか」

「情報源……だったのか？　きみをとっさに助けたんだが」

「校外の民家でですか。ここでなにをしてたんですか」

「学校には入れない。公安というのは刑事といっても特殊な立場だからね。事情を知られずに嗅ぎまわるのが仕事だよ。だから周辺をうろついてた。所轄や大臣のＳＰは校内を警備してるけど、外の異変には気づきにくい」

あながちでたらめでもない。学校から歓声や拍手がきこえてくる。この民家の庭で殴り合っていても、校門に陣取る制服警官らは、まるっきり注意を向けずにいた。いまだに駆けつける靴音もきこえない。

瑠那は伊倉に問いかけた。「なにを警戒してたんですか」

「ここの体育祭が闇カジノで賭博の対象になってる。一番人気の優莉凜香が危険に晒されてる。蓮實元二等陸佐から相談があったんだ。きみも知ってたと思うが」

「あー。先生の知り合いですか」

「校舎の屋上から男が飛び下りるのを見て、急いで駆けつけたら、きみまで降ってきた。この男はいったい誰だ?」

「ブックメーカーにつながる肝心な鍵です」瑠那はしゃがむと、男の襟首をつかみ、力ずくで仰向けにした。「アクセスするためのメモリーカードを、この人がすり替えて……」

思わず言葉を切った。白目を剝いた男は口をぽかんと開けている。その奥歯にメモリーカードの断片が挟まっていた。

伊倉も男の口をのぞきこんだ。「嚙み砕いたのか。大半は飲んじまったのかな」

瑠那は両手を男の身体に這わせ、ポケットを中心に感触をたしかめた。本物のメモリーカードを飲んだとはかぎらない。だがほかにメモリーカードを持っているようすはなかった。唸りながら瑠那は立ちあがった。「証拠隠滅」

「メモリーカードをすり替えたといったけど、目的は？」

「わたしにブックメーカーの現状を誤解させるため……。でもそれがなぜかはわかりません。公安のほうでブックメーカーにアクセス可能ですか？」

「いや……」伊倉が当惑をのぞかせた。「蓮實さんからの情報だけで、こっちとしてはまだ把握できていないんだ」

なんとも歯がゆい。瑠那は髪を掻き撫でながら歩きだした。「学校に戻ります」

「まった。僕も一緒に行くよ。でもその前に手伝ってくれないか」

「なにをですか」

「この男の死体……。近くに僕のクルマがある。トランクに隠すから、ふたりで運ぼう」

「本気ですか？」瑠那は面食らった。「近くに警察が大勢……。いえ、同じ警察なんですから、そちらに助けを求めたら？」

「駄目だよ。騒ぎが起きれば体育祭が中止になる」

「いちおう刑事なのに、人を死なせたことを報告せず隠蔽ですか」

「事後承認を得る。公安は状況に波風を立てず情報収集にあたるのが基本だ。かならずしも刑事警察と通じるわけじゃなく、むしろ独立した組織系統だし」

それなりに納得がいく説明ではある。イエメンの諜報機関も、現地の警察とは深い協力関係になく、むしろ反目しあっていた。そのほうがアルカイダへの情報漏れを防げるからだ。日本の公安も同じと考えれば、そんなに突飛な話とも思えない。

とはいえまだ心を許すまでには至らない。伊倉の素性を信じていいのだろうか。凜香は幼少期から公安にマークされる日々を送ってきた。瑠那はそのかぎりではない。こういう人種が公安に属する、そう信じていいのか。確証はなかった。

伊倉がいった。「脚のほうを持って。それとも逆がいい？」

「……この家のガレージにクルマをまわしたほうがいいと思います」

「ああ、そうだな……。住人はクルマでかけてる？」

「そこを見ればわかるでしょう。土間打ちしてあるところが駐車場ですよ」

「死体を積みこんでるあいだに戻ってこないかな」

「家の玄関から旅行用トランクのキャスターの痕がつづいてます。まだ新しいです。晴れてるのに物干し竿に洗濯物もかかってない。ちょっと遠方にでかけたんです」

「そっか。さすが鋭いね、杠葉瑠那さん。いまクルマをまわしてくる」

死体が転がる荒れ放題の庭に、瑠那ひとりを残し、伊倉は路上に駆けだしていった。

もやっとする。瑠那は頭を掻いた。公安の刑事でも若手だからか、それとも天然なのか。彼が本当に公安の刑事だとすれば絶望的だ。蓮實が支援を求めた結果、公安のだした答えは、伊倉ひとりなのだから。

14

正午前の住宅街、ひとけのない生活道路を、瑠那は伊倉とともに歩いていた。学校のフェンス沿いに進み、グラウンドに面した北正門に向かう。

伊倉が歩きながら緊張の面持ちでつぶやいた。「杠葉さん。突然だけど、身内ということにしてもらえないか」

「はい？」瑠那は伊倉に目を向けた。「なぜですか」

「公安はお忍びで行動してるんだよ。校門を警備する所轄の警官にも身分を明かせない」

「だからって身内になる必要があるんですか」

「体育祭に入りこめるのは生徒の保護者だけだ」

「なら当初の予定どおり外を見張ってれば……」

「さっきの男みたいな手合いが潜りこんでる。きみの話から考えるに、ほかの誰かが現地中継の撮影を引き継いだかもしれない」

その可能性は否定できない。現在のブックメーカーがどのような配信をおこなっているか、ここでは確認が不可能だった。しかし賭博が継続中なら、競技種目の勝敗をきめる根拠は、やはり中継映像のはずだ。胴元Xが学校側に潜りこませたスタッフが、一名だけとはかぎらない。

校門が見えてきた。瑠那はささやいた。「わたしの身内ってことは、優莉匡太の血縁者になるんですか」

「……それはまずいな。こうしよう。きみの母方の親戚ってことに……」

「実母はずっと意思力を喪失しています。身内を装うなんて失礼だと思いませんか」

「悪い。ああ、そうだ。所轄はきみが優莉匡太の娘だとは知らない。いまの義父母の親族とすれば問題ないだろう?」

「神職ですよ。バチが当たっても知りませんけど」

「きっと御利益がある。僕は犯罪抑止のために働いてるんだ」

校門に着いた。片側に受付の長テーブルがある。保護者を迎えるため教職員が居並ぶほか、制服警官ふたりも近くに待機していた。

瑠那は受付にいった。「二Bの杠葉瑠那です」

女性職員が瑠那を見つめた。「いま登校されたんですか」

「いえ。ちょっと外出してまして……」

どこから外にでたのか、詳細をきかれるのは好ましくない。だがそれ以上の懸念が距離を詰めてきた。制服警官のひとりがたずねた。「そちらは？」

伊倉について問いかけられた。愛想笑いを浮かべ伊倉が応じた。「こ、この子の親戚です。保護者代わりに来ました」

「保護者さんとはどういうご関係ですか」

「ですから親戚です。祖父がですね、あのう、同じ町内に住んでて」

「なら親戚ではありませんね」

黙っていれば理知的に見える整った顔立ちだが、話せばぼろがでる。伊倉はそんな青年だった。公安の刑事にふさわしくはないが、組織の若手には変わり種がいてもふしぎではない。蓮實からの相談を公安が重視せず、結果として動けたのは伊倉のみ、そう考えれば納得もいく。

それにしてもこの嘘の下手さ加減は、刑事としての働きに支障がでるだろう。瑠那は助け船をだそうとした。「じつは親戚というのは正しくなくて……」

そのとき女子生徒の落ち着いた声が呼びかけた。「伊倉さん」

はっとした伊倉が校門のなかに目を向ける。瑠那もそちらを見た。スリムなモデル体型を体操着に包んだ、清楚そのものの女子生徒がたたずむ。三年生だった。年齢は同学年よりひとつ上。雲英亜樹凪の長い黒髪が風にそよぐ。涼しい目がじっと見つめていた。

「ああ」伊倉が微笑した。「雲英さん」

亜樹凪が歩み寄ってくると、警官らがかしこまる態度をしめした。ひとりの警官が亜樹凪にきいた。「お知り合いですか」

「もちろんです」亜樹凪がうなずいた。「大変なときに助けてくださいました。公安の刑事さんです」

「公安⁉」警官ふたりが驚きのいろを浮かべた。

伊倉が戸惑いがちに身分証をとりだした。「申しわけありません……。尾原大臣も訪問中ですし、雲英亜樹凪さんや優莉凜香さんが在籍する学校でもあるので、公安としてもいちおう警戒にあたっているしだいで」

警官らは身分証を凝視していたが、やがてそれを返却しながら敬礼した。年長らしきほうの警官がいった。「失礼しました。上の者がぜひ挨拶を……」

「いえ。公安の仕事ですから、どうかおかまいなく。話だけ通しておいてくだされば……。なかに入ってもよろしいでしょうか」

「もちろんです。どうぞ」

伊倉が学校の敷地内を歩き、亜樹凪に近づいた。瑠那は狐につままれたような気分でつづいた。

生徒らの観覧席後方を三人で移動する。瑠那は亜樹凪にきいた。「伊倉さんと会ったのは、雲英グループ関係の……？」

「ええ」亜樹凪が穏やかに応じた。「父の死後、不正が次々とあきらかになるなかで、グループの経営も不安定になって……。いろんな方面から脅迫があったり、わたしもシビックの一員じゃないかと疑う声があがったり。そのとき公安が伊倉さんを派遣してくれて」

伊倉がうわずった声を発した。「駆けだしの若輩者でしたが、雲英家のお嬢様のお役に立てれば本望との思いで……死ぬ気で頑張りました」

亜樹凪が伊倉に問いかけた。「きょうはどんなことで……？」

「この体育祭にまつわる、ある現在進行形の犯罪を追っています。雲英さんにはご迷惑をおかけしないよう充分に注意します」

「そんなこと……」亜樹凪の気遣わしげな目が瑠那をちらと見た。「伊倉さんは杠葉瑠那さんの事情をご存じなんですか」

伊倉が真顔でうなずいた。「生い立ちについてでしたら、公安ですから……」

「そう」亜樹凪が立ちどまった。「杠葉さんや優莉凜香さんは、わたしにとってかけがえのない友達です。命の恩人ですから。けっして疑ったりしないでください」

「もちろんです。肝に銘じておきます」

亜樹凪が瑠那に微笑みかけてきた。瑠那も笑みをかえしたが、心のなかでは警戒心が募るばかりだった。

奥多摩で連れ去られそうになった亜樹凪を救出した。けれども腑に落ちないことが少なくなかった。なぜ亜樹凪はひとりだけ無傷で帰れたのか。麻酔で眠らされることもなく、逃走車のなかで縛られてもいなかった。亜樹凪の見つかったシートのそばに、チェスのクイーンの駒が落ちていた。兵士たちのウォースーツにはチェス駒が刻まれ、それによって階級を区別しているようだったが、亜樹凪のもとにあったのは本物の駒だ。奥田医師もクイーンという言葉を口にした。いったいなにを意味していたのか。

亜樹凪が控えめにいった。「わたしは四百メートル予選にでますので、これで失礼します」

瑠那はきいた。「走るんですか」

「ええ。三Aの代表です」亜樹凪は丁寧におじぎをした。「杠葉さんは見学なんですね。活躍を目にできないのが残念です。伊倉さん、杠葉さんをよろしくお願いします。ではまた」

伊倉があわてぎみに頭をさげる。亜樹凪は内親王さながらの優雅な歩調で立ち去った。

「さて」伊倉がさばさばした態度に転じた。「僕も別行動をとらせてもらうよ。不審者の有無を調べたいから」

「だったら」瑠那は提言した。「わたしも一緒に……」

「いや。見学の女子生徒を連れまわしてたんじゃ、僕のほうが怪しまれる。きみは自分の席に戻ってればいい。なにかあったら報告するよ」

なぜか急に高飛車になった。信用できない。瑠那のなかで野性の勘がそう告げた。伊倉がわずかにのぞかせる焦燥は、虚言を吐くときに特有の緊張に思える。欺瞞だらけの戦場で育った瑠那は、人を信じられない自分を常々忌み嫌った。だが一方でこの勘が養われなければ、とっくに死んでいた。

立ち去ろうとする伊倉の腕を、瑠那はむんずとつかんだ。「まってください」

「あ？　なんだよ」

瑠那は地面を一瞥し、数歩先へ伊倉を連れていった。「ここへどうぞ」

伊倉はすなおにいざなわれたものの、妙な顔で見かえした。「なにか話でも？」

「ええ。一歩も動かないほうがいいですよ」

「……なんだって？」

「足もとを見てください」

眉をひそめながら伊倉が目を落とす。靴底が踏みしめる地面に、うっすらと直径五センチていどの円盤が浮きあがって見える。金属製なのは一目瞭然だろう。

「地雷です」瑠那はいった。

「なに!?」伊倉がびくついた。

「足を浮かさないで。圧力式でなく解放式です。地面に直径二十センチほどの地雷が埋まってます。上蓋の中央に突出する小さな円盤が信管で、いま踏んでるのがそうです」

「……そんな馬鹿な」伊倉はこわばった笑いを浮かべた。「これが地雷の信管だって？　冗談だろ」

「そう思うのは勝手です。わたしが数十メートル離れてから足を上げてください」瑠那は踵をかえした。

「ま、まった」伊倉が呼びとめた。「ほんとに地雷か？」

「地鎮祭で起きたこと、蓮實先生から伝えきいてますよね？　この学校のグラウンドは土ですから、地雷も埋め放題です」

「狙われてるのはきみだろ。なぜさっさと処理しとかなかったんだ」

「気づいたのはついさっきです」瑠那は遠くに目を向けた。「あー。ちょうどいい。会ってほしい人たちがいるんですけど、向こうから来てくれました」

「誰が来るって？」伊倉も顔をあげた。とたんにぎょっとした表情になり、全身を凍りつかせる。

観覧席の後ろを迂回しつつ、ふたりがこちらに歩いてくる。女子の体操服と巨漢のポロシャツ。凜香と蓮實だった。いずれも瑠那に視線を向けていた。

伊倉がいっそう焦りだした。「僕は……校内を見まわって不審者を捜さないと」

瑠那はぴしゃりと制した。「動かないでください」

「わざと地雷に誘導したな？　僕が身動きをとれないようにしたんだ」

「どうしてそんなことをいうんですか」

「……とにかく早く処理してくれよ。なにかほかの物で信管を押さえてればいいんだろ？　錘はないか」

慌てぐあいに本心がのぞく。瑠那はあるていどの事情を察した。「蓮實先生と面識があるはずですよね？」

「いや、あの……。直接会ったことはない」

「知り合いだといったじゃないですか」

「きみがそう解釈しただけだ。上司の指示だったんだよ」

「上司はどなたですか」

伊倉が言葉を詰まらせたとき、凜香と蓮實が間近に迫った。汗だくの伊倉が蓮實から顔をそむけた。

凜香が瑠那を見つめた。「どこに行ってたんだよ」

蓮實の眉間に皺が寄った。「この人は誰だ？」

瑠那は答えかけた。「公安のお知り合い……」

「わかった」伊倉が観念したような顔になった。「もうわかった。嘘を認める。公安の刑事ってのは事実に反する」

「名前は？」瑠那は問いかけた。

「伊倉有宏は本名だよ。潜入系ユーチューバーだ」

凛香が呆れた表情になった。「なに？　誰こいつ。公安を自称してたのかよ。潜入系ユーチューバーって有名人？」

「いや」伊倉は口ごもった。「まだそんなには……。イクラちゃんの潜入リポートって検索すれば、風俗店の体験取材とかでてくる」

「アダルトものの内容だと広告収入が得られねえだろ」

「そうだよ。だから事件に首を突っこむことにした。スマPIスクールってとこで、探偵業の講習を受けて、いろいろ調べあげた」

「いろいろって？」

「闇カジノの実情。なぜか賭博の対象になってる、日暮里高校の体育祭に突撃することにした。そしたらどうだ、優莉家やら蓮實先生やらネタの宝庫だった」

「わたしたちはおめえのネタかよ。不愉快な物言いだな」

　スマPIスクールの名は瑠那も知っていた。調査会社スマ・リサーチの探偵養成教室だ。本格的な調査技術が習得できるとの噂だが、果たしてそれだけで現状のすべてを知ることが可能だろうか。元自衛官の蓮實が公安に相談したり、瑠那が優莉匡太の娘だったり、あらゆる事実を伊倉は把握していたのだが。

　瑠那は伊倉を見つめた。「亜樹凪さんはあなたを公安だって……」

「以前にそう名乗って近づいたからだ。面会が叶って、隠し撮り映像をユーチューブで公開するつもりだった。ひそかに身辺警護してますと伝えたけど、ほんとはなにもしてなかったんだよ」

「動画をアップしたんですか」

「してない。公開せずにお蔵入りだ。ホンジュラスの顚末だとか、スクープネタを狙ったんだけど、なにもききだせなくて」

蓮實が顔をしかめた。「よくわからんがハッタリで学校に入りこんだのか。それにしてもずいぶんすなおに喋るじゃないか。なぜ逃げない？」

伊倉はじれったそうに下を向いた。「そりゃ地雷が……」

凜香が小馬鹿にしたように鼻を鳴らした。「ユーチューバーだなんて眉唾だけど、頼りなく見せてじつは歴戦の勇士とか、そういう人じゃねえってのはわかる。解放式地雷の信管は下にして埋めるのを知らねえなんて」

「なに？」伊倉が面食らう反応をしめした。「下だって……？」

蓮實が頭を掻いた。「映画じゃこういう展開も多いけどな。これが解放式地雷だとしたら裏表逆だ。信管を下にして埋めるから、誰かが掘り起こして除去しようとすれば爆発するんだよ。信管はけっして上にしない。踏んだ人間を吹っ飛ばすのが狙いなら、ふつうに圧力式地雷でいいだろ」

「じゃこれはいったい……」

ジャージ姿の教職員ふたりが、遠くから張ったメジャーを伸ばし、計測しながら近づいてきた。ひとりがいった。「グラウンドマーク、この辺りだよな？」

もうひとりが伊倉の足もとを見下ろした。「埋もれちゃってるかな。ちょっと失礼」

伊倉がどかずにおろおろとしている。蓮實は伊倉の襟首の後ろをつかみ、力ずくで引っ張った。ふらつきながら後退した伊倉が、慌てた素振りをしめすものの、むろん爆発はなかった。教職員らはグラウンドマークにメジャーをあてがうと、ラインカーで白線を引きつつ立ち去っていった。

愕然（がくぜん）とした面持ちの伊倉が、蓮實を見つめてから、凛香に目を移した。最後に伊倉は瑠那に食ってかかった。「だますなんてひどいじゃないか」

お互い様だろう。地雷に関してはアクション映画ぐらいの知識しかない、そこだけは見当がついた。しかし伊倉の本性はいまだにわからない。公安の刑事でないのなら、さっき民家の庭で男を撲殺した行為は、ただの重大犯罪になってしまう。いまだ小心者のごとく振る舞っているのも、凛香や蓮實を油断させるために思えてならない。

「伊倉さん」瑠那は静かに問いただした。「本当はどういう目的でこの学校に……」

突如として、わあっと歓声があがった。きょういちばんの騒々しさだった。瑠那は驚きとともにグラウンドに向き直った。

女子四百メートル予選がつづいている。観衆の目を釘付けにしているのは、スタートラインに立つ三年生、雲英亜樹凪だった。なんと体操服を脱ぎ、女子陸上選手のような、ビキニに似たセパレートタイプのユニフォームに変身していた。ブラトップにハイレグカットのレーシングショーツ、引き締まった腹部もすらりと伸びる脚もあらわになっている。報道席の記者らがいっせいに立ちあがり、こぞってカメラをかまえだした。

凜香が苦々しげにこぼした。「やだねぇ。マスコミはエロ好きのおっさんばっか」

妙なことに蓮實は驚いたようすもなく、真面目な顔でつぶやいた。「興味本位の目を向ける輩はいるだろうが、彼女をからかうような声は糾弾される。真剣勝負だからな」

それは事実にちがいない。雲英亜樹凪はかつて良家の令嬢として名を馳せ、シビック政変ののちは悲劇のヒロインとして同情を集めている。卒業せず留年となり、公立高校に編入された現状も、やはり世間から気の毒がられていた。そんな亜樹凪がただめだちたいがために、肌の露出が多いユニフォームを選ぶはずがない。大衆は多少の当惑をおぼえながらも、そのように受けとると予想できる。

しかし瑠那は疑わしく感じていた。現に亜樹凪は抜群のプロポーションを観衆に晒している。〇・一秒の記録を競う陸上の世界ではなく、あくまで高校の体育祭でしかないのに、場違いは承知のうえであんな格好をしているのだろう。いつしか鍛え抜いた肉体美の持ち主に変貌してもいた。理想的な筋肉を身につける一方、無駄な肉は削ぎ落とされている。日焼けはしていないが、白く艶やかな肌はかえって性的魅力を増幅させる。男子生徒らはグラウンドから片時も目を離さない。テント屋根の下、校長や教頭、尾原大臣までが同じありさまだった。

亜樹凪がほかの出場者とともに、両手を地面につき、クラウチングスタートの姿勢をとった。意識的な色気の拡散に思えてならない。果たして気のせいだろうか。

スターター用ピストルが火薬を鳴らした。観衆はさらに沸き立った。亜樹凪が驚異的な初速により独走態勢に入ったからだ。

完璧なフォームとしかいいようがない。地面を蹴っては跳ねかえってくる勢いを、全身で受けとめながら推進力に変えている。しなやかに伸びる腕と脚が野生動物のように美しかった。あらゆる筋肉の弾力を存分に用い、信じがたいほどの躍動感を放ちつづける。

前半から飛ばしすぎてはいないか、そう思えたのも束の間、危惧でしかないと瑠那は悟った。二百メートルを過ぎ、亜樹凪の足はさらに速くなった。スタミナを充分に残している。もうほかの選手をはるか後方に引き離していた。亜樹凪はあっという間にゴールのテープを切った。

喝采は凜香のときをはるかに上まわっていた。大音量の声援や拍手が耳をつんざく。地面を揺るがすほどの興奮がグラウンドを包みこんでいた。

亜樹凪は肩で息をしながらも、しっかりと背筋を伸ばし立っていた。白テントに深々と一礼してみせる。尾原大臣が立ちあがり祝福の拍手を送った。教職員から保護者までがそれに倣う。誰もが笑顔だった。

視界の端から人影が失せた。騒ぎに乗じ伊倉が逃走したとわかった。あんな小物はひとまず捨て置けばいい、いまはそれどころではない。瑠那はそんな気分だった。凜香も同じ心境らしい。唖然とした面持ちを向けてくる。

「なんだった？」凜香がささやいた。「並みの鍛え方じゃねえよな」

同感だと瑠那は思った。日々理想的な体幹トレーニングを積んだだけではない。ことと細かな指導も受けている。それも陸上の専門家による教育とは思えない。多分に実戦的で軍隊的だ。

凜香が疑わしげなまなざしを蓮實に向けた。瑠那も蓮實をじっと見つめた。ふたりからの視線を間近に受けたからか、蓮實は気まずそうに身を退かせた。

「先生」瑠那が低くたずねた。「ずっと亜樹凪さんを送迎してましたよね」

「変な含みを持たせるな」蓮實が苛立（いらだ）ちをのぞかせた。「クルマで移動中に運動のコツを教えただけだ」

「運動のコツねえ」凜香の口もとが歪（ゆが）んだ。「亜樹凪さんのマンションでも教えた？　運動のコツってやつを手取り足取り」

「馬鹿いうな。侮辱する気ならただじゃおかんぞ」蓮實が背を向け、立ち去る素振りをしめした。

凜香は呼びとめた。「わたしから目を離さないんじゃなかったのかよ」

「おまえの出番は、さっきの四百メートル予選が午前中の最後だったろ。昼休みが終わるまでは、どうせ杠葉と一緒だよな？　無茶はするなよ」

蓮實はそう言い残すと足ばやに歩き去った。グラウンドの中央から亜樹凪が退場しようとしている。観衆はいまだ亜樹凪に興味津々のようすだった。蓮實はそれを気にするかのように選手退場口へと急ぐ。まるでアイドルのマネージャーの振る舞いだった。

凛香が揶揄した。「どうだろね、あの態度。できてるようにしか見えねえな」

たしかに蓮實は亜樹凪に気もそぞろに思える。教師と生徒以上に関係を深めてしまったのだろうか。瑠那はつぶやきを漏らした。「蓮實先生が亜樹凪さんに手をだすなんて……」

「逆かもしれねえ。亜樹凪さんのほうから色仕掛けで蓮實を釣ったとか」

「まさか」

「ありえなくはねえだろ？　さっきのあの格好、ビーチバレーの選手も顔負けじゃねえか。野郎どもを誘惑するつもりでなきゃ、あんなに肌は晒さねえだろ」

「陸上女子に失礼じゃないですか。純粋に速さを競うためですよ」

「陸上女子ならな。いまは体育祭だし、たかが四百メートル予選だぜ？　亜樹凪さんは狙ってやってるよ。どういうつもりかは知らねえけど」

事実として亜樹凪は体育祭の空気を一変させた。女子生徒から女性教師、女性の保護者らも、亜樹凪を好意的に見ているようだ。しかしとりわけ魔力にかかったのはやはり男性だった。退場していく亜樹凪の背を、あるいは尻や脚線美を、目で追わない男は皆無だとわかる。尾原大臣までがいまだ身を乗りだしている。そんな亜樹凪に対し、蓮實が世話係然とした態度で、せっせと駆け寄る。

内親王に喩えられるほどの清楚な令嬢。事実はちがう。彼女がマラスと関係を持ち、父親を射殺したことは、優莉家の人間の目からすればあきらかだった。いまはそれ以上の変化を感じる。まさにクイーンの駒だ。亜樹凪は盤上で最強の存在になっていた。

15

正午からの一時間は昼休みだった。保護者が来ている生徒は、昼食を家族揃ってとる。そうでなければ教室で食べる。瑠那と凜香には親がいない。よってふたりとも校舎に戻った。

一階廊下はそれなりに賑やかだった。観覧席に保護者がいない生徒も少なからずいるようだ。歩きながら凜香が誘ってきた。「売店でパンを買おうか」

瑠那は微笑した。「わたしはお弁当があるので……」

「あー、お義母さんが作ってくれた？ うちじゃ施設の職員がみんな忙しくてさ」

「買ったら一Bに来てください。一緒に食べましょう」

「わかった。でも生物部の部室に寄ってから行く。買ったパンをハムスターに毒見させてからでなきゃ安心して食えねえんだよ。瑠那は先に食べてて」

凜香が人混みのなかを遠ざかっていく。瑠那は階段を上った。周りの生徒らの声が耳に入ってくる。女子生徒がはしゃいでいた。雲英さんかっこよかったー。踊り場をまわったのち、男子生徒らもぼそぼそと喋るのがきこえた。たまんねえよな、あの身体つき。別の男子生徒がからかう。おめえ、言い方がやらしいんだよ。

いまや校内は亜樹凪の話題で持ちきりだった。保護者席や来賓席も同様と思われる。単なる公立高校の体育祭だというのに、奇妙な雰囲気になってきた。

一Bの教室に入る。男子生徒ばかり十人ほどいるものの、みな椅子がないため机に座り、弁当箱を膝の上に載せていた。

瑠那は自分の机に行き、立ったままカバンから弁当箱を取りだした。ステンレス製の蓋を開けようとして、ふと手がとまった。

蓋は水平でなく斜めになっている。片側のみわずかに浮きあがっていた。瑠那はそっと蓋を外した。サラダを中心に、鶏肉と卵、ご飯が敷き詰めてある。いつもどおり義母らしい丁寧な仕上がりだった。蓋が浮く理由はどこにもない。これまでこんなことはいちどもなかった。

カバンのポケットに手を伸ばす。小さなプラスチックケースをつかみとった。ケースの中身を周りの男子生徒らの目に触れさせられない。瑠那は机を離れ、いったん廊下にでた。

こっそりケースを開ける。毒物検出用キットのなかからスポイトをつまみとった。複数の小瓶から薬剤をスポイトで吸い取り、軽く振って混ぜる。

廊下を男子生徒ら数人のグループが近づいてきた。また亜樹凪の色っぽさを話題に談笑しつつ教室内に入っていく。瑠那は引き戸に背を向け、ひそかに作業を続行した。

複数の薬剤を適正な比率で混ぜ合わせる。これでよし。瑠那は引き戸に向き直った。食べ物に一滴垂らせば、あらゆる劇物に対し、変色の反応を見てとれる。

引き戸を入ろうとしたとき、教室内から男子生徒の声がきこえた。「これ山口のメシ？　鶏肉うまそうじゃん」

瑠那は息を呑んだ。さっき教室に入った男子生徒らが、自分の机のすぐ近くに陣取っている。それぞれが弁当を広げるなか、一Bの西田康生という小太りの男子生徒が、瑠那の弁当箱を友達の昼食と勘違いしたようだ。西田は鶏肉を箸でつついた。

「駄目」瑠那はあわてて声を発した。「西田君！」

ところが西田が顔をあげたときには、もう鶏肉を頬張っていた。きょとんとした目で瑠那を見つめる。

異変が生じたのはわずか数秒後だった。西田の顔はみるみるうちに青ざめた。苦悶の表情とともに喉を詰まらせる。激しくむせだすと、ほかの男子生徒らも妙な目を向けた。西田はばったりと床に倒れ、呻きながら痙攣しだした。

教室内にどよめきがあがった。瑠那は西田に駆け寄ると症状を観察した。床に転がった食べかけの鶏肉にスポイトの薬剤を垂らす。緑いろの変色がみられた。亜硝酸塩アストルニカラド類ビトリン。瑠那は西田の目を指先で開いた。瞳孔の収縮が始まっている。じきに血圧上昇から意識混濁につながるだろう。このままでは数分以内に心肺停止に至る。

周りに男子生徒らが愕然とした面持ちで寄り集まっている。近くの机に、ほかの誰かの弁当箱があった。瑠那はそれを奪った。ブロッコリーをちぎり、しめじと一緒に強く握り、てのなかで擂り合わせる。仰向けになった西田の口に、それらを押しこんだうえ、パックの牛乳を注ぎこむ。吐きだそうとする西田の口を手でふさぎ、胸倉をつかみあげ、無理やり飲みこませた。

苦しげだった咳の質が徐々に変わりだした。ただ激しくむせるばかりになる。のけぞったり半身を起こしたりするのは、楽な姿勢を探す余裕が生じてきた証でもある。事実として痙攣はもう見てとれない。西田が激しく嘔吐し、濁った牛乳を床にぶちまけた。男子生徒らは慌てたようすで退いた。以降は西田も軽い咳を繰りかえすだけだった。

瑠那はスカートへの毒の付着を防ぐため、裾をたくしあげたうえで、西田の近くに正座した。太腿の上に西田の頭を乗せ、膝枕をしながら、瑠那は静かに語りかけた。

「息を吸って。ゆっくり。まだ胸の詰まった感じがする?」

「……少し」西田が青ざめた顔で見上げてきた。

「落ち着いて。呼吸するうちにだんだん息が奥まで浸透していくから。……どう?」

「だいぶよくなった」西田が目を瞬かせた。「いまのは……なんだ?」

ほかの男子生徒らも冷静になりだした。ひとりが眉をひそめながらいった。「おい西田。いつまでそうしてるつもりだよ」

西田ははっとして身体を起こした。膝枕に照れたらしく瑠那から遠ざかる。きまりが悪そうな顔をしながらも、ありがとう、ぼそりとそうつぶやいた。

瑠那は安堵のため息を漏らした。牛乳には胃壁を保護し、ビトリンの吸収を弱める働きがある。ブロッコリーが有害物質のアルミニウムを無毒化し、きのこ類が鉛や水銀、ヒ素を下させる。配合さえ適切なら亜硝酸塩アストルニカラド類に効く即席の解毒剤となる。目分量だったがうまくいったようだ。

男子生徒のひとりが瑠那の弁当箱を見つめた。「これ誰のメシだよ」

「わたしのです」瑠那はいった。「ごめんなさい、消費期限切れの食材が多かったみたいで」

16

凛香は校舎一階の売店にいた。あまりの混雑ぶりに辟易させられる。ふだんなら四時限目が終わる寸前に教室を抜けだし、売店が空いているうちに買い物を済ませる。きょうは体育祭のため出遅れた。生徒の群れが廊下までいっぱいに広がり、いっこうに売り場に近づけない。

出前館にデリバリーでも頼みたくなる。瑠那の弁当から具材を少し分けてもらうか。凛香は売店に背を向けた。

そのとき窓の外に目が向いた。グラウンドとは反対側、校舎裏にあたる中庭を、ふたり連れが人目を避けるように歩いている。ひとりは女子生徒の体操着だった。もうセパレート型のユニフォーム姿ではないが、すらりとした身体つきから、ひと目で雲英亜樹凪だとわかる。一緒に歩くのはスーツの青年、公安を装っていた自称ユーチューバー、伊倉だった。ふたりとも真顔でひそひそと言葉を交わしている。

いまや注目の的の亜樹凪だが、売店に群がる生徒らはまだ存在に気づかない。凜香は混雑から抜けだすと、ひとり廊下を駆けていった。昇降口に着くや、シューズボックスに近づき、自分の靴を引き抜く。脱いだ上履きを代わりに叩きこんだ。靴を手に廊下を横断し、裏手の掃きだし用サッシを開け放つ。凜香は靴を履き中庭に躍りでた。いましがた亜樹凪たちを見かけた場所をめざす。

　売店前廊下の外まで来たものの、ふたりの姿はもうなかった。歩いていったとおぼしき方向へ追跡していく。蓮實はたぶん撒かれたのだろう。いまごろどこかでひとり途方に暮れているにちがいない。

　伊倉は公安の刑事を名乗り、亜樹凪に接近したといった。どうも鵜呑みにできない。さっき校舎に戻る直前、瑠那からきいたところでは、校門で亜樹凪が伊倉に助け船をだしたという。亜樹凪はだまされていたのではなく、伊倉が学校に入りこむのを支援したのではないか。

　中庭から校舎の外壁に沿ってまわりこむ。行く手には体育館があった。きょうの催しはすべてグラウンドのため、体育館の周りはひっそりと静まりかえっている。ひとけはなかったが、出入口の鉄扉が半開きになったうえ、簀の子の手前に運動靴と革靴が置いてある。亜樹凪と伊倉の履き物だと考えるのが妥当だった。

耳をそばだてたものの特になにもきこえない。凜香は辺りに視線を配った。誰も見ていないことを確認するや、小走りに鉄扉に近づく。土足であがるべきではない。靴を脱ぐのは足音を消すのに役立つ。自分の靴を外に残し、凜香は鉄扉のなかに足を踏みいれた。

体育館内の天井は消灯している。高いところにある窓から、外の陽射しがフローリングの床面を照らすにすぎない。バスケットボールの入った籠や卓球台がだしっぱなしになっていた。人影は見えない。

講堂を兼ねた体育館のため、真正面に舞台がある。床から舞台に上る短い階段が設置されていた。凜香は館内を眺め渡した。左右には二階の高さにキャットウォーク。手すりにバスケットボールのゴールが等間隔に存在する。壁の一か所に運動部備品室の扉。部活練習に使う物を収める場所だが、先にそちらのなかをたしかめるべきだろうか。

だが舞台の袖から物音がきこえた。呻きとも唸りともつかない声も耳に届く。凜香は忍び足で舞台に駆け寄った。慎重に階段を上っていく。向かって左の袖に人の気配があった。

凜香は舞台上で啞然としながら立ち尽くした。袖をわずかに入った暗がりに、体操着やセパレート型のユニフォームが脱ぎ散らかされている。その向こうでふたりが絡みあっていた。床に仰向けに寝そべるのは全裸の亜樹凪だった。四つん這いに体勢を変えると、伊倉が背後にまわり膝立ちになった。スーツ姿のままズボンを下ろした伊倉が、亜樹凪を激しくバックから衝く。亜樹凪は長い黒髪を揺らし、なまめかしく官能に満ちた声を発した。

しばし呆気にとられていた凜香だったが、ほどなく状況の滑稽さに笑った。かすかな笑い声だった。それでもふたりは敏感に気づいたらしく、ふいに動きをとめた。亜樹凪が顔をあげる。四つん這いのせいか、獣そっくりに思えるまなざしが、じっと凜香をとらえた。行為を見られた恥ずかしさは微塵ものぞかない。伊倉のほうは緊張の面持ちで全身を硬くしていた。こちらは多少なりとも体裁の悪さを感じているようだ。

凜香はにやにやしながら、体操着のポケットからスマホをとりだした。「こりゃ面白え動画が撮れるじゃん。蓮實先生が見たら卒倒するな。ほら、こっちまっすぐ見なよ。カメラ目線で」

動画撮影モードを起動する。伊倉はあわてぎみに顔をそむけた。だが亜樹凪のほうは、挿入を抜かせまいと尻をつきだし、伊倉との結合を保った。伊倉にとっても予想外だったのか、さかんに目を泳がせている。

亜樹凪は快楽に溺れつづけるかのように、とろんとした目でこちらを見つめてくる。まったく物怖じしない態度だった。凜香のスマホカメラに記録されることをまるで恐れていない。むしろ凜香を挑発しているようでもある。

露出狂だろうか。思いがそこに及んだとき、凜香のなかにもうひとつの可能性が浮かんだ。あるいはこの亜樹凪の仕草は、凜香に視線を逸らさせまいとする囮でしかないのか。

一瞬早く想像をめぐらしたからだろう、迫り来る風圧を察知できた。凜香はスマホを持つ手で胸部をガードした。屈強な肉体が間近でサバイバルナイフを振り下ろしていた。ナイフの尖端はスマホの画面に突き立てられた。一撃で貫けるほどスマホは柔ではない。ガラスに亀裂が走ったものの、凜香の防御は成功した。だが次の瞬間、敵はティクバックしたナイフを水平に振ってきた。凜香はスマホを横向きにし、また小型の盾にしたが、今度は敵の腕力が勝った。スマホは凜香の手から弾け飛んだ。

敵は黒いTシャツに迷彩ズボン、軍用ブーツといういでたちだった。人種は東南アジア系か。太く逞しい上腕を包むTシャツの半袖が、いまにもはち切れそうになっている。刈り上げた頭に四角い顎の巨漢がつかみかかってくる。脅威は目の前のひとりだけではなかった。いつしか舞台上には同じ服装の大男どもが、十数人もひしめきあっている。

凜香はすばやく反応した。姿勢を低くし、回避のステップを縦横にこなし、四方八方からの殴打や蹴撃を躱しつづける。しかし包囲が極端に狭まりつつあった。さすがに多勢に無勢、容易には抜けだせない。敵勢にここまで距離を詰めさせた自分を呪った。亜樹凪の常軌を逸した捨て身ぶりに、凜香の注意が散漫になっていたのはたしかだった。

執拗に追いかけまわす大男どもから逃げまわるうち、凜香は舞台袖を視野の端にとらえた。伊倉が身を退こうとしている。だが亜樹凪は振り向きざま、伊倉に抱きつくと、力ずくで押し倒した。なおも行為を要求する。すぐ近くで凜香と大男どもが、激しい乱闘状態にあるにもかかわらず、騎乗位で喘ぎつづける。これが雲英亜樹凪の本性だったのか。まさに性欲の化け物だ。

凜香はポケットからライフカード22LRを引き抜いた。舞台から飛び降りる。しかしそこにも巨漢らが待ち構えていた。フローリングに倒れた凜香に対し、大男の群れが舞台前面のスライド式収納を引っ張りだした。キャスター付きで奥行きのある収納を転がし、暴走車のごとく轢き殺そうとしてくる。凜香はただちに床を転がり、辛くも脱したものの、はずみでライフカード22LRを手放してしまった。スライド式収納には、パイプ椅子が無数に収めてある。大男どもがそれぞれ一脚ずつパイプ椅子をつかみあげ、上下左右に振りながら迫ってくる。

プロレスラーの場外乱闘では、パイプ椅子のクッション付き座面で殴るのが常識だった。いま大男たちは当然ながら、そんな配慮をしめしてくれない。面積の狭い椅子の脚で、さかんに突きを浴びせてくる。凜香は蹴りで反撃にでたが、敵は座面の裏側を盾にし、巧みに身を守る。パイプ椅子を武器として完璧に使いこなしていた。ブリコラージュも訓練に含まれていたのだろう。

死にものぐるいの命の奪いあいのなか、亜樹凪の甲高い嬌声が耳に届く。どんどん声量が大きくなり、いまにも絶頂に達しようとしている。頭がおかしくなりそうだと凜香は思った。異常者を自覚してきた凜香だったが、亜樹凪はそのレベルを凌駕している。こんな修羅場でも性的快楽を追求し、行為に没入できるとはまともではない。

異常な状況のせいで、凜香は集中力を欠いていた。視覚のみならず聴覚で間合いを推し量れるはずが、いまはうまく機能していない。風圧が頭上に迫ったとき、凜香は失態を悟った。椅子の硬い背が凜香の頰をしたたかに打った。弾け飛んだ凜香は回転しながら落下し、床に叩きつけられた。

凜香は横たわった状態で、痺れるような痛みに耐えた。しかし大男どもは容赦がなかった。数脚の椅子を開き、一列に並べると、凜香の身体を持ちあげ、座面の上に寝かせた。まずい。凜香が必死に身体を起こそうとしたときには、もう遅かった。座面から水平に突きだした凜香の右腕に、折り畳まれた椅子が力いっぱい振り下ろされた。骨が折れる音を耳にした。凜香は自分の悲鳴をきいた。視界が涙に揺らぐ。信じがたいほどの激痛だった。前腕の骨は確実に砕かれてしまった。神経が麻痺し、たちまち気絶に引きずりこもうとする。凜香は歯を食いしばり耐えた。

鼓膜を揺さぶるのは自分の悲鳴ばかりではない。亜樹凪の絶叫が混ざっている。凜香の悲鳴をきくや、いっそう興奮が高まったのか、エクスタシーに達したようだ。究極の変態とは亜樹凪のことにちがいない。あの女、異常性欲どころでは済まないサディストだったか。

大男どもは凜香の身体を引っ張りあげ、今度は卓球台の上に放りだした。凜香は想像を絶する激痛に悶絶した。折れた骨が腕のなかで神経に突き刺さるかのようだ。薄れゆく意識のなかで、サバイバルナイフを逆手に持った巨漢たちが、自分を取り囲むのを目にした。

俎板の上の鯉のごとく切り刻まれるのみか。凜香は恐怖に震えあがった。もう声ひとつあげられなかった。ギザギザの銀いろの刃が凜香の首筋を這った。

肉を断つ激しい音とともに、血飛沫が舞った。凜香はびくっとした。だが頸動脈を断たれたにしては、飛び散る血液が少量だった。意識もまだ持続している。吹っ飛んだのは目の前の巨漢だとわかった。ほかの大男どもがいっせいに向き直る。だが次から次へと弓矢が突き刺さり、呻きを発しながら後方へと倒れこむ。凜香ははっと息を吞んだ。運動部備品室から持ちだしたにちがいないアーチェリーを構え、瑠那が矢を引いては放った。矢は一本も外れなかった。大男どもの半数は床に這った。

ほかの巨漢らが瑠那に襲いかかっていく。しかし瑠那は身体を横方向に回転させると、踏みとどまるやサイドスローで円盤を投げた。鉄製の円盤が大男ひとりの顎を砕く。鼻血を噴きあげた大男が床に沈んだ。巨漢の群れはひるみながらも瑠那に突進していった。瑠那が砲丸投げの体勢に入った。なんとあの華奢な身体ながら、アーチェリーや円盤のみならず、砲丸までも隠し持っていた。大男どもが左右に飛び退こうとしたがもう遅い。ひとりの顔面に砲丸が勢いよくめりこんだ。しばし静止した巨漢が床にくずおれた。

いまだ無傷の大男は三人だった。いずれも畏怖を隠しきれずにいる。連中の前に立つのは制服姿の女子生徒ひとり。線の細い容姿がかえって強靭そのものに見えてくる。

瑠那が静かにささやいた。「乱暴で低脳な大人たち。凜香お姉ちゃんを傷つけましたね。神の裁きを受けてもらいます」

17

瑠那は大男たちが、おもにデッドリフトとベンチプレスで鍛えていると気づいた。分厚い筋肉の鎧は重量がある。動作は俊敏でも運動エネルギーには逆らえない。重ければそれだけ制動距離が伸びる。慣性の法則に逆らうために余分な力を必要とする。

三人の巨漢はなおもパイプ椅子を手放さず、それぞれに振りかざし突進してきた。三方からの挟み撃ちを意図している。瑠那はすばやく後ずさり、敵の三角形を崩しにかかった。

凜香の声が飛んだ。「瑠那、気をつけろ！　パイプ椅子を振り下ろすと見せかけて、突きを放ってきやがる」

的確な助言だと瑠那は思った。敵のひとりが、ほかのふたりより早く距離を詰めてきた。瑠那は振り向きもせず、背後の籠からバスケットボールを一個つかみとった。両手でバックスピンをかけ、敵の足もとに勢いよく投げつける。敵の膝が上がる一瞬を狙った。靴底がボールを踏みつけざるをえなくなる。敵はただちに体重をかけ、ボールをその場に押しとどめようとしたが、逆回転により足をとられた。重心が崩れたせいでのけぞり、パイプ椅子を片手で保持するのみになった。

瑠那は勝機を逃さず、高々と跳躍するや、敵の顔面に跳び蹴りを見舞った。八極拳の連環腿だった。踵が深々と大男の顔面にめりこんだ。白目を剝いた巨漢が仰向けに倒れる。瑠那は体重を両脚にかけ、そのまま敵の鼻っ柱を踏み砕いた。

残りのふたりが動揺と怒りをしめし、パイプ椅子で襲いかかってくる。瑠那はバク転の連続で後退した。備品室から引っ張りだしておいたバレーボール用ネットを、床からつかみあげる。ネットには砲丸一個が包みこんであった。四隅を束ねたうえで、ねじりながら振りまわす。砲丸が錘となり、遠心力で高速に回転する。リーチは数メートル先まで伸びる。突進してきた敵ふたりのパイプ椅子を弾き飛ばし、次のひと振りで顔面の骨を連続し打ち砕いた。大男どもは横倒しになった。

痛そうにのたうちまわるふたりを尻目に、瑠那はゆっくりと体育館の奥へと進んだ。凜香が卓球台の上に横たわり、右腕をかばいながらも瑠那に目を向けてくる。瑠那は凜香にうなずくと、舞台への階段を駆け上った。

舞台袖に警戒の目を向ける。亜樹凪や伊倉の姿はなかった。もう声もきこえない。

さっきまで性行為に及んでいたようだが、脱ぎ捨てた服も見当たらない。

　瑠那は階段へ引きかえした。ふたたび体育館の床に降り立つ。床に落ちた砲丸に両手を伸ばした。砲丸をそっと拾い上げる。ほとんどの大男は絶命もしくは失神した。床を這いながらも意識を保っているのはふたりだけだ。瑠那はそちらに歩み寄った。

「雇い主は亜樹凪さんですか。それとも伊倉さんですか」

　敵はいずれも怯えた目を瑠那の砲丸に向けている。投げ落とされたらひとたまりもない、そう思っているのだろう。ため息とともに瑠那は砲丸を横方向に投げだした。

　ところがその直後、巨漢どもは目配せしあった。丸腰になった瑠那に対し、ふたりがかりで襲いかかれば、手負いの身であっても圧倒できる。そう考えたのはあきらかだった。大男らは揃って吼え、巨大な身体に似合わず、機敏な動作で起きあがった。

　やはり低脳だと瑠那は思った。砲丸を拾うのに両手は必要ないと気づかなかったようだ。瑠那は砲丸とともに、なにげなく手のなかにおさめた物体、ライフカード22LRを突きだした。ふたりの敵は瑠那に突進しつつも、小型拳銃を目にしたからだろう、驚愕と絶望のいろを浮かべた。その予感どおりの結果がまっている。瑠那はトリガーを二度引いた。小さな弾は至近距離から、ふたりの眉間に命中した。貫通せずとも脳を深々と抉った。大男どもはばたばたとつんのめり、それっきり動かなくなった。

瑠那は卓球台に駆け寄った。「凜香お姉ちゃん。立てますか」

「なんとか」凜香は上半身を起こそうとしたが、右腕が激痛に見舞われたらしい。苦痛に表情を歪め、またうずくまった。

「無理しないで」瑠那はそっと手を貸した。患部に触れないよう留意しつつ、慎重に凜香を起きあがらせる。気遣いとともに瑠那はいった。「保健室に行きましょう」

「こいつらはどこから湧きやがった？」

「舞台の下、パイプ椅子収納の奥でしょう。夜明け前から潜んでたとしか思えません」

ようやく凜香が卓球台から床に降りた。自分の脚で立ってはいるものの、痛みを和らげるためか、身体を斜めにしている。唸りながら凜香はつぶやいた。「狙いは尾原大臣かよ？」

いや。凜香こそ狙われていたのかもしれない。瑠那はそう思った。敵にとっても、これほどの頭数の投入は、けっして無駄ではなかった。凜香の右腕一本を、ついに折るに至ったのだから。

18

保健室の先生は正式な肩書きを養護教諭という。教員採用試験の合格のみならず、養護教諭免許状も必要とされる。

日暮里高校の養護教諭は幾田律子という五十代の女性だった。凜香の骨折を見て、驚きながらもてきぱきと対処してくれた。保健室にあった添え木と包帯で三角巾をこしらえたが、むろん応急処置でしかない。すでに救急車が呼ばれた。じきに駆けつけるだろう。

瑠那は油断なく保健室の一角に立った。窓の外と引き戸、室内全体が視野に入る場所を選んだ。ぼんやりとたたずむように見せながら、なにか起きればただちに動きだせるよう、常に身構えていた。

体操着姿の凜香がベッドに座っている。応急処置の三角巾だけでは痛みが軽減されないらしい。ときおり顔をしかめながら姿勢を変える。室内には幾田律子のほか、一B担任の江田と、一C担任の蓮實が駆けつけていた。三人の教師が真剣な顔で立ち話をしている。

江田が困惑ぎみに歩み寄ってきた。「杠葉。いったいなにがあった？」

瑠那は控えめに応じた。「優莉さんが階段で足を踏み外して……」

凜香が苛立(いらだ)たしげに口をはさんだ。「売店が混みすぎてて、時間がなくなってさ。一Bに向かおうとしたんだよ。瑠那の弁当をちょっと分けてもらおうと思って。慌てたのがまずかった」

なおも江田は不審げに瑠那を見つめた。「一Bでは西田が嘔吐(おうと)したとか」

「はい」瑠那は淡々とした口調に努めた。「しめじが身体に合わなかったようです」

「しめじが？　きのこアレルギーかなにかか」

幾田律子が江田にいった。「ありえます。西田君ならさっき立ち寄りましたよ。念のため胃腸薬をもらいたいって」

江田は幾田に向き直り、落ち着かなそうに距離を詰めた。「本当に問題ないんでしょうか？　午後は休ませたほうがいいとか」

「なにかあったら来るように伝えましたけど、もうすっかり元気だったので。ひょっとしたら当たったわけでもなくて、食べ物を喉(のど)に詰まらせただけかも……」

ふたりの教師が保健室の隅でぼそぼそと話しつづける。神経質な江田は、保護者からクレームを受ける事態を恐れているらしい。幾田律子が否定しても、江田はあくまで心配を口にする。会話が長引きそうだった。

その隙に蓮實がベッドに歩み寄った。ベッドに座る凜香の前で蓮實は片膝をつき、小声でささやきかけた。「暴力沙汰だろう？　先生には隠すな」

瑠那はなにげなく近づき、蓮實のわきに立った。江田や幾田にきこえないていどの声量で、瑠那は蓮實に告げた。「襲撃者は十二人、鍛えてましたが丸腰でした。所轄警察が校門の警備にあたった早朝より前から、体育館に潜んでいたと考えられます」

「体育館だと？」蓮實が見上げた。「そいつらはどうなった？」

「舞台下のパイプ椅子収納を引っ張りだせば、奥にまとめてあるのが見えます。十二の死体が」

蓮實が血相を変えた。「なんだと？　校内で勝手な殺しを……」

やや声が高かったらしい。江田と幾田が揃って振りかえった。怪訝そうに江田がきいた。「蓮實先生、なにか？」

「いえ」蓮實が表情をこわばらせた。「なんでもありません。優莉にもっと注意するよう、いってきかせてたところで」

ふたりの教師はまた背を向け、食中毒に関する懸念について話しこみだした。

瑠那は声をひそめた。「蓮實先生。校舎裏の防災備蓄倉庫に大型ポリ袋の束があります。引き戸一枚が入るサイズですから、巨漢の死体もひとりずつ収まります。においがしないよう対処してください。きょうの日中をしのげれば、夜中にでも運びだせるでしょう」

「冗談いうな。文科大臣にSPも来てるんだぞ」

「わたしがやります。先生がやらないなら」

「学校の務めとして警察に知らせないと……」

「先生」瑠那は遮った。「わかってるでしょう。敵は凜香お姉ちゃんの命を奪おうとする前に、腕を折るのを優先させました。なにがなんでも午後の出場を取りやめさせる気だったんです」

「……例のブックメーカーに絡んでるのか？」

「不審なことが多すぎます。伊倉という人は公安でもなければユーチューバーでもないでしょう。亜樹凪さんの手助けがなければ校内にも入れませんでした」

「亜樹……雲英まで怪しいといいだす気か」

凜香がうんざり顔になった。「蓮實先生。自主トレていどで亜樹凪さんがあんなに走れるわけがねえ。どう見ても軍隊式のカリキュラムをこなしてる」

瑠那は付け加えた。「正確には自衛隊式自重トレです。腕立て伏せも腹筋も懸垂も、自衛隊の体力検定レベルを義務づけたでしょう。下半身の瞬発筋のつき方も自衛官に近い。蓮實先生の個人指導ですよね」

蓮實は言葉に詰まったものの、唸るような声を低く響かせた。「体育祭で活躍するためじゃなかった。雲英は危険な目に遭うんじゃないかと怯えてたんだ。かたちばかりの護身術なんかおぼえても意味がない。基礎体力づくりから始めないと」

「教えたんですか、護身術も？　というよりSOGの護身術とは、つまり接近戦術でしょう」

凜香が探るようなまなざしを蓮實に向けた。「まさかと思うけどさ。銃の撃ち方も指導した？」

また蓮實が口ごもった。さかんに目を泳がせている。「それは……だな」

「おい」凜香が声を荒らげた。「マジかよ。わたしたちにはさんざん銃なんか手にするなって……」

蓮實は苦々しげに小声で反論した。「彼女は雲英製作所のハンドガンをこっそり所持してた。警察に届けるようにいったが、どうしても手放せないと拒んだ。亜樹凪はマンション前から誘拐されそうになったんだ。雲英グループ関連となると、警察も協力可能かどうか疑わしい。一時的でも緊急対処手段が必要だった」

「とうとうカノジョみてえに亜樹凪って呼んだな。なにが緊急対処手段だよ。亜樹凪にそそのかされて、まんまと手の上で踊らされたってわからねえのか」

「馬鹿なことをいうな！」

また江田と幾田が眉をひそめつつ振り向いた。蓮實はばつの悪そうな顔で、なんでもありませんといいたげに片手を振った。凜香にお灸を据えるつもりだろう、ふたりの教師はそう解釈したらしい。見て見ぬふりをするためか、江田と幾田は引き戸を開けると、廊下にでていった。

多少は声を張ってもかまわなくなった。真っ先に凜香が明瞭な物言いに転じた。

「女子高生に玩ばれた体育教師、一線を越える。明日のネットニュースの見出しだな、こりゃ」

蓮實が憤然とした。「優莉。腕が折れてなければ手がでていたところだ」

「それ体罰の意思表明かよ。わたしたちみたいなのを更生させたいだなんて、立派なスローガン掲げといて、結局は美人の教え子の色香に迷ったって？　畑ちがいの元自衛官に教育現場なんてしょせん無理ってわけか」

「彼女は命の危険に晒されてた！　救いを求めてたんだ」

瑠那は穏やかに話しかけた。「蓮實先生……」

しかし凜香が瑠那を見上げ、黙って首を横に振った。沈黙を守るよう目でうったえてくる。

亜樹凪が体育館でなにをしていたか明かすべきではない。凜香の顔にそう書いてある。瑠那は戸惑いをおぼえた。とはいえ凜香の主張は的を射ている。

いまの蓮實は冷静とはいいがたい。すっかり亜樹凪に洗脳されてしまっている。背景に男女の関係があることは容易に推察できた。事実を知れば蓮實はいっそう取り乱すだろう。体育祭に要らぬ混乱を生じさせるかもしれない。暴走もありうる。もとより蓮實はすでに禁を破っているからだ。

蓮實の苛立(いらだ)たしげな目が、瑠那と凜香の顔をかわるがわる見た。「なんだ? いいたいことがあるならはっきりいえ」

引き戸が開き、江田が顔をのぞかせた。「蓮實先生。救急車が着いたようです」

患者の担任として出迎えないわけにはいかない。蓮實はじれったそうに立ちあがった。江田とともに廊下へでていく。

保健室のなかは瑠那と凜香のふたりきりになった。瑠那はささやいた。「状況から考えて、体育館の大男たちは、亜樹凪さんが手配したんでしょう」

凜香も神妙にうなずいた。「マンション前で誘拐されかけたなんて、自作自演としか考えられねえよな。男ウケする虚弱なお嬢を演じて、まんまと蓮實をたらしこみやがった」

「ほかの教師じゃなく蓮實先生に的を絞ったのは、拳銃の撃ち方を習うためだったとしか……。でもそれ以前に体育祭での振る舞いが気になります」

「清楚さをかなぐり捨てた亜樹凪が、急に目立ちたがり屋になったよな」

「大男たちを潜伏させてまで凜香お姉ちゃんを襲撃させた以上、ブックメーカーに絡んでるとしか思えません」

「亜樹凪を捕まえて、この場にひきずってきて吐かせてやりてえ」凜香は息巻いたものの、興奮しすぎたせいか、腕に痛みが走ったらしい。表情を歪め、凜香がつぶやきを漏らした。「痛て……」

瑠那は凜香を気遣った。「無理しないでください」

引き戸が開いた。救急隊員らがストレッチャーを搬入してくる。にわかに物々しい雰囲気になった。

凜香が吐き捨てた。「大げさだろが。本物の救急車か？　奥多摩に運ばれるなんてまっぴらだからな」

以前に瑠那が拉致された状況のことだ。救急隊員らは意味がわからないようすで、困惑ぎみに顔を見合わせた。そのとき蓮實ら教師三人が入室してきた。

蓮實が渋い表情でつぶやいた。「心配ない。れっきとした荒川消防署、日暮里出張所の救急隊員さんたちだ」

瑠那は凜香が立ち上がるのを手助けした。「治療は早めに受けないと……」

「しゃあないな」凜香が忌々しげに唸った。「これじゃなにもできねえ。さっさとギプスで固めてもらって、急いで戻ってくるか」

凜香は救急隊員らの手により、ストレッチャーにそっと寝かされた。仰向けに横たわった凜香が、少しばかり弱気にささやいた。「ライフカードがほしい」

ライフカード22LR。意味が理解できる大人は蓮實ぐらいだ。瑠那はストレッチャーに歩み寄った。「ごめんなさい。二発とも使っちゃって」

凜香が苦笑した。「二発とかいうなよ。勘のいい大人なら、おおよそ察しがついちまうだろうが」

瑠那はつられて笑った。「そうですね」

「できるだけ早く帰ってくる。失格扱いにするなと実行委員に伝えといてくれよ」

救急隊員らがストレッチャーを押す。引き戸の向こうに消えるまで、凜香は瑠那をじっと見つめていた。瑠那も最後まで凜香を見送った。江田と幾田がストレッチャーに付き添い、廊下へと退出していく。蓮實はまだ室内に留まっていた。

開放されたままの引き戸から、女子生徒の体操着が入ってきた。体育祭実行委員の腕章をつけている。

「失礼します」女子生徒が蓮實にいった。「午後から本戦ですけど、優莉凜香さんの枠をどうしますか」

瑠那は蓮實に先んじて女子生徒に告げた。「失格にはしないでください」

女子生徒が当惑のいろを浮かべた。「失格というのはそもそもなくて、代走を立てるきまりだけど」

「……クラスメイトじゃなきゃ駄目ですか？」

「いえ。みんな出場種目が決定済みだろうし、学年が同じで身体が空いてるなら誰でも。先生が指名しますか？」

また蓮實が答えるより早く、瑠那が口をきいた。「わたしがでます」

蓮實が驚きの反応をしめした。「杠葉。本気か？」

「もちろん本気です」瑠那は女子生徒に頭をさげた。「一Bの杠葉瑠那です。ほかに出場種目はありません。優莉凜香さんの代走の手続き、よろしくお願いします」

女子生徒はぽかんとして瑠那を見つめた。病気で見学しているのではないのか、そらいいたげな表情をしている。しかし女子生徒はうなずくと、背を向け廊下へと急いだ。

　また保健室は瑠那と蓮實だけになった。蓮實が苦言を呈してきた。「どういうつもりなんだ。病弱を装っていなくていいのか？」

「病弱でも短距離走にでる子はいるでしょう。でも体操着を持ってきてません。先生は陸上部の顧問も兼ねてますよね？　お願いをきいてくれませんか」

「なんだ」

「女子部員にユニフォームを貸してくれるよう頼んでください。それと、さっきもいったとおり、体育館の処理も」

「杠葉。それは……」

　瑠那は蓮實をまっすぐに見つめた。「もう先生もわたしも法を犯してます。警察は頼りにできません。体育祭が中止になったら真相は藪のなかなので」

19

　午後の競技は二年生の綱引きから始まった。瑠那は午前と同じく制服姿で、一Bの観覧席に座り、絶えずあちこちに視線を配った。

保護者席から幾十ものスマホカメラがグラウンドに向けられている。ブックメーカーへの中継カメラマンとおぼしき不審人物は見当たらない。ただし外見上はなにもわからなかった。人の内面は容易に推し量れない。一元的でなく多面的でもある。瑠那は複雑な性格を自覚していた。亜樹凪もそうにちがいない。

徒競走の本戦は全学年混合のうえ、予選とは逆に長距離から順におこなわれる。女子四百メートルの出場者がグラウンドに集まった。またセパレートタイプのユニフォーム姿の亜樹凪が注目を浴びている。さっきまで閑散としていた報道関係者席にも、各媒体の記者が戻り、鈴なりになってカメラを向ける。

ただし亜樹凪ひとりが衆目の関心を集めつづけるわけではない。瑠那が制服を脱いでフィールドにでると、トーンの異なるどよめきがあがった。多くの視線が亜樹凪から瑠那に移ってくる。周りの出場者まで、まじまじと瑠那を見つめてきた。

瑠那も女子陸上用のブラトップに、ハイレグカットのレーシングショーツを身につけていた。腕や脚に目を落とすと、真っ白な肌が鏡のように陽射しを照りかえす。日焼けに縁のない暮らしを送ってきた。巫女（みこ）衣装のようにすっぽりと覆うのとは対照的ないでたちだった。同じ陸上部だけに色彩もデザインも亜樹凪と共通している。

とにかく涼しく身軽だと感じる。歩を進めるだけでも、脚の付け根に沿ったショーツのカットは効率的だとわかる。想像以上に動作になんの抵抗も生じない。

マスコミのカメラの放列は、いったん瑠那をとらえだすと、二度とほかに逸れようとはしなかった。誰なのか記者たちもわかっていないのだろうが、とにかく亜樹凪につづき、露出の多い女子生徒の登場を歓迎しているのだろう。女性教師や保護者席の母親らしき婦人らは眉をひそめていた。体育祭の趣旨がずれてきてはいないか、誰もがそういいたげな顔だった。同感だと瑠那は思った。

亜樹凪の冷やかなまなざしが向けられる。注目を奪った瑠那に対し、内心憤りを募らせたようでもある。それが亜樹凪の本質なのだろう。有名人として育った過去の日々も、じつはまんざらではなかったにちがいない。大衆の関心を集め、優越感に浸ることに歓びをおぼえる、そんな性格がいまのぞく。それがすべてとはかぎらないが、ひとつだけあきらかなことがあった。真の亜樹凪に清楚さなど欠片もない。

放送部員がワイヤレスマイクを向けてきた。「一Bの杠葉瑠那さんですね？　一Cの優莉凜香さんの代走だとか。……見学だったはずですけど」

瑠那は静かに応じた。「足だけは速いんです。病気がちでふだんから先生方にご迷惑をおかけしてるんですけど、短距離走ならなんとか」

観衆にざわめきがひろがる。グラウンドの片隅に立つ蓮實と目が合った。蓮實が難しい顔で見守っている。瑠那はほっとした。ここに蓮實がいるからには、彼が体育館で死体をポリ袋に包むあいだ、なんの妨害もなかったのだろう。

本戦は五人ずつ出走する。組み合わせは抽選できまったと教師はいった。実際には疑わしかった。瑠那は三組目で亜樹凪と一緒に走ることになった。それもレーンが隣どうしだ。本来は凜香が亜樹凪と並ぶはずだった。おそらく袖の下が教職員の一部に渡っている。この学校にも汚職が広がりつつある。

競技の開始からしばし時間が経過した。瑠那や亜樹凪は待機組のなかに交ざっていた。二組目がゴールし、次はいよいよ三組目の出走となると、観衆は露骨に沸きだした。亜樹凪と瑠那が記者のカメラを奪い合う、そんな様相を呈している。保護者席で総立ちになった男性陣までが、スマホのカメラレンズで瑠那たちを追いつづける。

スタートライン近くで出場者たちがウォーミングアップを始めた。瑠那も脚と腕を左右交互に反らせ、動的ストレッチで柔軟性を高めに入った。

すると亜樹凪がぶらりと近くに来た。亜樹凪は瑠那に視線を向けることなく準備運動を始めた。

やがて亜樹凪が瑠那ひとりにきこえる声でいった。「優莉さんはお気の毒」

瑠那はそっけなく応じた。「階段は危ないですよね」

「体育館は、でしょ」

沈黙のなか関節の鳴る音だけが耳に届く。亜樹凪はもう事実を包み隠すつもりがないらしい。瑠那は両腕を前方に伸ばしながらきいた。「フィリピン新人民軍の兵隊ですよね。独特の体術を使うし」

「そう。実戦経験の豊富な人材を集めたけど、あなたにかなわないのはわかってた」

実戦といってもＮＰＡの戦闘とは山賊行為だ。フィリピンの農村部で治安部隊や市民を襲い、暴力行為と恐喝で活動資金を稼ぐ。農園や鉱山、路線バスまで襲撃対象もおかまいなしだった。

瑠那は表情を変えずにつぶやいた。「ＮＰＡはむかしから、フィリピン国内の日系企業を標的にしてますよね。邦人の誘拐も常套手段だし」

「雲英グループは襲われたことがない。祖父が彼らに充分なお金を払い、現地でライバルになってる日系企業を追い落とさせてたから。うちはそのころからのつきあい」

「亜樹凪さん自身が幼いころから、ＮＰＡと親しかったわけじゃないでしょう」

「ええ。でも最近はわたしも変わった」

「闇落ちはホンジュラス以降ですか」瑠那は亜樹凪を横目に見た。「帰りの船でオンライン賭博を教わったんですね。マラスから」

「面白い言葉。闇落ちって」亜樹凪はにこりともしなかった。「帰国後はお小遣いも必要だったし。マラスはお金を稼ぐ方法に詳しかった」

「テグシガルパに極秘出兵した特殊作戦群がどうなったか、現地の治安が戻るまでの一か月、ずっと不明のままだった。だからあなたが帰路についたときにも闇カジノで賭けがつづいてた。でもあなたは結果を知ってた。特殊作戦群が全滅し、優莉結衣ひとりが生き延びたことを」

「巨額の配当を独占できたおかげで、父が怖くなくなった。闇カジノの運営のファンにもなったし。いろいろ風変わりな事象を賭博の題材に選んでは楽しませてくれるの」

「オンラインの国際闇カジノは、非合法活動家が全世界の裏社会にデビューするための登竜門です。大金を稼げば各国の犯罪組織から一目置かれ、その後は賭博以外でのつきあいや取り引きもスムーズになります」

亜樹凪の表情がわずかに硬くなった。「なんの話かしら」

「自分を売りこもうとする犯罪者は、それとわかる通り名を世界のプロのあいだに轟かせようとします。友里佐知子が娘の名を優莉智沙子にしたように」

「あー。友里さんと優莉さん母娘。パスポートの表記はYuri Chisako。Yuri Sachikoのアナグラムで、裏社会の関係者にとっては血縁が一目瞭然」

「あなたも印象的な通り名でデビューを図りましたよね。身バレを防ぐためにルワンダ経由でアクセス、そっちを拠点にしてるように見せかけた。でもKiller Deeperなんて名は、ブックメーカーの公用語である英語への自動翻訳にすぎません」

「半分はまちがってる。Killerは日本と同様、ルワンダでも意味が通るから、もともとそう名乗ってた」

「だけど〝深い〟は本来スワヒリ語のkinaですよね？　英語圏のネットブラウザによってはちゃんと、AIが固有名詞として解釈し、原語のままに留めてます。Killer Kina。キラー・キナ。雲英亜樹凪」

亜樹凪は無表情のまま動的ストレッチを続行していた。氷のように冷ややかなまなざしが瑠那をとらえる。亜樹凪がつぶやくようにいった。「友里佐知子の人体実験は成功と断言できるでしょ。あなたみたいな天才が生まれたから」

「キラー・キナとして国際犯罪市場にデビューですか」

「ええ」亜樹凪はうなずいた。「各国の犯罪組織は常に通り名の意味を連想する。雲英家の娘という匂わせは各方面に通じやすい。愚鈍な捜査陣に対しては実名を隠蔽できる。一石二鳥だと思うけど」

瑠那は鼻を鳴らしてみせた。「日暮里高校体育祭のブックメーカーで、みずから優勝して大儲けする気ですか。肌の露出を多くした派手なパフォーマンスも、世界じゅうの闇カジノへの中継により、好色な有力者たちに容姿と身体能力を売りこむため」

「まあね」

「自分に賭けるなんて自作自演を疑われませんか」

「闇カジノじゃそれも評価の対象なの。まんまと裏をかいて儲ける手腕が」亜樹凪の態度がにわかに昂ぶりだした。「知ってる？　例の地鎮祭を賭博対象にしようと運営に提言したのはわたし。キラー・キナとして、あのときも巨額の配当を得たけど、巫女装束のあなたが人気を集めだした。いま闇カジノを通じて、世界の犯罪組織が熱い視線を注ぐ日本人少女がふたりいる。あなたとわたし」

「わたしが地雷を掘り起こして、クルマに投げつけるのを予測してたんですか」

「あなたならやると思った。奥多摩での働きには感心したし」亜樹凪の目が妖しい輝きを帯びだした。「手を組まない？」

「……設問Zはあなたからのプレゼントだったんですね」

「当然でしょ。Z世代どうしの共通問題だと理解してほしかった」

ジャージ姿の教員が声を張った。「三組目。位置について」
出場する女子生徒らがスタートラインに歩きだす。瑠那と亜樹凪もそれに倣った。
静かなグラウンドを並んで歩いた。瑠那は亜樹凪にささやいた。「キラー・キナは
もうEL累次体の一員ですか」
「あの医者がわたしにクイーンの駒を授けてくれた。兵士でなく幹部なんだから、ク
イーンのウォースーツを纏う必要はないって」
「EL累次体ってなんですか」
「入ればおのずからわかる」
「あー。新入生への入部の誘いと同じですね」
亜樹凪が微笑した。「強引な勧誘はPTAに泣きつかれたりするけど、あなたには
その心配もなさそうだし」
「八十人近い女の子が命を落としたうえ、何百人もが強制妊娠と出産に苦しんだのを
知りながら、感化されるなんてどうかしてるでしょう」
「歯止めのかからない少子化は、国家存続のかかった重大な危機。あの医者の目的は
正しかった。やり方がへただっただけ」
「本気でいってるんですか。矢幡元総理がいなくなったのも、あの人たちの所業でし

ょう。前政権のほうが平和だったんですけど」

「矢幡元総理？」亜樹凪が軽く鼻を鳴らした。「EL累次体の重要人物だといったら信じる？」

「信じません」

「ところが事実なの。梅沢現総理を始め、わたしたちにいつも電話で的確な指示をくれる」

教員が注意してきた。「私語は慎むように」

瑠那は黙って視線を落とした。ふたしかな元総理の話より、実際に起きた奥多摩での記憶に集中すべきだ。

あの医者、亜樹凪はそう繰りかえした。奥田という名をいっさい口にしようとしない。のちにあきらかになった恒星天球教のホーリーネーム、殷堕棲（インダス）と呼んだりもしなかった。亜樹凪が奥田と肉体関係を持った事実は疑いようがないが、利用価値を失った者には、もう哀悼の意をしめす気もないらしい。亜樹凪にとって大人の男たちの多くが、そんな扱いなのだろう。むろんそのなかに蓮實も含まれている。

並んだ端が亜樹凪、瑠那はその隣だった。両手を地面につき、運動靴の底を後方のスターティングブロックに押しつける。

「用意」教員がスターター用ピストルを空に向けた。

女子生徒らが、いっせいに腰をあげた。瑠那も正しい姿勢を保った。前脚の膝は九十度、後脚は百四十度。肩より尻を若干高くし、体幹を前傾にする。靴の裏でスターティングブロックに圧力をかける。

火薬が鳴った。瑠那は猛然と飛びだした。強烈な向かい風を全身で切り裂いていく。いつもなら二秒で独走態勢に入る。いまは状況がちがった。亜樹凪が真横を併走していた。驚きの俊足ぶりだった。

ふたりはとっくにほかの出場者を引き離している。亜樹凪の腕と脚は正確なストロークを維持しつつ、どんどん加速していく。呼吸の乱れもなく亜樹凪がきいた。「わたしと横並びのクィーンになる気はない？」

「EL累次体の女王がふたりも採用になるわけがないですよね。せいぜい奥田医師や浜管大臣レベルが仕切ってた下位組織での地位でしょう」

「あなたと一緒なら上を目指せると思うけど」亜樹凪はぴたりと瑠那に速度を合わせていた。「世間が十代女子を侮るとき、国際的アスリートの多くがその歳だってことを忘れてる。非合法分野でもそれは同じ。十代後半こそ肉体的ピーク」

「非合法って自覚があるなら前に進むべきじゃありません。いまならまだ引き返せます」

「スタートラインに駆け戻るなんて滑稽でしょ。近代社会に構築された秩序のほうがまちがってる。非合法というのはその秩序を基準にしただけ。本当は正しい」

「知ってますか。貧しい家庭だけど親孝行しながら、学費を稼ぐためにバイトもして、学校でも成績優秀な高二の女の子がいたんです」

「誰のことよ」

「彼女は母親に誕生日プレゼントを買った帰り道、いきなり攫われ、意識のない状態で性行為を強制されました。三度の妊娠と出産を繰りかえしたのち、瀕死の状態で荒川の土手に放置され、真夜中に凍死したんです」

「マクロに目を向けなきゃ社会情勢は議論できない」

「その女の子はほんの一例です。死に際にはかすかに意識が戻り、押し寄せる恐怖に打ちひしがれ、冬の寒さのなか体温を失っていった。どうしてそんな目に遭わなきゃいけなかったんですか。どんな大義名分があっても、未成年を苦しめる大人たちを、わたしは許さない」

「あきれた。愚かな優等生だったのね。優莉匡太の娘のくせに。脳を加工されてステロイド漬けにされた人体実験の産物の分際で」

「凜香お姉ちゃんにききました。優莉結衣は田代勇次の誘いを蹴ったって」瑠那は亜樹凪を一瞥した。「いまならその気持ちもわかる」

瑠那はストライドを一気に伸ばし、ピッチの上昇とともに急加速した。すでに位置は三百メートルを越えている。無酸素で走れる四十秒を過ぎ、有酸素に切り替わってからは、誰もがペースを落とし始める。亜樹凪に失速はみられないが、それだけでは瑠那には勝てない。

足の接地はごく短時間に留め、重心移動を崩さないばかりか、さらに速めていく。瑠那は前傾姿勢になり、空気の抵抗を軽減した。風圧が勢いを増す。耳に甲高い風の音をきく。みるみるうちにゴールのテープが迫った。引き離した亜樹凪が後方に遠ざかっていく。

瑠那の胸がテープを切ったとき、地鳴りに匹敵するどよめきがあがった。声援と拍手でグラウンドは騒然となった。報道関係の席から記者らが飛びだそうとするのを、教職員らが必死に押しとどめている。

歩を緩めながら瑠那は振りかえった。ゴールした亜樹凪の目には、獲物を追う鷹のような殺意が見てとれた。だがそれは一瞬にすぎず、亜樹凪は大衆受けする笑顔に転じ、瑠那に拍手を送りだした。

亜樹凪の見せかけだけのスポーツマンシップに、生徒たちや保護者らはすなおに魅了されたらしく、みな明るく笑った。来賓席で尾原大臣もしきりに手を振り、ふたりに喝采（かっさい）を送ってくる。瑠那は表情筋のみで微笑を維持しつつも、足が軽くつったふりをし、亜樹凪に背を向けつつ遠ざかった。

ふたりの距離が詰まればハグをせざるをえなくなる。そんな状況はご免だ。肌が触れあうのを忌み嫌っているわけではない。衝動的に亜樹凪を絞め殺したくなる自分を、おそらく抑えきれない。

20

蓮實はグラウンドの隅、競技フィールドの外に立ち尽くしていた。亜樹凪が観覧席の狭間（はざま）の通路を抜け、こちらへと退場してくる。カモシカのようにすらりと伸びた脚に、どうしても目が奪われそうになる。だがいまは素晴らしいプロポーションを鑑賞している場合ではない。問いただすべきことがある。

亜樹凪が蓮實に目をとめしだい、こちらに歩み寄ってくるだろう、蓮實はそう考えていた。ところが亜樹凪は素通りしていった。記者たちが所定の位置から抜けだし、カメラで亜樹凪を追いまわしては、インタビューを試みる。いまや男性の教職員のみならず、本来なら大臣を警護すべきSPの一部までが、亜樹凪のガードにまわっていた。気づけば蓮實も押しのけられ遠ざけられていた。いつしか厄介な取り巻きの男どものひとり、そんな扱いを受けている。

蓮實は苛立ちを募らせた。不本意だ。とはいえ蓮實は教師だけに、来賓や報道関係者が入りこめない場所へもフリーパスだった。

小走りに野次馬を振りきった亜樹凪が、体育用具室の裏を歩いていく。蓮實はそれを追った。プレハブ小屋の陰にはほかに誰もいなかった。蓮實は声をかけた。「亜樹凪」

亜樹凪が立ちどまり振りかえった。小顔に他人行儀なまなざしがある。「ああ。先生」

「いま杠葉と話してたろ」蓮實は近づくと声をひそめた。「なにを喋ってたんだ?」

「先生には関係ないことです」

思わず絶句した。突き放すような物言いに思える。自分でも意外なことに、なぜか苦笑が漏れた。蓮實は亜樹凪を見つめた。「どうしたっていうんだ、亜樹凪」

「どうもしてません。先生。杠葉さんを苗字で呼ぶのなら、わたしもそうしてください」

「なぜそんなふうに……。先生と亜樹凪の仲じゃないか」

「仲って？ 教え子とセックスする教師はめずらしくありません。保護者に発覚するのがごく一部っていうだけです」

「しっ」蓮實は慌てた。「声が大きいよ」

「先生。なにか勘違いしてませんか？ たしかに助けてもらったし、いろいろ教わりましたけど、あとはわたしひとりで身を守れますから」

背を向けた亜樹凪が歩き去ろうとする。蓮實はうろたえざるをえなかった。まさかいまのは別離の宣言か。寝耳に水だ。あるいはもともと蓮實が思っていたほど、関係が深まってはいなかったとでもいうのか。いや。毎晩のように肌を触れあわせた。人知れず身も心も親密に結びついた。亜樹凪も蓮實に好意を寄せていたはずだ。そんなに簡単にすべてを忘れ去れるとは思えない。

「まて、亜樹凪」蓮實はなおも亜樹凪を追いかけた。

亜樹凪はもう振りかえりもしなかった。「先生。もう関わらないでもらえますか。周りに誤解されます。さよなら」

「おい、なにをいってるんだ」蓮實は亜樹凪の背に追いつくと、肩に手をかけた。

とたんに亜樹凪が悲鳴を発した。耳をつんざくような金切り声だった。蓮實は戸惑った。亜樹凪の反応に混乱をおぼえる。意図も理解しかねる。拒絶の叫びだとすれば、なぜ手を振りほどこうとしない。

複数の靴音がきこえた。体育用具室の裏に大人の男たちが駆けつけてきた。生徒の父親らしき保護者に、男性教師、それに大臣のSP、とにかくみな男ばかり。真っ先に亜樹凪に声をかけたのはSPのひとりだった。「どうかしましたか」

蓮實の手はまだ亜樹凪の肩に置いたままだった。急いで引っこめたのでは、かえって不審がられる。なにより蓮實にとって理不尽だった。しかし男たちの群れは、蓮實による亜樹凪への接触を問題視したらしい。SPが蓮實の手首をつかみ、力ずくで引き離しにかかる。

SPは亜樹凪に対し、だいじょうぶですかと問いかけた。亜樹凪が怯(おび)えた顔でうなずくと、SPの目が蓮實に移った。「あなたは誰ですか」

「誰？」蓮實は怒りをおぼえた。「この学校の教師です。あなたこそどういう理由でここにいるんですか。警視庁の警備部警護課なら、身辺警護対象を片時も離れないはずだ」

「おや」SPの眼光が鋭くなった。「先生にしてはやけに詳しいですね」

すると同僚の数学教師、石橋が当惑ぎみに説明した。「蓮實先生は元自衛官なんです」

「防衛大卒だ」蓮實の口を衝いてでたのは、不遜で余計な主張だった。いかに喧嘩腰だろうと、キャリア風を吹かせてみせるなんて、いったいどういう料簡だろう。自分の態度に嫌気が差すものの、蓮實はすっかり頭に血が上っていた。冷静でないのを承知のうえで、蓮實は声を荒らげた。「うちの生徒に過剰な関心を持つのはよせ。さっさと大臣のもとに帰れ！」

高圧的な物言いに対し、ＳＰはただ眉間に皺を寄せた。記者たちが亜樹凪に群がろうとするのを、石橋ら男性教師の数人が遮った。まるで亜樹凪の親衛隊のように、彼女を庇いながら遠ざかりだした。ＳＰも蓮實を睨みつけると、来賓の白テント方面へと引き揚げていった。

男性教師らに囲まれた亜樹凪は、蓮實に背を向けたまま歩き去った。蓮實は空虚さにとらわれた。誰よりも亜樹凪の身を案じる立場のはずが、いつしか蚊帳の外に置かれている。

あらゆる感情が落ち着きなく入り混じった。思考がまともに働かない。

体育館の舞台下に押しこめられていた死体は、どれも東南アジア顔の巨漢ばかりだった。亜樹凪を襲ったNPAの仲間とも考えられた。そのことを亜樹凪に伝え、警戒を呼びかけるつもりだったが、どういうわけか一方的に拒絶された。

……ここまでの解釈になにか見落としはあるだろうか。ない。亜樹凪の心変わりは解釈不能だ。きっと亜樹凪のほうこそ混乱しているにちがいない。たぶん内心では蓮實を頼りたがっている。さっきグラウンドでどんな会話があったのか、瑠那に問いたださればならない。

本当は頭の片隅に漠然とした自己嫌悪がある。正解はわかりきっているのに、疑うことを故意に遅らせていた。これが恋の魔力だろうか。年甲斐もなく、青春に似た心地よさに身を委ねるうち、大事なことから目を背けてしまっているのではないか。

しかし蓮實は頭を振り、煩わしい考えを追い払った。経験豊かな大人が己れを見失ったりはしない。おかしいのは亜樹凪のほうだ。蓮實への愛情について、周りに悟られまいとひた隠しにしている。思春期は複雑だった。教師としてしっかり問題に向き合うべきだろう。亜樹凪の悩みをきいてやらねば。

21

瑠那は観覧席の後方をゆっくり巡りつつ、絶えず辺りに警戒の視線を向けていた。

陽が傾き、少しずつ赤みを帯びていく。午後は女子二百メートルと百メートルの決勝に、瑠那はそれぞれ出場した。どちらも亜樹凪が関わらなかったせいで、ひとり好奇の目を向けられてしまい、カメラから逃げまわるのにうんざりさせられた。けれどもグラウンドで大縄跳びにつづき、部活対抗リレーが始まってからは、観衆の興味もようやく瑠那から逸れつつある。現状はあまり視線を浴びずに済んでいる。

北正門に体操着姿の凜香がいることに気づいた。ギプスを吊る三角巾は、ベルト付きの医療仕様に変わっている。女性教師がクルマで凜香を迎えにいったようだ。いまも凜香に付き添いながら受付と話しこんでいる。凜香は迷惑顔でたたずんでいたが、ほどなく女性教師にいざなわれ、学校の敷地内に入ってきた。女性教師は白テントへと引き揚げていく。凜香はひとりうつむきながら歩きだした。

瑠那は足ばやに近づいた。「凜香お姉ちゃん」

「あ、瑠那」凜香は目を丸くした。「どうしたんだよ、その格好」

「代走したんです」

「マジか。男どもがじろじろ見てやがる。冬用ジャージの下を貸してやるから穿けよ」

「ありがとう。でもこのあとクラス対抗リレーがあるから……。凜香お姉ちゃんが一Cの最初の走者だよね？」

「そうだけど……。瑠那。これまでの代走の結果は？」

「もちろん勝ちました」

「さすが瑠那」凜香はようやく微笑を浮かべ、一Cの観覧席に歩きだした。「一Bはみんな気分が複雑だろな」

瑠那は凜香に歩調を合わせた。「担任の江田先生から、今後の体育は見学なしだろうねと念を押されました」

「まあそうなるわな。なんて答えた？」

「きょうは偶然体調がいいだけなので、明日からはわからないって」瑠那は声をひそめていった。「亜樹凪さんの通り名がキラー・キナです」

凜香は高一にして反社さながらの人生を送っている。ごく手短な説明だけでもぴんと来たようすだった。

「あー」凛香が納得の顔でつぶやいた。「kinaは〝深い〟のスワヒリ語だっけ。キラー・キナ、雲英亜樹凪ね。いまごろ世界じゅうのマフィアやらギャングやらが、闇カジノの中継で亜樹凪を観て、鼻の下を伸ばしてやがるんだろうな」

「体育祭と闇カジノの賭博は、亜樹凪さんのセルフプロデュースの舞台として利用されたんです」

「キラー・キナとして大儲けしたうえに、美人が鍛えた身体を見せつけりゃ、裏社会が関心を寄せないはずがねえよな。雲英家のお嬢だってことも、調べりゃわかるだろうし」

気になるのはそればかりではない。瑠那は亜樹凪の印象を付け加えた。「EL累次体に属するために、資金と売名を必要としてるような口ぶりでした」

「ってことは闇カジノの胴元Xと、EL累次体は別個の存在かよ」

「ええ。ブックメーカーにはあくまでギャンブラーとして参加してるんでしょう。稼いだお金をEL累次体に貢ぐことで、組織内の序列や地位を高められるようです」

「上納金が出世の鍵かよ。ヤー公と同じだな」

察するにEL累次体は、強固なメンバーシップで結ばれているというより、アルカイダのごとく理念による横のつながりでしかないのだろう。個々の活動はそれぞれの自由に委ねられている。利益を組織に納めることで貢献とみなされる。共有する理念はどんなものなのか。国家の未来を憂えて、少子化を始めとする諸問題について、非合法手段をいっさい辞さず、力ずくで解決に至らしめようとする。そんな目的以外になんらかの信条はあるのだろうか。

凜香が辺りを見まわした。「蓮實の姿が見当たらねえ。どこにいる?」

瑠那は校舎を指さした。巨漢が屋上の金網に寄りかかり、ぼんやりとグラウンドを見下ろしている。遠目にも蓮實だとわかる。ひどくしょぼくれたようすだった。

凜香が鼻を鳴らした。「腑抜けて黄昏れてやがる。あの態度から察するに恋の病かよ」

「どうやら亜樹凪さんに利用されたあげく突き放されたようです。聡明な人だったはずなのに、あんなふうになっちゃうなんて」

「おっさんと女子高生の取り合わせは劇薬なんだよ。わたしたちの前じゃ、おっさん連中ってのは、哀しいぐらい冷静さを失う生き物でしかなくてよ。自分が惚れられてると信じたいあまり、滑稽なぐらいの思考停止に至っちまう」

「体育館の死体がＮＰＡだと気づけば、蓮實先生も亜樹凪さんの自作自演に想像が及ぶでしょう」

「無理無理。まともな思考が働いてるおっさんは女子高生に遊ばれねえって。蓮實の現状はまるで逆」

「本当に？」瑠那は面食らった。「元特殊作戦群のエリートなのに」

「若えころから幹部自衛官なんて堅苦しい生き方を選んでたせいで、いったん火がつくと、景気よく燃えあがっちまうんだよ。亜樹凪みたいな魔性の女にぞっこんじゃ、わたしたちの敵にまわるかもな」

「まさか……」

放送部員によるアナウンスが校舎の拡声器から響き渡った。「クラス対抗リレーの出場者はグラウンドに集合してください」

瑠那は進路を変えた。「行かなきゃ。三Aからは亜樹凪さんもでるし」

「まった」凜香が呼びとめた。「マジで？　亜樹凪も出場すんの？」

「ええ。お互いにきょう最後の競技です」

「奇妙じゃん……」凜香が硬い顔でつぶやいた。「ブックメーカーがいまどうなってんのか、たしかめるすべはないけどさ。亜樹凪が華々しく登場して活躍した時点で、闇カジノでも人気沸騰、大勢のギャンブラーが新規に賭けたはずじゃね？」

「……そうですね」瑠那はうなずいた。「配当金を独占するどころか、オッズはかなり下がったはずです」

「瑠那もきっとダークホースの注目株になってるよ。キラー・キナが瑠那に賭けてたとしても、やっぱりいまや高配当は期待できねえ。亜樹凪はなにを狙ってる？」

まだわからない。メモリーカードという鍵を失ったため、ブックメーカーが閲覧できなくなった。よって情報を得るのも不可能だった。瑠那はいった。「充分に注意しながら臨みます」

「頼むぜ」凜香が励ましてきた。「わたしの代走、圧勝で終わらせてくれよ」

「頑張ります」瑠那は立ち去りかけたものの、自然に足がとまった。凜香の三角巾とギプスに目がいく。ふと心配になり瑠那はきいた。「ひとりでだいじょうぶですか」

「平気だって」凜香は無傷の左手を三角巾に差しいれた。右腕を固めたギプスの上あたり、布越しに小型拳銃のフォルムが浮き彫りになる。凜香がにやりとした。「先生に頼んで、病院からの帰りのクルマ、施設に立ち寄ってもらった」

自室からハンドガンを取ってきたらしい。スプリングフィールド・アーモリーXDSだとわかる。てのひらに包みこめるサイズのオートマチックだった。凜香は右利きだが、この拳銃はグリップを握るだけで、安全装置が解除される。とっさのときにも撃ちやすい。

瑠那は幸運を祈りつつ凜香を見つめた。凜香のまなざしにも同じ思いが籠もっている、そう感じられる。ふたりは互いに背を向け、それぞれに歩きだした。

冗談みたいな日常だが、これが特異な出生ゆえの運命にちがいない。平凡な女子高生になることを夢見て、いまは法を逸脱しまくる。そこにはろくに罪の意識もない。愚劣の極みではある。けれども現代の社会では、十代の男女の多くが大人の犠牲になり、理不尽に命を落としている。釣り合いがとれるわけでもないだろうが、気づけばこんなふうにしか生きられなくなっていた。

斜陽がグラウンドをオレンジいろに染めていく。涼しくなるとともに風がでてきた。砂埃が激しい。白いテント屋根も激しくはためきだした。

クラス対抗リレーの出場者、三学年の女子生徒らがフィールドに集まっている。瑠那もそのなかに加わると、軽く柔軟体操を始めた。周りは体操着ばかりだが、瑠那のほかにもうひとり、セパレートタイプのユニフォームがいる。亜樹凪は離れた場所で動的ストレッチの最中だった。ちらと視線を向けてくる。瑠那は目を逸らした。ふたりの信念に接点はない。

ジャージ姿の痩せた男性職員が、スタートラインのわきに立った。女子生徒らに呼びかける。「最初の出走組」

声援が飛び交うなか、出場者たちがスタートラインに向かう。瑠那もそれに倣った。男性職員の立つ側から三列めのレーンに立ちどまる。瑠那は身をかがめた。ほかの女子生徒らもそれぞれの位置につき、クラウチングスタートの準備に入る。亜樹凪はここにいない。三Aのアンカーだときいていた。フィールド上の離れた場所で、ほかの出場者らのグループにいる。

クラウチングスタートでは視線を落とさざるをえない。もう亜樹凪を気にかけてはいられなかった。肩幅より少し腕を広げ、瑠那は両手の指先を地面につけた。前脚は膝を立てる。やや後方に後脚の膝を伸ばし、スターティングブロックを踏む。出走直前の緊張感がグラウンドを包みこむ。観衆が静かになった。男性職員の声が響く。「位置について。用意」

瑠那は腰をあげた。前傾姿勢で上目づかいに前方を見る。

かちっと金属音がした。男性職員がスターター用ピストルの撃鉄を起こし、紙火薬をセットした、その微音にちがいない。視界の端で男性職員がピストルを真上に向けた。

ところが瑠那のなかに胸騒ぎが生じた。金属音が少しばかり重かった。あんな強いバネはスターター用ピストルに必要ない。スローモーションのように時間がゆっくりと流れだした。瑠那は顔をあげた。クラウチングスタートの姿勢が崩れるのを承知で、男性職員に視線を向けた。

スターター用ピストルはアマゾンでも売っている。黒塗りで銃身が短く、やや古めのオートマチック拳銃に似た形状が多い。むかしは金属製の実銃と容易に識別できるよう、わざとプラスチック然とした見た目に作られた。いまでは実銃も樹脂素材のため、素人目には玩具(がんぐ)っぽく思える。ブラジルのトーラスG2あたりなら、スターター用ピストルに酷似している。悪いことにさっきの金属音は、まさしくG2の安全装置を解除する音にきこえた。

男性職員の表情は冷やかだった。巨漢ではなく、むしろ小柄ではある。号令に外国語訛(なま)りはなかったが、東南アジア系の目鼻立ち、フィリピン人によく見られる濃い顔つきに思える。まっすぐ空に向けた右腕を、突如として水平方向に突きだした。

スターター用ピストルにしては装飾過多な凹凸。実銃に必要不可欠なレバーやボタンだとわかる。トーラスG2だった。男性職員を装った潜入者が、白テント屋根の来賓席を狙っている。

瑠那がそこまで把握するのに要した時間は、わずか一秒にすぎなかった。まだSPも反応できていないはずだ。しかし瑠那はすばやく状況を察するや、発砲をまたずクラウンチングスタートを切った。潜入者がぎょっとしたのがわかる。フライングに観衆が残念がる声を響かせるより早く、瑠那は右手に握った砂を、潜入者の顔に浴びせた。飛びかかったのでは時間がかかる。最も迅速な妨害行為はそれ以外にはなかった。しかも潜入者の眼前を通過する一瞬の動作にすぎない。観衆もなにが起きたかわからないはずだ。いま二秒が経過した。

目に砂を浴びた潜入者が、呻き声とともに顔を背けた。すでに力をこめていた指先がトリガーを引き絞る。銃声が轟いた。三秒が経過。

観衆がいっせいに息を呑んだ。銃声は録音すると、ごく軽い火薬の音にきこえるが、実際に耳にした場合は大きくちがう。音圧も音量も落雷に等しい。全員をびくつかせるのに充分だった。まぎれもなく実銃に本物の弾丸だとわかった。しかし弾は来賓席から大きく逸れた。四秒が経過した。

強風のなか、潜入者が目を瞬かせつつ、ふたたび白テント屋根に向き直った。まだ狙いがさだまらないものの、五秒を過ぎ、ようやくSPが動きだしている。一刻の猶予もならないと思ったのだろう、男はつづけて二発、G2を乱射ぎみに発砲した。

今度の銃声はさすがに観衆を激しく動揺させた。悲鳴がいっせいに響き渡った。生徒も保護者もあわただしく避難を始めた。一転して早回しの映像のようになった。あちこちで椅子が倒れ地面に転がる。逃げ惑う人々が足をとられ続々と転倒する。集団のパニックが撒き散らす砂埃の量は尋常ではなかった。吹きつける強風も相俟って、グラウンドは砂嵐さながらの視界不良に見舞われた。赤い陽射しが断続的に遮断される。目を開けていることさえ難しくなった。

大混乱と化したグラウンド上で、右往左往する人々の合間を縫うように、潜入者の男が白テント屋根へと疾走していく。両手で拳銃を握り、さかんに連射しながら突進する。SPはまだ拳銃すら抜いていない。尾原大臣が怯えきり、椅子からずり落ち地面に伏せた。SPらが決死の盾になる。潜入者の弾はまだ当たらないが、狙いがさだまるのは時間の問題だった。

瑠那は男を追いだした。だが距離がある。唇を嚙んだとき、凜香の声が耳に届いた。

「瑠那!」

一瞬だけ後方を振りかえる。凜香が三角巾から小型拳銃をつかみだし、左手で瑠那に投げてきた。

身体を水平方向に回転させつつ、瑠那は右手で拳銃をキャッチし、グリップを握りしめた。潜入者に向き直ったとき、スプリングフィールド・アーモリーXDSの安全装置は解除され、発射可能の状態になった。

ストライカーはグロックと同様だが、ファイアリングピン・ブロックのせいで、この拳銃のトリガーはやや固い。だが瑠那はそれを考慮済みだった。銃身がぶれないようグリップの上部をしっかり掌握したうえで、潜入者の腕めがけトリガーを二度引き絞った。

二発の銃声とともに、発射の反動を二回、母指球で受けとめる。排出された薬莢が宙を舞ったとき、潜入者は苦痛の叫びをあげ、突っ伏すように地面に転がった。

瑠那は後方の凜香に拳銃を投げかえすと、砂塵のなかを駆けだした。不明瞭な視野のなか、男が起きあがろうとするのが見てとれる。致命傷を負わせなかったのは吐かせるためだった。

ところが男は機敏に身を翻し、距離を詰めるや瑠那は跳び蹴りを放った。

男は拳銃を手放してしまったものの、すかさず掌打で反撃してきた。前腕を負傷したせいで、男は拳銃を手放してしまったものの、間一髪でキックを躱した。さらにジャージの腰から二本の鉄棒を引き抜き、左右の手で振りまわす。

でたらめな動きではない。フィリピンの棒術エスクリマだった。瑠那のなかで焦燥が募った。気迫に押されたのではない、格闘が長引けば目撃者が多くなる。白テント屋根で息を潜める来賓やSPらが、すでに目を向けているのは明白だった。それでもいまは防御の態勢をとらざるをえない。

リーチの長い鉄棒には素手での対抗が難しい。しかし距離をとれば敵の逃走を許してしまう。突きだされた鉄棒の先端を、瑠那は身を反らし躱すと、腕の軌道を正確に見てとり、敵の手首をつかんだ。ラプサオの動きで強く引きこむと同時に、もう一方の手で敵の顔面に縦掌打を浴びせる。打撃の手応え（てごた）とともに敵が大きくのけぞった。瑠那は敵の肘（ひじ）の上から、自分の腕をまわしこみ、フィギュア・フォー・アームロックで締めあげた。敵が激痛に悶絶（もんぜつ）するや、脇腹にボディアッパーを食らわせ、瞬時に投げ技を放った。

男を地面に叩（たた）きつけたとき、白テント屋根に動きを見てとった。ＳＰの数人がこちらに駆けだしてきた。砂埃（すなぼこり）はまだおさまらない。瑠那は敵をその場に残し逃走した。殴りあう姿は見られてしまっただろうが、いま身柄を拘束されるわけにはいかない。

ところがさらなる突風が吹きつけた。グラウンド上はまたも砂嵐の様相を呈した。ＳＰらも立ちどまらざるをえない。敵にとっては予期せぬ好機の到来にちがいなかった。地面を転がった男が拳銃を拾いあげた。片膝（かたひざ）を立てた姿勢で白テント屋根を狙う。残りのＳＰらが尾原大臣を避難させようと躍起だった。生徒用の椅子が多く転がる観覧席まで逃げたが、尾原の足がもつれたらしく、一同が揃って転倒した。

ひやりとする寒気を瑠那は感じた。男が銃撃を再開してしまう。すでに瑠那と男との距離は開いていた。駆け戻っても発砲を妨害できない。

だがそのとき、セパレートタイプのユニフォームが男に猛然と襲いかかった。雲英亜樹凪だった。長い黒髪を振り乱す亜樹凪が、男に頭突きを浴びせ、同時に片脚をつかみ押し倒した。敵の重心を正確にとらえた動きだった。俯せになった敵の背に馬乗りになり、腕を首に絡ませると、喉もとを締めあげる。

特殊作戦群の体術だった。蓮實の指導どおりにちがいない。しっかり技が深く入っている。息苦しくなった男が手足をばたつかせる。しかし亜樹凪はなおも腕力をこめた。

SPが駆けつける。瑠那は近づけず退却を余儀なくされた。ひとけのなくなった観覧席、さっき尾原大臣が逃げおおせた方角に、瑠那はいったん身を潜めた。もういまは大臣らの姿はない。

すると凜香が隣に駆けこんできた。「瑠那。怪我はない？」

「ありません。だいじょうぶです」瑠那はグラウンド上のようすを観察した。

やっとSPらが駆けつけたものの、亜樹凪の腕のなかで、男はぐったりと脱力しきっていた。弛緩ぐあいから息絶えたとわかる。SPたちは血相を変え、亜樹凪に腕をほどくよう呼びかけた。亜樹凪は冷静に技をかけたにちがいないが、表面上は無我夢中を装っていた。はっとしたように正気にかえり、茫然とした面持ちで腕力を緩める。突っ伏した男に恐怖してみせる。取り乱すように泣きだす亜樹凪をSPらがなだめる。

別の人影が亜樹凪のもとに駆け寄った。蓮實だった。SPたちを押しのけんばかりに、蓮實が必死の形相でひざまずき、亜樹凪の安否を気にかける。すると亜樹凪が蓮實に抱きついた。蓮實は唖然としたものの、亜樹凪を突き飛ばすでもなく、ただそっと両腕で抱き締めた。

凜香が左手で頭を掻いた。「あきれた先公だぜ。砂埃でよく見えなかったなんて、元特殊作戦群じゃ言いわけにもならねえ。あいつ自分で自分をだましてやがる」

ようやく風が弱まってきた。砂嵐もおさまりつつある。瑠那は遠目に地面に横たわる男を眺めた。

亜樹凪が口を封じた。人々は正当防衛だったと弁護するだろう。さっきまで逃げ惑ってばかりだった記者たちが、いまになってカメラを向けている。決定的瞬間をとらえた画像がなければ、亜樹凪の動きも検証されない。

瑠那は凜香に頼んだ。「ジャージを貸してください」

凜香が眉をひそめた。「いまから着るのか?」

「はい」瑠那はうなずいた。「亜樹凪さんは同じユニフォームを着てます。SPや記者はみんな、あの男と打ち合ったのが、最初から亜樹凪さんだったと錯覚してるようです」

「あー、たしかにそんな雰囲気だな。なら……」

「ええ。動画にでも撮られてなければ、わたしは無関係です」瑠那はため息とともにつぶやいた。「ブックメーカーがどんな結果に終わったか、わたしたちには知るよしもないですけど」

腰を浮かそうとして、瑠那は近くに落ちている物に気づいた。尾原大臣の眼鏡だった。転倒したときに顔から外れたのだろう。眼鏡をそっと拾いあげる。たぶん返却の機会は訪れない。無関係を装わざるをえないのだから。

22

日暮里高校は週末まで休校になった。警察の現場検証のため敷地が完全に閉鎖となった。

ニュースは連日、雲英亜樹凪の驚くべき活躍について報じている。〝良家に育った清楚(せいそ)な女子高生ながら、銃をも恐れず果敢に立ち向かったのは、ホンジュラスの悲劇を経験したがゆえか〟。〝今度は身を挺して尾原文科大臣を救った〟。〝かねて国民に広く知られた美少女の、命がけの活躍〟。これが話題にならないはずがない。

亜樹凪は警察に身柄を拘束された。有識者から一般人まで、誰もが彼女の逮捕に猛反対している。日暮里高校の職員室にも、雲英亜樹凪を退学させないでくださいと懇願する電話が殺到中だという。父の雲英健太郎は犯罪者だったが、娘の亜樹凪はちがう、彼女は国家的英雄だ。みな口を揃えてそう主張していた。

瑠那は舌を巻くしかなかった。この状況には強烈な既視感がある。すなわち亜樹凪はいまや、武蔵小杉高校事変における優莉結衣そのものだった。しかも結衣について語り継がれることの多くは、証拠のない都市伝説とされているが、亜樹凪の行動は揺るぎない事実として立証済みだ。大勢の目撃者がいる。潜入者のフィリピン人を死なせてしまった以上、裁判は不可避にちがいないが、世間の同情の声は大きかった。亜樹凪は広く大衆をも味方につけた。

からくりは透けて見える。ただし瑠那は釈然としないものを感じていた。ネット上では、尾原大臣暗殺計画の黒幕は梅沢総理にちがいない、そんな噂が飛び交っている。尾原大臣が現政権批判の急先鋒だからだ。亜樹凪の売名行為は、結果として梅沢内閣を窮地に追いこんでいる。梅沢総理はEL累次体の一員ではなかったのか。

かつて〝異次元の少子化対策〟なるものを提唱したのは、ほかならぬ梅沢総理だった。浜管少子化対策担当大臣も、あの奥多摩における悪夢のような策略を〝異次元の少子化対策〟と呼んだ。ふつうに考えればＥＬ累次体は梅沢総理とつながっている。にもかかわらず亜樹凪は、自分をＥＬ累次体に売りこむため、梅沢総理の評判を貶めたことになる。偶然の事故だろうか。もしくはＥＬ累次体のなかでも足の引っ張り合いがあるのか。

体育祭の翌日から降りつづいた雨が、夜になってひさしぶりにあがった。瑠那は凛香に連れられ、制服姿のまま遠出した。京急線に乗り、神奈川の三浦海岸にある籠尾埠頭に来ていた。凛香の三角巾はまだとれていないが、ギプスは前より細くなっている。

防犯カメラを避けて人と会うのは苦労ばっか、凛香がそう愚痴をこぼした。それでもここまで足を運んだ甲斐はあったようだ。埠頭に停泊する船は一隻もなく、ひっそりと静まりかえっている。真っ暗な一帯をヘッドライトの光が近づいてくる。先方も時間どおりに到着したらしい。

クルマは瑠那と凛香の目の前で停車した。シルエットから大型ＳＵＶとわかる。キャデラックに似ているがエンジン音がちがう。たぶん韓国キア製テルライドだろう。

エンジンがとまり、ヘッドライトが消灯した。運転席と助手席から、それぞれ人影が降車する。ふいに凜香が手にしたＬＥＤ懐中電灯を点け、来訪者ふたりに向けた。きょう密会する彼らを、凜香は偽エンハイフンと呼んでいた。たしかにＫ－ＰＯＰのボーイズグループにありがちな、黒いデザイナーズジャケットを纏っている。長身で鍛えた身体つきに、明るく染めた髪、細面に通った鼻筋。どちらも年齢は二十代だろう。凜香がわざわざ偽とつけた理由もわかる。ふたりとも顔は整っているものの、なんとなくガラが悪い。凜香の向けた光を受け、真っ白に照らしだされたふたりは、揃って眩しげに手をかざした。

ひとりが吐き捨てた。「なんだよ。やめろ」

もうひとりは落ち着いた言葉遣いを口にした。「凜香、消してくれ。飛び道具は持っちゃいない」

ふたりの発音は韓国語訛りだった。凜香が消灯すると、辺りはまた暗がりに沈んだ。訝しげに凜香がつぶやいた。「すなおに丸腰だなんて、どういう風の吹きまわしだよ」

瑠那はずっと片目を閉じていた。ヘッドライトやＬＥＤ懐中電灯の光で、視野が眩むのを避けるためだった。閉じていた目を開ける一方、これまで開けていたほうの目を閉じる。しっかり闇に慣らしておいたほうの目で、ぼんやりとふたりの顔を確認できた。

「連れの瑠那」凜香が雑に紹介した。「瑠那、こいつがユノ。そっちがヒョンシク」

物言いが丁寧だったほうがユノ、荒い口調がヒョンシクだった。いずれもパグェの重要人物として、瑠那も名をきいたことがあった。

ヒョンシクが瑠那に顎をしゃくった。「妹ってのは本当かよ」

凜香は瑠那が口をきくより早く応じた。「お友達トークを楽しむ気はねえ。ヤー公と馴れ合うなって、瑠那に釘を刺したばかりだしな。姉としちゃ手本をしめさねえと」

「あ?」ヒョンシクが憤りのいろを濃くした。「誰がヤー公だよ。んなもんと一緒にすんな」

ユノは依然として冷静だった。ジャケットの下からタブレット端末をとりだし、指先で画面をタップした。ぼうっと白く照らされたユノの顔が淡々といった。「凜香。観たいのはこれだろ」

ヒョンシクがユノに苦言を呈した。「うちの闇カジノはパク家の仕切りだぜ? 勝手に持ちだしたのがバレたら……」

「心配すんな」ユノがなだめた。「優莉匡太のガキらは天敵でも、凜香は例外だろ?」

「どうだか」ヒョンシクがまた瑠那を一瞥した。

ユノがタブレット端末の画面をさかんにスワイプする。そのうち映しだされたのは、まさしく例のブックメーカーだった。タブレット端末を差しだしユノが説明した。

「こいつは体育祭当日の動画キャプチャだ。当該のブックメーカーのサイトは、もう削除されてる」

三角巾を吊った凜香の代わりに、瑠那はタブレット端末を受けとった。動画キャプチャによる録画中も、闇カジノではさかんにページを操作したらしい。表示が絶えず上下にスクロールし、カーソルが動きまわっている。録画された時刻は当日の午後五時過ぎ。オッズ表の人気順は午前中から大きく変動し、一位は三Aの雲英亜樹凪になっていた。二位が一Bの杠葉瑠那。やはり朝方とは一変し、瑠那の欄には大勢のギャンブラーがエントリーしていた。亜樹凪の欄はそれ以上だった。ただしどちらの欄にも、Killer Deeper や Killer Kina のハンドルネームは見当たらない。

カーソルが特別項目への入口をクリックした。生徒の個人優勝に賭ける以外の予想が並んでいる。そのなかに〝The sports day will be canceled due to the attempted assassination of the Minister.〟という項目があった。大臣暗殺未遂発生のため体育祭中止。おそらく項目の提案者でもある一名だけが賭けていた。その人物こそ Killer

Kinaだった。

ユノがつぶやいた。「結果はキラー・キナって奴のひとり勝ち。千七百万ドル以上の配当を独占しやがった」

約二十二億円。国際闇カジノは金額も桁外れだった。画面内に開いたウィンドウには、クラス対抗リレー直前のグラウンドが映しだされている。保護者席から撮影しているようだ。目線の高さにより椅子に座っているとわかる。やはり予備の中継スタッフが保護者に紛れていたらしい。

女子の出場者らがスタートラインにつく。体操着ばかりのなかにひとりだけセパレートタイプのユニフォームが交ざっている。瑠那だった。全員がクラウチングスタートの姿勢をとった。ジャージ姿の職員がわきに立つ。実際には職員になりすました潜入者だ。

瑠那がフライングで飛びだすや銃声が鳴り響いた。とたんにカメラは上下左右に激しく揺れだした。フィールドのようすはわからない。観覧席から逃げだそうとする生徒らや保護者たちばかりが映っていた。

凜香が嘆いた。「なんだよこれ。闇カジノの中継スタッフのくせに動揺しすぎだろが」

動揺してはいない、瑠那はそう思った。中継スタッフはわざと周りの混乱に同調してみせている。まともに撮れない状況を装い、フィールドにカメラを向けまいとした。

かなりの秒数が過ぎた。ようやくカメラが安定しだした。遠目にグラウンドの中央付近をとらえる。もう亜樹凪がフィリピン男を圧倒している最中だった。SPらが駆けつけたものの、潜入者は亜樹凪の絞め技に力尽きた。

ヒョンシクが鼻を鳴らした。「わざと経緯を撮らねえようにしやがった。雲英亜樹凪が暗殺を阻止する筋書きが決定済みだったんだろ」

凜香が顔をしかめた。「瑠那の飛びいりがあって、とっさにカメラをそむけたってのか?」

「ああ。それ以外には考えられねえ」

ユノも神妙にうなずいた。「察するにこのブックメーカー自体、雲英亜樹凪の自作自演だな」

「マジか」凜香が目を丸くした。「胴元Xは亜樹凪だってのかよ」

瑠那はいった。「ありえます。亜樹凪さんは聡明で語学も達者でした。ホンジュラスから帰った直後、こういうサイトを立ちあげ、世界じゅうの闇カジノにメモリーカードを送りつけたとしたら?」

「……あー」凜香は納得したようすでつぶやいた。「亜樹凪も犯罪者の家系だもんな。父親と対立してても、裏社会の連中が屋敷に出入りするうち、娘が可愛がられたりする」

ヒョンシクが冷やかな目を凜香に向けた。「おまえの実体験だな」

「経験したことだから自信持っていえるんじゃねえか。亜樹凪は父親の人脈から闇カジノの存在を知る機会もあった。似たようなブックメーカーを目にして、自分にも作れると思ったんだろうな」

サイトのプログラム自体は単純だ。ノートパソコン一台と、ネットショップを開業する腕があれば、充分に作成できる。かつてロサンゼルスで強盗代行請負サービスのホームページが盛況を極め、物議を醸したことがあったが、作成者は十四歳の少年だった。亜樹凪の語学力なら海外の違法なサーバーを見つけだし、ブックメーカーのサイトをひそかにアップロード可能だろう。

当初は亜樹凪も、ただ人にいえない趣味として、小遣い稼ぎのつもりで始めたのかもしれない。むろん小遣いといっても、富豪の令嬢だけに金額が半端ではなかったが、手法としてはよくあるギャンブル運営詐欺に近かった。自分だけが結果を知りうる事象を賭博にする。多額の賭け金を集めながら、みずから客を装いエントリーし、配当を独り占めにする。ホンジュラスも地鎮祭もそうだったと考えられる。

凜香があきれ顔になった。「胴元が客を装うのなら、絶対に身バレしねえようにするのがふつうなのに、亜樹凪はハンドルネームからしてキラー・キナ。自己顕示欲か承認欲求かよ」

ユノがため息をついた。「闇カジノのブックメーカーじゃ、たとえイカサマだろうと、結果をだしたもん勝ちだ。一番人気だった凜香が骨を折られても、誰も抗議しない。賭けた馬を本気で勝たせたかったら、現地に乗りこんでいくらでも妨害工作や対抗手段を講じる。それが闇カジノの鉄則だ」

「わたしに賭けた奴らは、みんなそこまではしてくれなかったわけかよ。浅いファンどもだな。そいつらが体育館でNPA崩れどもとやりあってくれりゃ助かったのに」

「今回はそこまでしなくても優莉凜香の優勝必至と、信じる向きが多かったんだろうよ。瑠那のせいで危うくシナリオが崩れかけたが、なんとか持ちこたえた。胴元Xとして集めた賭け金を、キラー・キナとして配当を独占。客たちには一ドルの払い戻しもなし」

凜香が忌々しげに唸った。「中継スタッフがカメラを振りまわしたところで、ほかの記者なり保護者なりが撮ってりゃ、亜樹凪のもくろみも終わってたろ？　瑠那がフィリピン野郎を叩き伏せた瞬間を、よく誰も撮ってなかったな」

　ユノは首を横に振った。「一部の記者が証言してる。撃たれそうになったから逃げるしかなかったってな。狙われてたのは大臣なのに、銃声にびびっただけの腰抜けどもだと、ネットでは揶揄されてるが……」

　ヒョンシクがつづけた。「警察から得た情報だが、じつはグラウンドのあちこちにライフル弾がめりこんでたらしい。スナイパーが遠方に潜んでたんだろ。本来は亜樹凪の武勇伝をマスコミに撮らせるつもりが、瑠那の飛びいりハプニングに直面し、誰にもカメラを向けさせまいと狙撃で威嚇した」

　スクープを狙えばこそ、記者たちは死ぬ気でなんでも撮るべきだったと、ヤフコメあたりには勝手な声があがっている。しかし体育祭の取材に来た報道陣は戦場カメラマンではない。銃弾が耳もとをかすめ飛べば震えあがって当然だろう。

　凜香は浮かない顔で瑠那を見つめてきた。「亜樹凪も奥多摩に攫われるまでは、こっそりオンラインで違法な趣味に興じてるだけの女にすぎなかったし、お嬢って自覚も保ってた。でも奥田って医者をたらしこんでからは……」

　タガが外れた。瑠那はうなずいた。「いまや武装半グレ集団を率いてます。伊倉って人が右腕。兵隊は元NPAで揃えた。ほかにもいるかも」

世間からすれば文科大臣の命を救ったヒロイン。裏社会に対しては、格闘技までこなせるキラー・キナのCMになった。もちろんフィリピン男との揉み合いが、やらせの対戦カードだったことは、闇カジノの客たちもお見通しだろう。それでもキラー・キナへの評価はけっしてマイナスにならない。亜樹凪は口封じのためフィリピン男を殺害してしまった。狡猾に金を稼ぎ、世界じゅうの反社に自分を強くアピールした。その卑劣さこそかえって歓迎される。亜樹凪の存在感は増す一方にちがいない。

瑠那はタブレット端末をユノに返そうとした。「ありがとう」

「餞別だ。持ってけよ」

凜香が眉をひそめた。「餞別？」

ユノは苦い顔になった。「俺たちは今度のことには関わらない。完全に手を引かせてもらう」

「おい」凜香の表情が険しくなった。「亜樹凪の武装半グレ集団なんて、EL累次体の傘下組織のひとつにすぎねえ。儲けをEL累次体への上納金にしてやがんのは確実なんだよ。ほうっとくのか」

「そのEL累次体ってのがなんなのか知らないが……」

ヒョンシクが口を挟んだ。「凜香。おまえの持ってくる儲け話にはうんざりだ」

「あ？」凜香は軽蔑のまなざしをヒョンシクに向けた。「帯広で十兆円が雪崩に消えたのを、まだ根に持ってんのかよ。あんとき稼いでても、どうせシビック政権下でむしりとられてただろうぜ」

「ヨンジュはおまえを庇って死んだ」

ずっと強気一辺倒だった凜香の表情が、ふいに暗く沈みだした。埠頭は沈黙に包まれた。

「よせ」ユノがヒョンシクを咎めた。「そんな言い方するもんじゃねえだろ」

「でもよ」ヒョンシクはなおも声を荒らげた。「ヨンジュも凜香に関わってなきゃ……

……」

「やめろってんだ！　俺たちだってヨンジュと一緒にいてやれなかった。シビックが幅をきかせてたときは、誰もが自由を奪われてた。世のなかも異常だった」

「そのシビックってのは要するに、こいつらの兄貴だったろうが！」

ヒョンシクの叫びが静寂に反響し、長く尾を引いた。辺りはもの音ひとつしない。海も穏やかなのだろう、打ち寄せる波の音ひとつきこえなかった。

やがて凜香がぼそりといった。「悪かったよ」

パグェのふたりに驚きの顔が浮かんだ。瑠那も凜香を見つめた。凜香は目に涙を溜めていた。

まるで無垢な少女のように、弱気な内面をのぞかせた凜香が、ひとり視線を落とした。「ヨンジュはお母さんのもとに帰らせてやりたかった。同じ名前、ヨンジュってお母さんのもとによ」

遠くで汽笛が鳴いている。ヒョンシクは戸惑いをしめしたものの、やがて哀感の漂うまなざしで虚空を眺め、それっきり黙りこんだ。

ユノも陰鬱な面持ちだったが、そのうちヒョンシクの肩をぽんと叩き、クルマに引きかえしていった。運転席のドアに手をかけたユノが、こちらを振り向いた。「気を抜くなよ。油断だけはするな」

返事をまつようすはなかった。ユノとヒョンシクはクルマに乗りこんだ。エンジンが唸るやヘッドライトが灯る。バックしていく大型SUVが進路を変え、ゆっくりと埠頭をでていった。赤いテールランプが徐々に遠ざかり、そのうち見えなくなった。

瑠那は凜香を視界の端にとらえた。凜香がしきりに左手で涙を拭っている。瑠那は静かに話しかけた。「凜香お姉ちゃん……」

「へっ」凜香は控えめに笑った。「ちょろいぜ。ちょっと弱気のふりをすりゃ、つまらねえ男気をだして引き下がりやがる」

「凜香お姉ちゃん」瑠那は凜香を見つめなかった。「わたしの前では強がらないでください」

「……なんだよ」凜香はまた涙声になった。「からかってんじゃねえ」

瑠那はそっと手を伸ばした。凜香の左手をとる。いつも喧嘩腰になりがちな姉が、きょうは振りほどこうとしなかった。高一の姉妹は手をつなぎ、暗い海辺を歩きだした。

明日もまだ休校だ。帰りを急ぎたくはない。しかしそうもいかなかった。魔性の女、雲英亜樹凪に手玉にとられた教師がいる。真実を伝えねばならない。

23

夜間でも日暮里高校の周辺道路には、警察による検問が敷かれていて、誰ひとり近づけない。女子高生の深夜の外出を、教師が認めるはずもなかった。

妥協点は生徒の家の庭先での面会だった。午前零時過ぎ、江東区にある阿宗神社の境内は闇に覆われている。木々が生い茂る参道わきに、瑠那と凜香は立っていた。

クルマのエンジン音が接近し、神社の前で途絶えた。ほどなく人影が鳥居をぐってきた。普段着らしきパーカー姿の蓮實は、丸めた背のせいもあってか、妙にしょぼくれて見えた。

立ち話は小一時間にわたった。蓮實は無言でタブレット端末の動画キャプチャを観ていた。それが終わり、いまやどれだけ悄げているだろうかと、瑠那は蓮實を気遣った。

ところが蓮實はさばさばした態度でいった。「優莉。施設の門限はとっくに過ぎてるだろ。さっさと帰れ」

凜香が面食らったようすで反論した。「瑠那の家に泊まるって施設長に伝えてあるんだよ。嘘だと思うんならきいてみろ」

「休校中だからってむやみに外泊するな。宿題はちゃんとやっておけよ」蓮實は背を向けると、足ばやに立ち去りだした。

「逃げるのかよ」凜香は吐き捨てた。

「そんなつもりはない。だがなんとでもいえ」

「ああ。いいたいようにいってやる。同僚を皆殺しにされて自衛隊を辞めちまったんだよな。シビック政変じゃ婚約者の親が死んでも、手も足もだせねえ腑抜けに成り下がってよ」

蓮實の歩が緩んだ。ただし振りかえるには至らなかった。押し殺すような声で蓮實がつぶやいた。「中傷でマウントをとるのは馬鹿のやることだ」

「婚約者に愛想つかされるのも当然だよな。逃げてばかりの臆病者の人生だからよ」

いきなり蓮實が振り向き、つかつかと凜香のもとに戻ってきた。足どりが走るほどに速まる。距離が詰まると憤りをあらわに、こぶしで凜香に突きを浴びせた。「詩乃のなにがわかる。勝手な憶測を口にするな！」

本気で殴打しようとはしていない。三角巾を吊る凜香に対し、目の前で寸止めにするつもりだ。瑠那はそう思ったが、凜香がここぞとばかりに、左手で猛然と打ちかえした。「詩乃さんってのが元婚約者かよ！　彼女もショックだっただろうな。親を失っただけじゃなく、夫になるはずだった男が言いわけばかりの軟弱野郎とはよ」

蓮實は凜香の手刀や蹴りをすべて払いのけた。「侮辱はよせ。おまえはなにもわかっちゃいない」

「わかりすぎるぐらいわかってるってんだよ！」凜香は攻撃をつづけながら早口でわめき散らした。「どうせ詩乃さん以前にはろくに女づきあいもなかったんだろが。それを純愛とか信じてのぼせあがったところで、単に遊び足りねえ無知でしかねえんだよ。商売女にガチ恋で貢いじまうタイプだと早く自覚しやがれ！」

凜香の振り下ろした腕を蓮實がつかんだ。むきになった凜香が手を振りほどこうとする。だが蓮實は握力を緩めなかった。

蓮實が凜香の腕を宙に留めたまま(とど)いった。「商売女とは誰のことだ。亜樹凪は……雲英は人を死なせてしまい苦しんでる。彼女に同情こそすれ責めるべきじゃない」

「自分でなに喋(しゃべ)ってるかわかってんのかよ。あんた保健の先生でもあるだろが。男にとって都合のいいエロ女なんてもんは、この世にいねえってとこから学び直さねえとな」

「救いを求める生徒には手を差し伸べるのが教師の務めだ」

「それで亜樹凪と寝て、全身奉仕でまんまと丸めこまれて、特殊作戦群の格闘技まで教えちまってよ。多少は自責の念もあるんだろな?」

「あるわけがない。彼女はみずから命を守るすべを身につけた。やっと心に余裕が生じるだろう。自分を見つめ直す。自分を見つめ直すのはこれからだ」

「自分を見つめ直す? 蓮實先生こそそうしろよ。亜樹凪に気持ちよくしてもらって、詩乃さんのことをすっかり忘れられたかよ? 変態教師の考える純愛なんてそのていどのもんだろよ」

蓮實が顔面を紅潮させ、両手で凜香を突き飛ばした。凜香は後退しつつ重心を崩しかけたものの、倒れることなく踏みとどまった。

静寂に響き渡る声で蓮實が怒鳴った。「おまえみたいな売女とはちがう！」

凜香が目を剝いた。蓮實は一瞬、気まずそうな表情をのぞかせたものの、詫びる意思はしめさなかった。

「先生」凜香が低くつぶやいた。「もっとはっきりいったらどうだよ」

「なにをだ」

「わたしについて公安の調査記録ぐらい読んだだろが。児童売春婦って呼んでみろよ」

「そんなことはいってない」

「でやがった、大人特有の卑怯者。これだから教師ってのは嫌いになる」

「偏見は捨てろ。教職は立派な人格者がほとんどだ」

「なわけねえだろ！　誰に向かって演説をぶってやがる。教職だ？　学校みてえな狭いコミュニティしか知らずに大人になって、それ以外の世界をなにも知りもしねえ、幼児性をぶら下げた未熟者の典型的な末路だろが」

「どの口でそんな偉そうなことをいってる。先生は自衛官から転職してきた。おまえの指摘には当てはまらない」

「教師は汚えんだよ！　親か友達みたいな顔で近づいてきては、いざ相談すると怖じ気づくか、面倒くさがって逃げやがる。安月給で多忙だと、近ごろは世間から同情されてるのをいいことに、うわべだけのつきあいに終始しやがる。ところが亜樹凪みたいなのがでてきたら、情けなく舌で転がされてやがんの」

「どの先生も自分なりに生徒と向き合おうとしてる。だが優莉、おまえはいつも依存度が高すぎる。今度の先生は理想的であってほしいと、勝手に期待を寄せたうえで、自分によくしてくれなかったというだけで恨みを募らせ、暴言も暴力も辞さなくなる。おまえは通常の学校に通うべきじゃないのかもしれん」

凜香はかっとなったようすで、すばやく踏みこむや蓮實に猛攻を浴びせた。「いまなんていったよ！　通常の学校に通うな？　特別支援学校に行けってんならそうしてやる！　あんたのいる普通科高校よりずっと素晴らしいだろうからな。いえよ、仲築間に行けってよ！」

仲築間は神奈川の葉山町にある、全寮制の特別支援学校が多く集中する福祉地域だ。地方公共団体が財政難のため、全国で特別支援学校の統廃合が進むなか、大半が自然環境豊かな仲築間に移転している。梅沢政権における児童福祉政策の一環だが、地域差別につながるとの批判の声も大きい。

蓮實も防御をつづけたが、動作から機敏さが失われつつあった。自分の失言を意識したせいだろうと瑠那は思った。逆に凜香は怒髪天を衝く勢いで連続蹴りを繰りだす。やがて凜香の繰りだした高い位置の旋風脚を、蓮實は避けきれなかった。凜香の踵は蓮實の顎を強打した。蓮實は痛そうに顎に手をやり後ずさった。

たった一発だったが、凜香のキックが蓮實の防御を破った。しかし凜香は動きをとめた。いまにも泣きだしそうな顔で凜香はささやいた。「精神科医の診断を鵜呑みにする気かよ」

「……そうじゃない。優莉。生徒の情報は客観的に吟味し……」

「亜樹凪を全身で味わい尽くすのも客観的な吟味かよ！　児童売春婦の境界性パーソナリティ障害よりは信用できるって？　助けを求める生徒の手にまるで気づかねえくせに」

「気づいてないわけじゃない。おまえを真っ当にするのが、俺の教師としての目標だといったろ。自分を辛いと思うのなら、雲英の苦悩もわかってやれ。先生は分け隔てなく生徒に接してる」

「男と女の関係はそれとは別の話だってのかよ。先生こそ自分を欺くのをいい加減にしやがれ！　惚れちまったんだろ、亜樹凪によ。利用されてるのも承知のうえで、いつか本物の恋心に変わってくれないかと切望してやがる。そう思わせるのも亜樹凪のやり方なんだよ。早く目を覚ませ」

だが蓮實は片手をあげ凛香を黙らせた。「先生として、あるいは人として、亜樹凪には特別な想いがある。それは認める。でも良識は失っちゃいない。真心は邪心に勝る。裏切るのを恐れずに接しつづければ、きっと雲英も変わってくる」

「そんなことといって、本当は未練がましく亜樹凪に執着してるだけだろが！」

「議論はこれまでだ」蓮實は感情を抑制するように低くいった。「ふたりとも未成年だ。こんな時間に外出するな。罪を犯すな。日暮里高校の生徒である以前に、人として基本中の基本だ」

いっこうに嚙み合わない議論に、内心うんざりしたのか、凛香は反論しなかった。蓮實は沈黙したまま立ち尽くしていたが、やがて踵をかえし歩きだした。いちども振りかえることなく鳥居をくぐり、神社の境内からでていく。

凛香が震える声で怒鳴った。「見損なったぜ糞教師！　スケベ心が優先して、自分を正当化して終わりかよ。おめえも無責任な大人のひとりでしかねえ。退職して亜樹凪のヒモとして生涯を捧げやがれ！」

蓮實の背は暗がりのなかに消えていった。やがてクルマのドアの開閉音が響き渡った。エンジンが始動する。木立の向こうをヘッドライトが見え隠れしながら横切る。ほどなくまた闇が戻った。

静かになった境内に凜香がたたずんでいる。頰を大粒の涙がつたった。両手で顔を覆ったりはせず、ただしっかりと目を見開いたまま、流れ落ちる雫(しずく)だけを左手が拭(ぬぐ)う。

瑠那は胸の詰まる思いだった。「凜香お姉ちゃん……」

凜香が泣きながら苦笑した。「なに期待してたんだろね、わたしは。馬鹿みたい」

「いいえ」瑠那は穏やかにいった。「凜香お姉ちゃんはまちがってません。学校や先生が心の支えであってほしいと、わたしもいつも思ってます。でも仕方ないって気持ちも……。お給料をもらって、仕事として働いてる以上、限界もあるだろうし」

「だよな。わかってるんだよ。誰も親の代わりになんかなるわけがねえ。でもこっちはいつも夢を見ちまう。なにもかもわかってくれる大人が、いつかは現れるんじゃないかって」

瑠那の胸のうちは針を飲んだように痛んだ。十代半ばまでに、法からも倫理からも逸脱してしまい、もはや常識的な生き方に戻るすべもなくなった、日々そんな思いを強くしている。凜香と瑠那は似たものどうしだった。しかも凜香には義父母もいない。帰る場所は施設の相部屋。孤独な暮らしのなかで、将来への不安ばかりを募らせる。

銃やナイフを振りかざし、父親譲りの度胸と悪辣(あくらつ)さで凄(すご)んでみせても、本当はただ心細いだけの高一女子だった。だがなんにせよ同情など得られない。瑠那も凛香も、必要があれば平気で嘘をつき、人を陥れては酷(ひど)い目に遭わせる。実際に暴力行為に及び命をも奪う。最悪の人格を呪いながら自制がきかない。

　大人と出会うたび、それが教師だろうがバイト先の店長だろうが、親子のような関係が築けないかと切実に悩む。同世代の誰とでも友達になりたい。気弱でおとなしい子には、男女問わず共感する。向こうはそう思わないだろう。それでも仲が深まることをいつも願う。どんなに裏切られ、冷たくされても、理屈を超えて心が結びつく、そういう誰かとの出会いを期待する。幼少期に求めてやまなかった、家族という理想像をいまも追いかけつづけている。平凡で平穏な女子高生の日々があれば、ほかになにもいらない。

「でもよ」凛香の物言いは少し落ち着きだしていた。「こんな時間とかほざいといて、蓮實の奴、わたしたちをほったらかしなのな。やっぱ強引にわたしをクルマで送ったら、車内でイタズラされたと騒がれるのを予期してたんだろな」

「そんな計画があったんですか」

「まあな。亜樹凪から愛想を尽かされてくれりゃ、蓮實がまともになる日も近づくだろうし」

　瑠那は思わず微笑した。「それはいい教育」

「だろ？」凜香も潤んだ目を細めた。「中年男に据えるお灸としちゃ効果的だって」

　砂利を踏みしめる音がかすかにきこえた。凜香の表情がこわばった。にわかに緊張が喚起される。瑠那はすばやく大木の幹に身体を這わせた。凜香は三角巾から小ぶりな拳銃を引き抜いた。

「まて」男の冷静な声が呼びかけた。ききおぼえのある韓国語訛りとともに、人影が木立のなかを歩み寄ってくる。「俺だよ」

　パグェのユノだった。ひとりきりのようだ。やはり黒スーツ姿だった。丸腰だとしめすように、両手を軽く左右に広げている。

　凜香が拳銃を三角巾に戻した。「相方は？」

「ヒョンシクも俺がここに来るのに同意してる」ユノが立ちどまった。「まさかおまえらがふたりで外にいるとは思わなかったが」

「瑠那の寝込みでも襲うつもりだったかよ。なんの用だよ？」

「寝込みを襲う気なんてない」ユノは折り畳まれた紙を差しだした。「これを戸の隙間にでも挟んどこうと思った」

「なんですか」瑠那は紙を受けとった。

ユノが応じた。「パグェ系列の闇カジノにあったデータの一部をプリントアウトしてきた。闇カジノから胴元Xへの精算に関するスケジュールだ」

凜香が小馬鹿にしたような口調になった。「亜樹凪に金が渡るだけだろ」

「雲英亜樹凪の個人口座に直接振りこまれるわけじゃないってのは、理解できるな？闇カジノは原則、現金取引で領収書なんてもんはない。胴元Xにも現金を運んでく」

「受取人がいるってのかよ」

「むかしは指定された場所に金を隠しとくのが常だったらしいが、いまはフィリピン系の奴らが取りに来るってよ。雲英亜樹凪が雇った元NPAどもだろうな」

「接触方法が書いてあるのか？」

「いいや。接触はなさそうだ。代わりに新宿三丁目の銀行、ATMコーナーで振り込め詐欺の騒ぎが起きる日時が、なぜか予言してある」

「どういうことだよ」

「わからん。百歩譲って本当にそんな事件が起きるにしても、闇カジノから雲英亜樹凪側への現金精算には、なんの関係もないことだ。銀行に立ち寄る必要すらないんだしな。日時の記載だけが重要で、ほかはでたらめかもしれん」

「嘘だとすれば奇妙じゃね？　振り込め詐欺の日時の予言なんて、警察の目に触れたら、別の意味で睨まれちまうだろが」

「そうだ。だからなにかの段取りを秘めてると思う。いちおうおまえらが知っといて損はないんじゃないのか」

「……闇カジノを経営するパク家とやらに睨まれるんだろ？　内々のデータなんか持ちだして、やばくねえのかよ」

「危ない橋なら帯広でも渡ったろ？　おまえと滑るスキーは楽しかった」ユノは仏頂面のまま立ち去りだしたが、ふとなにかを思いだしたように足をとめた。「いいことを教えてやる。ヒョンシクはああ見えておまえのことばかり話す。じつは気があるのかもな」

「やめやがれ。偽エンハイフンのなかのジェイクもどきとつきあえるかよ」

「凜香もおおいに意識してたと伝えとく。じゃあな」ユノがぶらりと歩き去っていった。

凜香がむきになり、ユノの背に罵声を浴びせた。「おいふざけんな。まてよ！」

瑠那は笑いながら制した。「凜香お姉ちゃん」

目を丸くした凜香が瑠那を見つめる。その顔に笑みが戻りだした。

ユノがくれた紙を瑠那はスカートのポケットに滑りこませた。「ここへはわたしが行きます。凜香お姉ちゃんは静養してください」

「なにいってんだよ。一緒に行くよ」

「結衣さんは左利きだそうですけど、凜香お姉ちゃんはちがうんでしょ。無理しないで」

凜香がまた三角巾から小型拳銃を引き抜き、銃口を空に向け振りかざした。「ぶっ放すぞ！」

「クラウチングスタートは無理でしょうからスタンディングスタートにしてあげます。よーいドン！」瑠那はいうが早いか社務所へと駆けだした。

しかし凜香もとっさに反応し、ほぼ横並びに全力疾走を始めた。「腕どころか脚が折れてたって負けるかよ！」

瑠那はわざと速度を落としたりはしなかった。そんな配慮は見透かされるし、凜香もきっと腹を立てるだろう。気遣いの必要はないとわかっていた。三角巾を吊っていても、凜香は変わらず速かった。姿勢を極端に低くしつつ、爆走と呼べる勢いで突進していく。瑠那も本気で走った。両者一歩も譲らず横に並んだ。駆けながら凜香が笑い声を弾ませた。つられて瑠那も笑いだした。

複雑と感じた次の瞬間には単純極まりない、そんな狂おしいアオハルのなかを生きている。案外ふつうの女子高生と変わらないのだろうか。凜香と会ってからひとりではなくなった。やさしい姉だ。瑠那が寿命を延ばすまでについた嘘を、凜香はけっして責めなかった。互いに傷を持つ姉妹どうしだからか。そうではないと瑠那は思った。心がひとつに重なっている。いまはそれで充分かもしれない。

24

蓮實は薄暗い寝室のダブルベッドに裸身を横たえていた。毛布を胸のあたりまで掛け、ただ仰向けに天井を眺める。凝った天井板だと蓮實は思った。ロココ調の複雑な装飾が回り縁まで広範囲に彩る。

裸になっても、鎧のような筋肉が全身を覆うのを、片時も忘れるときはない。硬さの感覚があるからだ。重さもありつづける。特殊作戦群の同胞らはみな、背もたれのない椅子を好まなかった。そういう椅子に腰掛けざるをえないときには、きまって前かがみになり、両肘を太腿に乗せる。冗談ではなく、上半身の筋肉が重すぎて、のけぞりそうになるからだ。

上腕と前腕の筋肉も太すぎるため肘が曲がりにくい。よって柔軟体操をおこなっても、手で自分の肩に触れるのさえ多少難儀する。胸ポケットにスマホが入っていれば、膨れあがった胸板が圧迫し、勝手にボタンを押してしまう。学校への出勤時にポロシャツを着るのは、ワイシャツの胸のボタンが留めにくいせいだ。自衛官のころからウェットスーツやフライトスーツはオーダーメイドだった。民間人になったいまは、発注にいちいち金と手間がかかるのが嫌で、ダイビングをする気にもなれない。

鍛え抜いた果てに不便が増える、そんな厄介な身体をみずから軽くさする。女と抱きあうことに無類の喜びを感じるのは、鋼のような肉体が無条件に歓迎される、そのせいもあるのだろう。

寝ても覚めても行為を繰りかえし、また何度めかの休息の時間を迎えた。気持ちは落ち着いている。冷静になったおかげで、あれこれ思いがめぐる。無我夢中になる時間の本質はなんだろう。性欲か本物の情愛か。保健の授業並みに難しい。生徒を前に、性欲はあって当然という顔をするべきか、発情の仕組みから説くべきなのか、あの迷いに似ている。

亜樹凪に心を奪われ、彼女の幸せを願っていても、行為の前にはただ欲望が暴走するのをとめられない。それも愛情のなせるわざと解釈するべきなのだろうか。あるいは思春期に感じたように、いかがわしさへの興味というのは、相手を慕い敬う心とは別に湧き起こるものなのか。

性欲がたんなる生得的な欲求だとして、理性より本能が優先するからこそ、出産や子育てという将来の重責を熟考せず、目の前の快楽に走れるのだろうか。人々が利口になり、じっくり頭を働かせるようになったがゆえ、未婚や少子化につながっているのか。豊かで教育水準の高い先進国ほど少子高齢化が進む。だとしたら、いかがわしいことに興味を持つなと生徒を指導しつづければ、ゆくゆくは国家の破滅につながるのではないか。かといって欲望の赴くままに交際しろと、教育者の口がいえるはずもない。好ましい結果に至るとも思えない。ただ風紀が乱れるだけだ。

かつての婚約者、詩乃のことが胸をよぎる。もう少し長くつきあっていれば子供ができたかもしれない。実際に親になったらどんな心境がまつのだろう。曖昧な想像しか浮かばない。

シャワーの音がやんだ。途絶えたのをきっかけに、ずっと降雨に似たノイズがきこえていた、そう意識した。贅を尽くした室内は、浴室のドアからして重厚だった。玄関並みに高価そうなドアが開き、亜樹凪が戻ってきた。裸にバスローブを羽織り、身体の前をはだけている。見せつけるような白い肌がベッドに近づいてくる。

亜樹凪がささやくようにきいた。「なにを考えてたの？　わたしのこと？」

そうともいえるし、ちがうともいえる。蓮實は虚空を眺めていた。あれこれ思考をめぐらせても、いっこうに答えがでない。現実から目を背けているせいだろう。正しいかまちがっているのか、正視することさえ恐れている。

すると亜樹凪がベッドに四つん這いになり、間近から蓮實を見つめた。「ねえ」

蓮實は亜樹凪を見かえした。近くでまのあたりにしても、まったく非の打ちどころがないほどの端整な目鼻立ちがあった。濡れた黒髪に妖艶さが増す。豊満な胸にくびれた腰、持てあますほどの長い脚。存在自体が芸術のようだった。亜樹凪の口もとが距離を詰めてくる。蓮實は唇を重ねた。甘美な時間がまた訪れようとしている。

亜樹凪がたずねた。「でかけない？」

「……これから？」

「潮風にあたりたい。一緒に行きたいところがあるの。いいでしょ？」

枕もとの置き時計を眺める。午後二時過ぎ。いつの間にか昼を過ぎている。そういえば腹が減った。閉めきった室内で、亜樹凪と戯れては浅い眠りにつき、複雑な思いがこみあげては、また戯れる。そんな時間が果てしなくつづく。

このままでは抜けだせない。冷静にものを考えるためにも、外にでるのは悪くない。

夜中なら危険もあるが、いまはもう六月だ。暗くなるのも遅い。

蓮實はゆっくりと上半身を起きあがらせた。「海ってのはどこの海だ？」

「近く。でもクルマをだしてほしい」亜樹凪が頬ずりをしてきた。「ずっとふたりきりでいたいから」

「でかけないって手もある」

亜樹凪の手が蓮實の胸もとに触れ、そっと腹筋へと這っていく。「逞しくて素敵。筋トレを欠かさないのかと思ったら、ここ数日は寝てばかりなのに、まだ全然変わらない」

「運動ならしてるだろ」蓮實は思わず笑った。

「そうね」亜樹凪も笑顔になり、また濃厚なキスを繰りかえした。

シャンプーか香水か、甘いにおいが頭をとろけさせる。柔らかい亜樹凪の肌の感触が全身に吸いついてくる。魔力から逃れられそうにない。これまで何度も同じ思いが脳裏をよぎった。また同じ感情にとらわれる。じっくり考えるのはまたあとにしよう。

アメリカの西海岸仕様のポロシャツは、厚手なのに半袖で、それしか着られないマッチョにとって重宝する。蓮實はそんな黒のポロシャツにズボン、スニーカーというラフな服装で、日産エクストレイルのステアリングを握った。フロントとサイドのウィンドウに、晴れ渡った青空がひろがる。午後の陽射しが車内を照らした。助手席には白いワンピース姿の亜樹凪がいた。運転しながら蓮實が目を向けるたび、亜樹凪の微笑が見かえす。

数日前、夜中に阿宗神社をあとにし、蓮實はまっすぐ亜樹凪のもとに向かった。亜樹凪はすぐ近くのマンションにいた。

会うなり蓮實は亜樹凪を責めた。あらゆる疑問について問いただした。その時点でも罪悪感が募りがちだったのをおぼえている。亜樹凪が子羊のように怯えながら、絶えず哀感に満ちたまなざしを向けつづけるからだ。やがて亜樹凪は泣きだした。涙をいっぱいに溜めた目を瞬かせ、震える声でうったえてきた。だましてなんかいない。狙われてるのは自分だけ。死んじゃえば誰にも迷惑をかけずに済む。どうせ退学なんだから、もうほっといて。でも先生。会えなくなっても先生のことが好き。この想いだけは変わらない。

結局のところ亜樹凪は、蓮實の質問になにひとつ答えなかった。尾原大臣が撃たれそうになっているのを見たとき、とっさに身体が動き、気づいたときには蓮實に教わったとおりにしていた。亜樹凪はただそれだけを打ち明けた。蓮實はまたも責任を感じずにはいられなかった。

　裁判における過剰防衛の解釈は現実的でない。殺しに来た敵について、息の根をとめなければ、自分と家族にとって危機が持続してしまう。亜樹凪を特訓中、そのように繰りかえしいいきかせた。それが亜樹凪の倫理観を変えてしまったのか。

　亜樹凪の退学はまず避けられない。原因は蓮實にもある。彼女の将来を考え、このまま結ばれるのが最善かもしれない。しかしもうひとつの当惑が頭をもたげてくる。

　凜香がいった。蓮實は亜樹凪に利用されているだけだと。瑠那も同感のようすだった。アウトロー姉妹による指摘だったが、おそらく正しいのだろう。わかっていても回避できない。ひょっとしたら亜樹凪の心の迷いは、懸念されるほどたいしたことではなく、いずれ払拭(ふっしょく)されるかもしれない。都合よく解釈しすぎかもしれないが、もしそんなときが来たら、彼女の心の支えになってやりたい。亜樹凪と過ごす素晴らしい時間を失いたくない、そういう欲求もたしかにある。けれども亜樹凪のことを気にかけているのは本当だった。かつて詩乃に向けたのと同じ愛情となんらちがいはない。教師と生徒は禁断の恋なのか。蓮實はそう思わなかった。亜樹凪は賢く、もう充分に大人のはずだ。十八になり法的にも成人している。彼女には人生のパートナーだけでなく、父親代わりになる強い男も必要だった。蓮實にその資格がないとどうしていえるだろう。

クルマはレインボーブリッジをお台場方面に渡っていた。蓮實はきいた。「横浜方面に向かうのか？」

「そう」亜樹凪がうなずいた。「分岐の先、湾岸線を空港中央方面」

こんなふうにふたりきりで過ごす時間は、本物の恋人のようだ。実際に恋人だと思いたい、そう考えること自体が、己れの弱さの表れなのか。年の差があっても愛情が成立するのではないか。ひそかな期待を持ちつづける自分を否定できない。希望を信じることは罪なのか。

羽田空港を過ぎ、横浜横須賀道路に入ってすぐ、出口に差しかかった。亜樹凪が一般道に降りるようにいった。蓮實は指示にしたがった。

もう鎌倉付近まで来ている。高速出口の行く手には低い山々が連なっていた。観光地からは少し距離があり、ひとけはほとんどない。素朴な田舎の風景がひろがる。幹線道路を外れたのち、山林の狭間に延びる車道を抜けていく。前にも後ろにも別のクルマはいなかった。やがて行く手に海が見えてきた。

海岸ではなく高台だった。目の前は東京湾にちがいないが、辺りは自然に囲まれ、ひっそりと静まりかえっている。山肌に別荘らしき建物が点在するだけで、商業施設や看板の類(たぐ)いは皆無だった。

高台の上でクルマを停め、エンジンを切った。蓮實はつぶやいた。「へえ。いいところだな」

「でしょ？　降りましょ」亜樹凪はドアを開けると車外にでていった。

蓮實も亜樹凪に倣った。潮風が案外強く吹きつける。亜樹凪がワンピースをはためかせ、芝生を駆けまわった。はしゃぐ声を響かせる。さすがに蓮實は彼女と同世代の少年ではない。一緒に戯れることなく、ただ見守るしかなかった。すると亜樹凪が走り寄ってきて、蓮實に勢いよく抱きついた。伸びあがり唇をねだる。蓮實はキスに応じたものの、なんとなく違和感が生じてきた。

たしかに綺麗(きれい)な風景ではあるものの、わざわざ足を運ぶほどだろうか。これ以上の場所ならいくらでもある。亜樹凪はなぜここに来たがったのだろう。

ほどなく亜樹凪は後ずさり、いたずらっぽい目で蓮實を見上げた。また黄いろい声を響かせ、今度は海に背を向け走りだした。

高台には一軒の小さな洋館がある。ペンションのような外観だが個人の別荘らしい。

亜樹凪は玄関へと向かっていた。

蓮實は歩きながら亜樹凪を追った。「人の家だろ？　まずいよ」

「平気」亜樹凪は鍵をとりだすと、玄関ドアを解錠した。蓮實に微笑みかけ、ドアを開け放つ。

思わず面食らった。建物の周りに柵はない。ひょっとして高台全体が雲英家の私有地か。困惑とともに蓮實は亜樹凪につづいた。

見せかけだけでなく本物の洋館の造りだった。玄関に靴脱ぎ場がなく、そのままリビングルームとダイニングルームのホールに直結する。高価そうな輸入家具はどれもうっすら埃をかぶっていた。

「ここは?」蓮實は問いかけた。

「父から相続した別荘のひとつなんです」亜樹凪はキッチンへ行くと、床の開口部の蓋を持ちあげた。床下収納ではなく、真下へと伸びる梯子があった。梯子を下りながら亜樹凪がいった。「先生。来て」

不穏な空気を感じる。蓮實は亜樹凪が梯子を下りきるまで、キッチンに立ったままようすをうかがった。ただちに暗がりに身を投じる気にはなれない。自衛官だったころからの鉄則だった。

ほどなく地下空間に明かりがついた。通電していたようだ。先生、亜樹凪がもういちど呼んだ。蓮實は仕方なく梯子に手をかけた。

　地下室は土間打ちで、四方も剝きだしのコンクリート壁が囲む。広さは八畳ほどか。照明は電球数個。ワインセラーとして使われていたらしく、ボトルを横たえるための棚が並ぶものの、いまや一本も残っていなかった。建材など雑多な物が、いくつか床に放置されるのみだった。

　亜樹凪の声が厳かに反響した。「じつは父の拳銃、この地下室にあったんです」ため息が漏れる。蓮實は湿っぽい室内を眺めまわした。「すぐ通報すべきだった」

「ほかにも父の遺品が……。それです」

　土間の上にシートが被せてある。真んなかが浮きあがっていた。蓮實はしゃがみこみシートを取り払った。

　とたんに言葉を失った。予期せぬものを目にしたからだ。全長三十センチ、直径十センチほどの金属製円筒。その側面に長さ十五センチ、端の一辺が五センチぐらいの直方体が並列に密着している。円筒のどこにも継ぎ目はない。直方体には小型タッチパネルが備えてあった。いまは電源が入っていない。パネルの表面も真っ暗だった。

「まさか」蓮實は信じられない思いでつぶやいた。「こんなところに……」

　亜樹凪の声は妙に冷静だった。「なんなのかわかりますか」

　雲英製作所製ＤＢＴ19、いわゆる戦術中性子爆弾に分類される。陸上自衛隊のなかでも特殊作戦群だけが存在を認識している。

ロシアによる北方領土侵攻や、中国による尖閣諸島併合への懸念、北朝鮮の核ミサイルへの対抗手段として、先制的自衛権行使の一手段となるべく開発が進んだ。敵軍の上陸地点に仕掛け、部隊を一気に殲滅することが、この兵器の目的および用途とされた。雲英製作所に製造を発注、二〇一七年にはプロトタイプが完成したが、自衛隊は正式採用しなかった。世間に公表もされていない。核兵器ではないとの触れこみだったものの、実際には戦術核以外のなにものでもなかったからだ。

この円筒部分はクロムとニッケルの二重構造になっている。爆発の威力そのものは小さいが、大量の中性子線を放射する。よって建造物や車両、船舶などを傷つけない一方、中性子線が金属壁をも通過し、人や動物を放射線障害により絶命させる。自衛隊の理念からすれば、過剰な兵器と議論を呼ぶにちがいないが、この種の爆弾の極秘開発はいまに始まったことではない。

不採用になった最大の理由は、まず爆発がもたらす効果の範囲の広さだった。いちどの爆発で半径六・四キロ圏内の生命が根絶やしになってしまう。敵部隊の上陸への対処にしては強力すぎる。

さらに当初は、TNT火薬と小型粒子加速器の組み合わせによる起爆であり、たしかに中性子は発生するものの、国際法でさだめる核兵器にあたらないとされた。だが雲英製作所はこの構造を実現できず、仕組みを根本的に改めた。防衛省による分析の結果、DBT19プロトタイプで生じる爆発は、核分裂の連鎖反応と断定。倫理的にも自衛隊の装備として肯定できなくなった。

防衛省に納品されたプロトタイプは解体処分された。雲英製作所に対しても、開発データや試験的に製造された部品の破棄が命じられた。ところが試作品一個が行方知れずになったとの報告があった。公安が数年にわたり調査する過程で、蓮實も刑事のひとりと知り合いになった。調査は完了しないまま、シビック政変を迎えてしまい、DBT19試作品の詳細は闇に閉ざされた。

それがいま目の前にある。蓮實は息を呑むしかなかった。雲英健太郎が個人的に保管していたのか。あるいはシビックに上納するつもりだったのかもしれない。

「先生」亜樹凪が背後からきいた。「使い方は？」

「……知るはずがない」蓮實はつぶやいた。「これは正式採用されなかったんだ」

「でも特殊作戦群で研修を受けましたよね？　敵の上陸地点に、特殊作戦群の誰が先行しても仕掛けられるよう、全員がセット方法を学んだはずです」

胸騒ぎがする。蓮實は亜樹凪を振りかえった。「なぜそんなことを……」

亜樹凪の据わった目が見かえした。「先生。生徒は教師から学ぶものでしょ。わからないことがあったら先生にきく。DBT19のセット方法を教えて」

「馬鹿なことをいうな」蓮實は立ちあがった。「玩具じゃないんだ。さすがに通報しなきゃならない。しかも警察や自衛隊の爆発物処理班だけじゃ手に負えない代物になる。特殊作戦群の専門家チームが対処する」

「勝手に通報だなんて、やめてもらえますか。これ、わたしが父から相続した遺品なんですけど」

「なにいってる？使い方なんか知ってどうするつもりだ」

沈黙が生じた。亜樹凪は無言で蓮實を見つめている。瞳の奥に炎が燃える、そんな怪しい光点の輝きがあった。寝室で向きあった亜樹凪の顔とは大きく異なる。体育用具室裏で蓮實を突き放したときの、あの冷たさが数十倍にも増幅していた。もはや敵愾心さえ表出しつつある。

身震いを抑えられなくなった。亜樹凪の真意に触れた、ついに本性がのぞいた。蓮實はそう実感するや、急ぎスマホをとりだした。緊急通報するしかない。

ところがケータイ電波は圏外、ワイファイ電波も入らない。蓮實は亜樹凪を凝視した。亜樹凪の氷柱のように尖った目は、蓮實を深々と突き刺さんばかりに思えた。

「先生」亜樹凪が甘くささやきながら近づいてきた。「先生とはもう一心同体でしょ。わたしと秘密を共有して。ふたりでまた素敵な時間を過ごしましょ。国家も恐れずに済むだけの力を、先生とわたしが握ったうえで」

テロリストの物言いそのものだった。蓮實の背筋を冷たいものが駆け抜けた。亜樹凪には最初からこんな意図があったのか。

梯子の上方に目が向く。亜樹凪も蓮實の視線を追った。蓮實が梯子に手足をかけると、亜樹凪が飛びかかってきた。背後から蓮實に抱きつき、梯子から引き離そうとする。蓮實は振りほどこうとした。けれども亜樹凪は、蓮實に習った防御の体術を駆使し、巧みに腰をひねり躱しつづける。わずかな隙が生じるたび、また両腕と両脚を絡めてくる。

蓮實は業を煮やした。もう限界だった。すばやく向きを変え、いったん梯子から離れるや、上半身を一気に前方へと倒した。亜樹凪の全身を背負い、巻きこみながら投げ倒す。硬い土間の上に、亜樹凪は背中から叩きつけられた。表情が苦痛に歪む。蓮實の心にも激しい動揺が生じた。ひどく可哀想なことをした、そう痛感させられる。とはいえ気遣ってばかりもいられない。まず通報が先だ。

焦燥とともに梯子を上り始める。亜樹凪が起きあがり、蓮實の脚をつかんだ。梯子の段から靴裏を滑落させようと躍起になる。蓮實は力を加減しつつ蹴りを浴びせた。亜樹凪は土間に尻餅をついた。

蓮實は全力で梯子を上った。ようやくキッチンに転がりでた。だがそこには凍りつかざるをえない光景があった。別荘の一階にいるのは蓮實だけではなかった。

隣接するダイニングルームに、フィリピン系の巨漢たち六人が横並びに立っている。元NPAらは黒ずくめの上下に、アサルトライフルで武装していた。左右に三人ずつ立つ中央にはもうひとり、小柄で痩せ細った男がいる。見覚えがあると蓮實は思った。マンション前で亜樹凪を攫おうとした三人のうちひとりだ。いまとなってはあれも茶番のやらせだったとわかる。

最悪なことにその男は別の人質をとっていた。長い巻き髪に、アイボリーの長袖ブラウス、黒のロングスカートという服装は、蓮實の記憶にも刻みこまれている。色白の顔には、極度に怯えたまなざしがあった。

蓮實は思わずささやいた。「詩乃……」

かつて婚約者だった桜宮詩乃が、涙をぼろぼろと流しながら、嗚咽の混ざった声で呼びかけてきた。「庄司さん……」

ふいに後頭部に打撃を受けた。蓮實は脳震盪に似ためまいをおぼえ、その場にひざまずいた。教えたとおりの跳び蹴りだったとわかる。前方にまわった亜樹凪が、蓮實に金的攻撃のストンプキックを食らわせてきた。さらにこぶしで力いっぱい腹を抉った。息もできないほどの激痛が襲う。蓮實は床にうずくまった。

「ねえ先生」亜樹凪の夜叉にも似た残忍な顔が見下ろしてきた。「わたし、高貴とか清楚って評されることが多いけど、この二択問題、どうしても先生に答えてほしいの。元婚約者とわたし。どっちにしゃぶってほしい？」

25

新宿三丁目駅近く、入り組んだ繁華街の奥に銀行がある。もうすぐ午後三時、窓口の営業を終了しようとしていた。ところがＡＴＭコーナーには大声が飛び交っている。自動ドアが開くたび、怒鳴り合いに驚いた通行人が足をとめ、なかに目を向ける。

八十歳以上とおぼしき男性がＡＴＭの前に立つ。行員らや警察官が取り囲み、高齢男性を必死に説得していた。お金が入ってくる話なのに振りこみを求められるのはおかしい、詐欺にちがいないからとにかく手をとめてください、そう訴えている。ところが高齢男性はいっこうに耳を貸そうとしない。へらへら笑っては、三万を振りこむだけだ、自己責任でやってることだから口を挟まんでくれ、そのようにとりつく島もなく退ける。なおも行員が食いさがると、高齢男性は怒りをあらわにした。誰にも迷惑などかけとらん。詐欺なら詐欺でかまわん、これを振り込ませろ。

そこから数メートル離れた場所、いちばん端のATMに、瑠那は向き合っていた。日暮里高校の夏服姿は特に不審がられることもない。タッチパネルを操作するふりをしながら、瑠那は聞き耳を立てていた。

警察官が高齢男性に住所をたずねている。家族はいるのかとも問いかけた。おらんと高齢男性は叫んだ。新宿三の四十二の六、槭樹(かえで)アパート二〇三だ。独居老人はだまされやすいとか思っとるんだろ。大きなお世話だ。

瑠那はなにげなくその場を立ち去った。自動ドアの外にでたとき、駐車禁止の狭い路地に、やたら大きなツーシーターのスポーツカーが停まっていた。丸みを帯びた赤い車体、マクラーレン・アルトゥーラだった。価格は約三千万円。この辺りの雑然とした風景にはまるでそぐわない。車内は無人で、エンジンはかかっていないが、チンピラ然としたふたり組が近くに立っている。ひとりはリーゼント頭、もうひとりは柄物のアロハシャツが特徴的だった。

銀行前には無断放置された自転車が連なる。マクラーレンはそれら自転車の出入りを、微妙に塞ぐ位置に駐車している。高齢者が自転車を引っ張りだそうとするたび、車体に当たりそうになる。チンピラ風のふたりはそれを狙っているらしい。

　いまも高齢女性が自転車を後退させ、マクラーレンの後輪付近に軽くぶつけてしまった。

　リーゼント頭がさっそく歩み寄りながら凄んだ。「おい！　なにやってんだババア」

「すみません」高齢女性は頭をさげた。「ついうっかりしちゃって……」

　アロハシャツがマクラーレンの後方にしゃがんで、ひときわ声を張った。「あーあ。塗装が剝げちゃったな。ばあさん、これ高くつくよ。年金だいじょうぶ？」

「年金なんて……」高齢女性がおろおろといった。「謝りますから。ごめんなさい」

　たちまちリーゼント頭が調子に乗りだした。「ざけんな！　謝って済むなら警察いらねえんだよ」

　ATMコーナーに警察官がいるものの、さっきの高齢男性が粘っているせいで、外の騒ぎに気づかない。振り込め詐欺に恐喝とは、さすが都内の町丁別犯罪件数一位、新宿三丁目界隈だった。

　もっとも、高齢男性とチンピラのあいだには、なんのつながりもない。トラブルが偶然、同じ時間に発生しただけだ。瑠那にとっては渡りに船といえる。特にいまは速い足を必要としていた。マクラーレンなら申しぶんない。瑠那はつかつかと車体に近づいた。左ハンドルの運転席側のドアに手をかける。

高齢女性を責めていたチンピラ風のふたりは、ぎょっとしてこちらを見た。アロハシャツが眉(まゆ)をひそめ近づいてきた。「なんだぁ？　このアマ。勝手に触ってんじゃねえ！」

瑠那はアロハシャツの前腕を眺めた。日焼けしているのは右腕だった。こいつは助手席専門だ、利用価値はない。瑠那はすばやく掌打を繰りだし、アロハシャツの顔面を突いた。鼻血を噴いたアロハシャツがのけぞり、宙に浮いたかと思うと、背中から路面に落下した。

「な」リーゼント頭が血相を変え、瑠那に駆け寄ってきた。「なにしやがんだてめえ！」

この男がドライバーだろう。キーを持っているはずだ。瑠那の胸倉をつかむべく伸びてきた手を、逆につかみかえす。とたんに瑠那のもう一方の手が、ドアの把(と)っ手をスムーズに引いた。マクラーレンのスマートキーは、多くの外車と同じく、所持者と身体の一部でも触れあっていれば機能する。いまもロックが難なく解除された。

瑠那は車内にカバンを投げこみ、みずからも運転席に乗りこんだ。レザーシートに身をあずける。リーゼント頭は唖然としていたが、はっと我にかえったようすで、また車内の瑠那につかみかかろうとしてきた。

その手をもういちど握るや、関節とは逆方向に力いっぱい折り曲げる。骨折の手応えがあった。リーゼント頭は絶叫し、じたばたと暴れたが、瑠那はまだ手を放さなかった。そのままスタートボタンを押す。やはりスマートキーが機能し、エンジンがかかった。瑠那はリーゼント頭を突き飛ばし、クルマのドアを閉じるや、ギアを入れ替えアクセルを踏んだ。

マクラーレンが走りだした。バックミラーを見ると、チンピラ風のふたりがあたふたと追いかけてくる。エンジンが重低音を轟かせるなかでも、リーゼント頭の叫び声は耳に届いた。「泥棒！　お巡りさん！」

ふたりを引き離しながら、瑠那は助手席のカバンに右手を突っこんだ。これからラオックスと雑居ビルの狭間に差しかかる。そこには最初の街頭防犯カメラがある。靖国通りにでたのちは無数のカメラに晒されるだろう。だが瑠那は動じなかった。

カバンからつかみだしたのは、流行のミラー調スプレーの缶だった。ガラスの裏側から噴きつければ鏡のようになる。瑠那は運転しながら、マクラーレンのフロントガラス一面にスプレーした。ラッカーのにおいに思わず顔をしかめる。

フロントウィンドウはうっすらと曇ったものの、前方視界は明瞭で、運転には支障がない。可視光線の反射率が八十パーセントということは、透過率二十パーセントとなる。白昼に外から見ればマジックミラー同様、フロントウィンドウは鏡と化している。街頭防犯カメラがいかに高性能でも、ドライバーの顔はとらえられない。

路地から靖国通りへと飛びだした。サイドウィンドウにもスプレーを噴きつけたのち、瑠那はギアをトップにいれ、アクセルをべた踏みした。マクラーレンはミサイルのように急加速した。右に左にステアリングを切り、クルマを次々と追い抜き猛進する。

後方にサイレンをきいた。ドアミラーに白バイが映っている。スピード違反に信号無視、透過率七十パーセント以下の違法なウィンドウ。実際に捕まえてみれば高一女子の無免許運転も発覚するだろう。もちろん瑠那にそうなるつもりはなかった。

ステアリングをすばやく切り、後輪を滑らせドリフトしながら、ほぼ直角に折れる。マクラーレンをまた新たな路地に突入させた。減速はしないものの、逃げ惑う通行人を轢かないよう、微妙にステアリングを調整しつづける。音声入力ボタンを押し、瑠那はいった。「ナビ、目的地設定。新宿三の四十二の六」

ルートが設定された。到着まで五分。一方通行の裏道を逆走で抜けるや、大幅に道のりが短縮されたらしい。一気に残り三分になった。

白バイはミラーに映っていないが、サイレンは同じ音量を保っている。距離はさほど開いていない。応援を呼ばれる前に片をつけねばならない。そう思ったとき、スマホの着信音が鳴り響いた。

自分のスマホの音ではない。助手席の足もとを一瞥すると、床に転がったスマホの画面が点灯中だった。チンピラ風ふたりのうち、どちらかの持ち物だろう。ブルートゥースで車内スピーカーに接続されている。瑠那はステアリングの応答ボタンを押した。「はい」

「このクソアマ」リーゼント頭の怒声が響き渡った。「マクラーレンを返しやがれ！」

「マクラーレン？　マジックミラー号でしょう」瑠那はボタンを押し、通話を切った。

ナビの音声が告げた。目的地周辺です。生活道路の両側には古い家屋ばかりが軒を連ねる。地価が高くとも都内はこんな旧来の住宅地だらけだ。生活水準も高くない。

二階建て木造アパートが見えた。オートロックなどという洒落たものはなかった。アパートの前に白のワンボックスカーが停車している。トヨタのハイエースだった。二階の外廊下に面した、三つ目のドアが二〇三か。いまドアは閉じていた。

瑠那はアパートのわきを通り過ぎた。数十メートルを走る、十五坪ほどの空き地に雑草が生い茂り、売地の看板が立っていた。瑠那はマクラーレンをそこに突っこませ、急ブレーキをかけた。前のめりになったものの、シートベルトが締めつけ、力ずくで引き留めてくる。

助手席のカバンをつかみとった。床に落ちたスマホも拾う。車外にでながらそのスマホをいじる。ブルートゥース接続されたのち、画面が消灯しないうちにタッチパネルに触れたおかげで、ロックが解除状態で維持されている。多くのスマホにみられる欠陥だった。瑠那は承知のうえで利用した。スマホのタイマーを一分にセットする。カバンからとりだした細い銅線をふたつに折り、スマホの端子内のメスコネクタ、CC1とCC2に挿した。ミクロな作業だが、瑠那は針の穴に糸を通すのが得意だった。マクラーレンの給油口を開ける。銅線の折れた部分を、給油口のなかに深々と突っこんでおいた。

瑠那は足ばやに空き地をでた。生活道路をくだんのアパート方面に歩く。走ってきた白バイと、なにくわぬ顔ですれちがう。白バイ警官は振りかえりもしなかった。その直後、ちょうど一分が経過した。いきなり轟音が地面を揺るがし、熱風とともに衝撃波が街なかを駆け抜ける。道沿いの建物のガラス窓がいっせいに割れた。視界が一瞬だけ赤く染まった。

吹きつける風に乱れた髪を掻きあげ、瑠那は振りかえった。白バイが動揺しつつ停車している。すぐにまた赤色灯を点滅させ発進した。空き地に立ち上る黒煙へと白バイが疾走していく。

瑠那はアパートへと駆けだした。カバンからワイヤレスイヤホンをとりだし、片耳に嵌めた。自分のスマホはずっと凜香と通話状態を保っている。マイクは襟の裏に貼ってあった。走りながら瑠那はきいた。「凜香お姉ちゃん、きこえる?」

「ああ。爆発音もな。新宿三の四十二の六だって? ここからは見えねえけど」

凜香はさっきの銀行の近く、喫茶店の窓際の席にいる。瑠那はアパート前に到達した。「騒ぎを起こしてたおじいさんの部屋は、二階建てアパートの二〇三です。白のハイエースが停まってます。車内は無人」

「全員が室内だな。気をつけろよ」凜香の声が低くなった。「おっと、消防車のサイレンが湧いてやがる」

アパートの外階段を駆け上りながら、瑠那もかすかにサイレンと警鐘をきさつけた。

「こっちにも響いてきました」

「さっきかっぱらったマクラーレン、燃えてんのか。消防が水と消火剤を浴びせる。瑠那の指紋もDNAも跡形もなしだな」

「ええ。そのつもりでした」瑠那は階段を上りきった。「二階の外廊下に着きました」

「二〇三のドアは、マクラーレンが爆発した方角とは逆か?」

「もちろんです。抜かりはありません」瑠那は二〇三のドアの前でしゃがんだ。ノブをつかみ、そっとひねってみる。鍵はかかっていない。

思わずため息が漏れる。瑠那はマイクにささやいた。「凜香お姉ちゃんの予想どおり。亜樹凪さん側は闇カジノからの精算を受けとるにあたり、まったく関係のない第三者を挟んでます」

「ああ。フィリピン人でもねえ貧乏な独居老人、なにも知らねえお年寄りだろうよ」

闇カジノ側はどこか指定された場所に金を置いた。けれどもユノがくれたプリントアウトに、その場所は明記されていなかった。ただし〝新宿三丁目の銀行、閉店直前の時刻にATMコーナーで振り込め詐欺騒動発生、確認しだい警察に通報〟とあった。最初はなんのことかわからなかったが、凜香がふと気づいたように推論を口にした。亜樹凪は闇カジノ側に指示し、いったん誰か無関係な人物に金を押しつけさせるのでは。

困窮しているひとり暮らしで、通報しなそうな人物を選ぶ。その人物のドアの前に、闇カジノの精算分全額が置かれる。それを見つけた住人はむろん有頂天になり、独り占めしようとする。

あとは瑠那にも想像がついた。亜樹凪側がその人物に電話し、ほんの数万円を振りこんでくれれば、さらに大金を手にできると告げる。すでに莫大な金を得ているため、数万円の支払いなど問題ではない。意味不明と思いながらも、次回もまた大金がドアの前に置かれるのを夢見て、指示に従おうとしてしまう。現にこの部屋に住む高齢男性は、ほいほいと銀行にでかけていった。冷静に考えれば愚行にちがいないのだが、思わぬ幸運に浮かれた貧困層の独居老人、しかも知性と倫理観が低ければ充分にありうる。

亜樹凪の狙いは、高齢男性を留守にさせることにある。通報で駆けつけた警察官や、行員らが振り込め詐欺を疑い、しばらくは揉める。あくまで金を払おうとする高齢男性が、だまされてもかまわないなどと口走るため、よけいに不信感が募る。高度の認知症が疑われるだろうし、説得もさらに長引く。亜樹凪の配下らが留守宅を探し、金を奪うだけの時間は充分に稼げる。

考え抜かれた手口だった。無関係の人間をあいだに挟むため、闇カジノから亜樹凪へ金が渡った証拠はどこにもなくなる。のちに捜査関係者が金の流れを追おうにも、全容はけっして解明されない。過去に振り込め詐欺被害に遭った高齢者の、ありえないほど周りの説得に耳を貸さないケースには、案外こんな背景が多くあったのかもしれない。

瑠那はドアノブをひねりきった。ドアを一気に開け放つと同時に踏みこんだ。靴脱ぎ場に靴はない。敵は土足であがりこんでいる。瑠那もそれに倣った。室内は物色されたらしく散らかっていた。手前には台所兼食堂のひと間、開放された障子の向こうが、もうひと間の寝室だった。

寝室のサッシ窓に、四人の巨漢が寄り集まり、こちらに背を向けている。空き地の爆発が気になり、外をのぞいていたからだ。だが室内の物音にようやく注意を喚起されたらしい。四人はいっせいに振りかえった。

黒ずくめの服装にフィリピン系の顔だちは、体育館で会った元NPAと共通する。大男にもかかわらず全員が機敏に反応し、ストラップに吊ったアサルトライフルを構えようとした。やたらごつごつとした無骨な形状、イスラエルのIMI製ガリルだった。銃口が瑠那を正面にとらえんとする。

だがアサルトライフルの取りまわしに慣れていようと、ハンドガンにくらべれば一秒以上のタイムラグを要する。至近距離の標的ならなおさらだった。瑠那はカバンから小ぶりなオートマチック拳銃、スプリングフィールド・アーモリー社ヘルキャットを引き抜いた。凜香から託された実銃、もちろん装塡してあるのは、殺傷力のある本物の弾だった。

　石を投げつけるも同然に、弾丸の軌道を完全にコントロールできるまで、何千発も撃ってきた。幼少期に過ごした砂漠地帯で叩きこまれた生き残り方だった。瑠那はつづけざまに三回トリガーを引き、正確に三人の眉間を撃ち抜いた。脳髄と骨片が血とともにぶちまけられ、壁を広範囲に赤く染める。銃声がけたたましく反響したが承知のうえだった。ごく近くを通る消防車が、サイレンのみならず警鐘を大音量で鳴り響かせる。発砲にともなうノイズはほぼ掻き消された。

　射殺を三人に留めたのは、ひとりだけ身のこなしが異なる大男がいたからだ。そいつはほかの三人に銃撃させておき、壁ぎわを迂回ぎみに突進してきた。三人目を射殺し、三つの薬莢が宙に舞ったとき、すでに大男は瑠那に肉迫していた。前屈姿勢で接近しつつある敵にとって、最もリーチの長い裏拳が飛んでくる。

　瑠那は瞬時にのけぞると同時に跳躍し、敵が水平に突きだしてきた太い腕に、下から全身でしがみついた。両脚をあげ、スカートからあらわになった両太腿を、敵の腕にしっかりと絡める。地肌のほうが摩擦を抑えられ、強烈なグリップになるからだ。上半身を横に振り、大男のまっすぐに伸びた肘を、外側へとへし折る。

大木の幹が裂けるような鋭い音がした。敵は絶叫とともに突っ伏した。だが瑠那はなおも両腕両脚を解放しなかった。床に横たわるや寝技に持ちこみ、大男の折れた腕をさらに力ずくで反らす。片足の踵(かかと)で敵の顔面を押さえつけ、反撃を防ぐ。大男は激痛にじたばたともがいたが、すでに技は深く入っていた。

瑠那は両太腿をさらに強く締め、敵の腕をいっそう反らした。「キラー・キナの居場所は?」

大男は痛みから逃れようと暴れつつ、タガログ語で悪態をついた。日本語は通じていないらしい。

言語の習得に長(た)けている瑠那は、大男が〝死にやがれブス(ママタイカナパンギッ)〟と罵(ののし)ったのを知った。瑠那は敵の骨折部分をねじり圧迫し、タガログ語で詰問した。「キラー・キナはどこ(サアンシキラーキナ)でなにをしてるの(アヌンギナガワニャ)」

断末魔に近い叫びを大男は発した。汗だくの顔が苦痛に歯ぎしりする。大男が泡を食いながら怒鳴った。「詩乃(シノ)だ! 桜宮詩乃を捕まえに行った。その先は知らん!(ブムンタシャパラフリヒンシシノサクラミヤユンランアンアラムコ)」

詩乃とは蓮實の元婚約者の名だった。瑠那は冷やかな気分で握力を加え、敵の腕を一瞬に強く伸ばした。神経に電流が走り、大男の顔は絶叫の表情のまま固まった。徐々に白目を剥(む)いていく。失神したのがわかる。

脱力しきった大男の腕からようやく離れ、瑠那は起きあがった。敵のズボンのポケットを探り、スマホをとりだす。大男の黒目が残っているうちに、その顔にスマホを向けた。顔認証でロックが解除された。

SMSのやりとりに暗号を使っているらしく、文章の多くは意味をなさない。電話帳データも、ありえない変名だらけで、誰を表わしているのか分析する暇がない。メールサーバーを開いた。使い捨て専用のドメインを含むメアドからの送信ばかりだった。ただし約一時間前に受信した添付ファイルを開いてみると、なぜか三浦半島の地図だとわかった。紙に印刷された地図に、コンパスで円を描きこんだうえで、スマホカメラで撮影したらしい。手書きのタガログ語は、一味の仲間以外の誰かによる記入かもしれない。その一文は暗号ではなかった。lumikas sa lugar とある。

ワイヤレスイヤホンから凜香の声がきいた。「ひと区切りついた？」

「はい」瑠那は卓袱台の近くのスポーツバッグを開いた。札束が無造作に投げこんである。量からすると一億五千万円前後に思える。

床に散らばったアサルトライフルから、マガジンを抜いてまわり、スポーツバッグに投げこんだ。どの銃にも装塡済みの一発が薬室に残っているが、それらはそのまま捨て置く。瑠那は凜香に報告した。「お金がありました」

「急いで外にでなよ。振り込め詐欺騒動が落ち着いたら、住人のじいさんが戻ってくるだろ。お巡りに付き添われてるかも」

マガジン二本を確保すると、アサルトライフルを一丁だけスポーツバッグに追加した。スポーツバッグを持ちあげてみるとずしりと重い。瑠那はため息をついた。「詩乃さんが人質にとられました」

「マジで？　さっき男がわめいたタガログ語に、シノ・サクラミヤって名が交ざってきこえたけど、それ？」

「いい耳してますね」

「それ以外の意味はわかんね。ほかになんていってた？」

「人質をとった理由は見当がつきます」瑠那は台所のガスコンロを点火させたのち、タオルをかぶせ火だけを消した。ガスは噴出しつづけている。不用意に息を吸わないよう、タオルで口を覆いながら、瑠那は台所を離れた。「亜樹凪さんは蓮實先生にDBT19の起動をさせる気です」

「DBT19？」

「前にもいいましたけど、防衛省の内部データをハッキングしたときに見ました。雲英製作所が試作した戦術中性子爆弾です」

「なんでそいつを爆発させるってわかるんだよ」

「敵の受信メールです。逗子に近い海沿いの地点を中心に、半径六・四キロの円が描いてあって、タガログ語で圏外退避とあります。元NPAたちへの指示でしょう。半径六・四キロは、DBT19の爆心から中性子がおよぶ範囲です」

「ほかの爆弾って可能性は……？」

「山の多い三浦半島なのに、円が綺麗すぎます。核爆弾による破壊なら水平方向への被害距離に差がでるでしょう。中性子だから全方位に距離が一定です」

「……円の中心にDなんとかって爆弾を仕掛けるんだよな？　亜樹凪の狙いはなんだよ？」

「さあ」瑠那はスポーツバッグと自分のカバンをまとめて提げると、アパートの部屋をでた。サイレンの音が新たに複数湧いている。続々と消防車が火災現場に駆けつけてくる。

　外階段を駆け下りつつ瑠那は考えた。可能性としては横須賀基地だ。地図に描かれた六・四キロ圏内に含まれている。中性子はあらゆる障害物を破壊せずに透過し、生命のみを奪う。基地を乗っとるには最適といえる。

　しかしどうもしっくりこない。亜樹凪が優莉架禱斗のように国家転覆を狙っているとは、どうしても思えなかった。たとえその気があるとしても、闇カジノで上納金を稼いでいる段階では、クーデターなど時期尚早だろう。ほかになにか狙いがあるのか。

住宅街の路地は、火事に駆けつけようとする野次馬でごったがえしていた。瑠那はひとり人の流れに逆らいながら歩いた。

背後にアパート二階のドアが開く音を耳にした。瑠那は振りかえらなかった。さっき失神した大男が回復し、アサルトライフルでこちらを狙い澄ます、すべて予想済みだった。マガジンを失っても、薬室には一発残っている。

だが直後、またも爆発音が鳴り響いた。大男の絶叫が、今度は屋外にこだました。路上の人々がどよめき、いっせいにアパートの二階を仰ぎ見る。

瑠那は顔をあげもしなかった。銃火がガスに引火し爆発した。ろくに狙えたはずもない。弾が大きく頭上に逸れていったのもわかる。

消防車が大挙して押し寄せつつあった。アパートの二〇三号室にも、水と消火剤を撒き散らし、瑠那がいた痕跡を消し去ってくれるだろう。

凜香の声が耳に届いた。「瑠那。いま喫茶店でテレビ観てるけどさ。臨時ニュースで空撮中のヘリ、アパートの爆発を見つけて、喜んで飛んでいったぜ？　路地歩いてるだろ？　ちらっと映った」

頭上にヘリの音がする。瑠那はうつむいたまま歩きつづけた。「手を振れなんていわないですよね？　火消しのための放火の繰りかえし。きりがないので」

26

蓮實の目に映る空は、血のように濃い朱いろから黄いろ、やがて藍いろへと転じつつある。黄昏どきが終わっていく。雲英家の別荘が建つ高台から、切り立った崖のほぼ真下、小さく古びた漁港があった。埠頭から延びる細い桟橋は一本だけだった。係留された漁船や、夏場のレジャー用とおぼしき水上バイクが目につくものの、辺り一帯は閑散としている。

とはいえ無人ではない。埠頭に黒塗りのSUVやワンボックスカーが複数台連なる。漁業の関係者が持つクルマにしては、どれも厳つすぎるうえに高価すぎる。車列の周りをうろつくのは、巨漢のフィリピン人ばかりだった。屋外にもかかわらず、周りに人の目がないという自信があるのか、堂々とアサルトライフルで武装している。まるで中南米の密輸業者らのようだ。

蓮實の背後にも同じ装備のフィリピン人がつづく。強制連行に逆らえないのは、元婚約者が人質にとられたからだ。詩乃は後ろ手に縛られたうえ、猿ぐつわを噛まされていた。多くの銃口を突きつけられ、恐怖に震えながら歩いている。

元NPAどもはこざかしかった。蓮實から詩乃を常に十メートルほど引き離している。それだけの距離があれば、蓮實がいかに不意を突こうが、人質を難なく射殺できる。そのことを熟知している。

　亜樹凪は日暮里高校の夏服に着替えていた。複数のフィリピン人にガードされながら、一行に歩調を合わせる。驚いたことに亜樹凪はタガログ語で、男たちと流暢に会話している。それも方言やスラングを使いこなしていた。フィリピン語を習った蓮實でも、詳しい内容まではわからなかった。ときおり亜樹凪が笑い声を響かせる。その態度が腹立たしい。罪悪感など微塵もないようだ。

　桟橋に歩を進めていくと、行く手にスーツ姿の青年が立っていた。体育祭で会った雰囲気イケメン、自称ユーチューバーの伊倉だとわかった。伊倉は丸腰らしく、蓮實を見ると怖じ気づく態度をしめした。だが亜樹凪が微笑とともに近づき、いきなり伊倉に抱きついた。ふたりは人目もはばからず唇を重ねた。

　そのあいだ巨漢らは足をとめている。蓮實の視線は自然に元婚約者に向いた。詩乃の悲痛なまなざしが見かえした。複雑な思いが蓮實の胸中に渦巻いた。彼女はどのでいど蓮實のおこないを知っているのだろう。

伊倉はまだ亜樹凪と抱き合ったままきいた。「だいじょうぶ？　怪我はない？」

「あるわけない」亜樹凪が苦笑ぎみに蓮實を一瞥した。「イクラちゃん。お客様は？」

「もう着いてる。クルーザーのなかだよ」

「そう。早かったのね。ほかになにかある？」

「集金班のひとつにトラブルだ。新宿三丁目のアパートで四人全員死亡」

「ああ、きょうの報道の……？　きな臭い。急がなきゃ」亜樹凪は伊倉と手をとりあい、連れ立って歩きだした。

栈橋の先に見えるのは漁船ではない。全長三十メートルを超える大型クルーザーが停泊中だった。最新鋭とおぼしき流線型で、船体も真新しい輝きを放つ。キャビンは二階建てだった。操舵席は上層前方の窓だろう。これが邸宅だとしても充分に大きい。

海上にはクルーザーに寄り添うように、高速モーターボートのダブルコンソール仕様が数隻浮かんでいる。それぞれにフィリピン人がふたりずつ乗っていた。クルーザーが航海するにあたり、護衛を務めるのだろう。民間の船舶ばかりだが、乗員全員が武装している以上、いわば小規模な私設海軍艦隊だった。三浦半島の寂れた漁港では、海上保安庁の目も届かないだろう。

甲板に乗り移り、短い階段を下る。キャビン内部に入った。豪邸のリビングルームさながらの眺めだった。煌々と照らすLEDライトの下、モダンで贅を尽くしたインテリアがひろがる。窓際にはソファとディナーテーブル。部屋の隅にミニバーも設けてある。フローリングの床にペルシャ絨毯が敷かれていた。

ソファには議員バッジをつけたスーツが、ひとりの側近も侍らせず、ただぽつんと座っていた。一行が船内に入ると、スーツは手にしたグラスを置き、ゆっくりと立ちあがった。

衆院議員としては若手の部類にあたる四十代、まだ張り艶のある顔に、新調しても前と変わらない黒縁眼鏡。尾原文科大臣は蓮實を見るなり、驚きに目を瞠った。「ここに連れてくるなんて正気か」

亜樹凪が醒めた顔で応じた。「DBT19の時限装置はいったん起動させたら、床から持ちあげられない構造なの。だから船に持ちこんで起動させるしかない」

「誰がいった?」尾原大臣が怪訝そうに蓮實を見つめた。「彼じゃないだろうな」

ブラフを疑っている。しかし亜樹凪は首を横に振った。「内蔵センサーは図面で確認済み。船体が傾いても問題はないけど、設置した床とは常に平行でないと」

本当はまったく動かせないわけではない。だが蓮實はそれを伏せることにより、ここまで案内させた。連中は知らないようだが、じつは内蔵センサーは解除可能だった。ただしそのためにはタッチパネルに触れねばならない。

伊倉が蓮實に向き直った。「さっさと起動させなよ、先生」

蓮實は尾原大臣から目を逸らさなかった。「こんなことだろうと思った。現政権との対立は茶番だったわけですか」

「茶番か」尾原が浮かない表情になった。「わかるだろう。政治家ってのはプロレスを演じるものだ。総理と対立しがちな若手閣僚の存在は、内閣における公平な議論を示唆する」

「事実はちがったんですね」

「飛ばし記事を書きがちな讀賣新聞の記者の前では、特にしっかりと対立を演じておいたよ。内閣支持率が下がってもかまわない。関係閣僚のうち誰かが国民の信頼を得ていれば、我々は安泰だからね」

「総理の権威が失墜しても差し障りがない？　我々というのは政権与党のことではないですね。ＥＬ累次体というやつですか」

尾原大臣は当惑ぎみの顔を亜樹凪に向けた。「特殊作戦群を辞めて教師になった男なら、現役の自衛官を手なずけるより早いと、きみが請け合ったはずだが」

「抜かりなく進展してるってば」亜樹凪が蓮實に歩み寄ってきた。「挨拶は終わり。DBT19を起動させて」

壁に貼られた地図が蓮實の目に入った。三浦半島全域だった。コンパスで円が描きこまれている。円の中心はこの漁港のようだ。半径が六・四キロほどだとわかる。lumikas sa lugar という手書きの一文はフィリピン語だった。中性子の及ぶ範囲について、仲間内に注意を呼びかけるための貼り紙にちがいない。

蓮實はつぶやいた。「狙いは横須賀基地か」

亜樹凪が妙な顔になり、蓮實の視線を追うように振りかえった。また蓮實に向き直った亜樹凪が、さも愉快そうに笑った。「ちがう。先生。あの円のなかに基地があるから疑っちゃった？　日本の防衛力を低下させてどうするの。わたしたちは純粋に国家の行く末を案じてるのに」

尾原大臣が淡々と告げてきた。「文科省としても大幅な予算削減を実現し、国家に貢献したくてね」

「そう」亜樹凪が目を輝かせた。「あの地図はね、先生がここでDBT19を起動させるとき、へまをするか故意に自爆するか、そんな事態に備えてのこと。現場に来ない各部隊は、念のため圏外に退避させてる」

すると起動はここでも、爆発を起こす場所はほかにあるのか。蓮實はたずねた。

「ここから移動するのか？　海にでるつもりか。この兵器が発生させる中性子線を、水はほぼ通さない。ＤＢＴ19が海中に沈んだら無力だぞ」

「やめてよ。雲英製作所の技術力はそんなに低くない。海に投棄しても、爆発時に水素と窒素からなる特殊な気泡が、海面上に急速浮上する。泡が空気に触れたとたん、中性子線を放射状に走らせる。西南西三キロの相模湾内で爆発させるの。横須賀基地は圏外。わかるでしょ。被害は最小限」

「それでも三浦半島の中西部は中性子の直撃を受ける。葉山町はリゾート地だし、ほかは山ばかりなのに、なにが狙いなんだ？」蓮實は地図を見つめるうち胸騒ぎをおぼえた。「まさか仲築間を……」

尾原大臣が眼鏡の眉間を指で押さえた。「それだよ、蓮實先生。全寮制特別支援学校の幼稚部と小学部、中学部、高等部が集中する仲築間。その種の学校に通う生徒児童の八割が、いまや仲築間にいる」

「異常だ！」蓮實は思わず怒鳴った。「十万人近くの罪のない子供を死なせる気か」

「きみこそ日本の未来を考えたことがあるのか。特別支援学校にかかる学校教育費は一兆円前後。生徒児童ひとりあたり約一千万円。これはふつうの学校に通う生徒児童の十倍にあたる。とんでもない金食い虫だ」

「切り捨てるっていうんですか。生徒児童が健常者でないことを理由に？　馬鹿げた発想もいいところだ」

「先生。生産性に劣る不完全な国民を養う余裕は、もう政府予算になくてね。しかも十万人弱しかいない特別支援学校の生徒児童には、七万人もの教職員が必要になるんだよ。これも健常者の生徒児童とくらべ、あまりに不公平だ。周囲を巻きこむ厄介な不良品は、このさい一掃すべきという考えでね」

「不良品ですって⁉」蓮實は憤慨せざるをえなかった。「そういう子供たちが将来、社会の役に立たないとどうしていえるんですか。素晴らしい才能を持ってるかもしれない。医療も進歩するし、救われる子供も多くでてくるでしょう」

「だからそのために割く予算がもったいないといっている。それなら同じ予算を健常者の子供たちに、特に才能ある子供たちの英才教育にまわしたら？　国力の大幅向上につながると思わないか？」

「人権を無視してるだろう！　命をなんだと思ってる」

「それは共産党あたりのスローガンかなにかか？　えせヒューマニズムによる甘やかしや、過剰な福祉が国民を無気力にし、学力や労働力の低下につながった。中韓に抜かれた低所得国家のままでいいのか？　非常事態には涙を呑んで決断を下さねばならん。尊い犠牲として切り捨てることもやむなし……」

「涙とか尊い犠牲とか、あんたがいうと虫唾が走る」

尾原大臣が表情を凍りつかせた。蓮實との距離を詰めると、尾原が憎悪をあらわにささやいた。「きみは典型的な勘ちがい教員でしかないな。日教組のくだらん手先だ。ささいな感情にとらわれすぎて大局を見失っている」

亜樹凪がなまめかしい物言いに転じた。「先生。わたしは先生を迎えたかった。一緒にＥＬ累次体に……。崩壊に向かう一方の国の将来を変えるのよ？　正義に目覚めた人たちの集まりなの。こんなに有意義な職場はない」

蓮實は亜樹凪を見つめた。「有意義な職場？　正義？　雲英、冷静になれ。少子化対策と称して、少女たちを攫って強制妊娠させたり、いまもまた文科省の予算削減を言いわけに、特別支援学校の生徒児童を皆殺しにしようとしたり。どれも鬼畜の所業だろう」

「……先生」亜樹凪が表情を曇らせた。「亜樹凪って呼んでくれないの？」

「破壊からはなにも生まれたりしない」

「中性子は不要な生命だけを奪うでしょ。葉山の素晴らしいリゾート施設はそのまま残るの。害虫駆除などの家庭でもやってる」

「犠牲になるのは特別支援学校の生徒児童だけじゃない。教職員や寮で働く人々、なにより葉山町に住む、二万八千人もの町民が……」

「三万三千だってば」亜樹凪の冷酷なまなざしが凝視してきた。「逗子の南西部も被害を受けるから、最終的には住民だけで五万人ぐらいが死ぬ。でもトルコとシリアの地震でも死者数はそれ以上でしょ。日本はいつでも大地震が起きる可能性があるし、その被害だと思えばいい」

「雲英！　どうしたっていうんだ。きみは聡明な生徒だったじゃないか」

「恵まれた立場にあればこそ、正義のため貢献しなきゃいけないの。先生。もういちどきくけど、わたしたちと一緒にＥＬ累次体をめざす気はない？　強い日本を取り戻しましょうよ。ＥＬ累次体は夢を実現する理想郷なの」

「……闇カジノで稼いだ上納金がいくらになれば、その理想郷とやらに迎えられるんだ？」

亜樹凪が無表情になった。「目先のことしか見えてないのね。よくわかった。先生がどう思おうが勝手だから、せめて行動で期待に応えてよ。ＤＢＴ19を起動させて」

「断わる」

「なにかいった？」

「目的がわかった以上、絶対に協力できない」

尾原大臣がじれったそうに腕時計を眺めた。「雲英さん。きみを未熟な高校生扱いする気は毛頭ないが、教師を説得できるという言葉を信じたのも事実だ。私は国会議員だし、教育の現場に口だしはしない。手段など選ばなくていいから、早く結果をだしてほしい」

亜樹凪は一同を見渡した。フィリピン人のなかでも小柄で瘦せ細った、最初に亜樹凪を攫った男に目をとめる。マキシグ、と亜樹凪は男に声をかけた。それが名前らしい。亜樹凪はタガログ語の方言でなにか指示した。

巨漢のフィリピン人らがいっせいに下品な笑い声を発する。後ろ手に縛られた詩乃を、周りの大男たちがかつぎあげた。詩乃の泣き腫らした目が、切実に救いを求め蓮實に向いた。必死に首を横に振る詩乃が、身をよじって抵抗するものの、巨漢らの腕からは逃れられない。詩乃は大男の群れとともに、キャビンから甲板へと運びだされていった。

「やめろ！」蓮實はあわてて追いかけようとした。

だが亜樹凪の手にした拳銃が、蓮實の行く手を阻んだ。小ぶりなオートマチック拳銃、コルトのディフェンダー。銃口がまっすぐ蓮實に向けられていた。

蓮實のなかで苛立ちが募った。「そんな物を人に向けるな」

「人としての資格が先生にある？　元婚約者をあんな目に遭わせて」

「なにを命じたんだ？」

「わかるでしょ」

詩乃の呻き声がきこえた。蓮實はとっさにまた駆けだそうとした。ところが今度は伊倉の拳銃も狙い澄ましてきた。踏みとどまらざるをえない。蓮實は唇を嚙んだ。自分の命が惜しいのではない。いま死んだら詩乃は永遠に助からない。

「どうなの？」亜樹凪がきいた。「DBT19を起動する？」

首を縦に振るしかなかった。胸のうちから命を抜かれたような感覚が、蓮實の全身にひろがった。

亜樹凪がキャビンの出口に顎をしゃくった。「先に行って」

拳銃で狙うには背後からのほうが好ましい、そう判断したのだろう。蓮實は短い階段を上った。

生暖かい夜風が吹きつける。暗い甲板の上で、詩乃が押し倒され、巨漢どもが群がりつつある。蓮實は憤然と飛びかかった。大男どもにこぶしを浴びせ、詩乃を抱き起こしにかかった。しかし四方八方から反撃を食らった。蓮實は打ちのめされながらも、詩乃の上に覆いかぶさり、あらゆる殴打や蹴りから庇った。詩乃は呻き声とともに大粒の涙をこぼしていた。

亜樹凪がなにかを鋭く口走った。制止したにちがいない。巨漢らは不満げな顔で手をとめ、蓮實と詩乃から離れた。

「先生」亜樹凪が低い声でいった。「ベッドではわりと早かったじゃない？　これ以上はもうまてないんだけど」

蓮實は激痛を堪え、わずかに身体を起こした。仰向けに寝た詩乃のせつないまなざしが、間近からじっと蓮實を仰ぎ見る。猿ぐつわを嚙まされているため、かすかな呻きしか漏らせない。

詩乃を傷つけてばかりいる。自分のふがいなさのせいだ。どうあっても責任をとらねばならない。彼女の命だけは守り抜く。

伊倉の声がした。「ブツはそこにあるよ」

甲板の上にDBT19が、まるで忘れ物のようにぽつんと据えてあった。蓮實は痛みに痺れる身体をひきずり、そこに這っていった。なんとか四つん這いに起きあがり、タッチパネルに指を伸ばす。

亜樹凪が足ばやに歩み寄ってきた。蓮實を見下ろし亜樹凪は命じた。「先生、タイマーは五分にセットして」

「……三キロの海上に行くんだろ。五分じゃ厳しすぎないか」

「このクルーザー、三十ノットでるの。三分強で余裕で到達」

「クルーザーごと吹っ飛ばすのか。もったいないな」

「こんなの父が遺した玩具のひとつにすぎないから」

「雲英も一緒に乗ってくのか？」

「なわけない。わたしたちは行かない。西南西三キロの海上に達したら停止、操舵士だけはモーターボートに移って避難。合理的でしょ」

「俺と詩乃は？」

「心配しなくても出航前に船から降ろしてあげる」

約束などなんの意味もなかった。だが蓮實の後頭部に亜樹凪の銃口が突きつけられた。抵抗も時間稼ぎもできない。

蓮實はタッチパネルに触れた。テンキーとアルファベット文字群が赤く表示された。記憶したとおりの数列を打ちこむ。8361A。

タッチパネルが切り替わった。タイマー入力、残り五分。次いでイエスかノーの二択ボタン。起動するかどうかをたずねている。

ため息とともに蓮實はつぶやいた。「船上に放置した時点で、誰かがタイマーをとめるかもな」

「無理」亜樹凪がぶっきらぼうに否定した。「起動したDBT19は絶対にとめられない。雲英製作所はその前提で開発してる。裏操作はいっさいなし」

畜生。蓮實は心のなかで悪態をついた。亜樹凪のいったことは事実だ。起動後、五分後の爆発は不可避になる。中性子線の放射拡散は誰にも制止できない。亜樹凪はなにもかも知り尽くしていた。

イエスのボタンに指を伸ばす。だがそこに触れる寸前、テンキーに8B3#と打ちこんだ。底板と床の接触を感知する内蔵センサーは、これで解除になった。起動後に本体を持ちあげようとも、ただちに爆発することはない。

妙な操作に亜樹凪が息を呑んだのがわかる。だが疑問を呈されるより早く、蓮實は起動のためのボタンを押した。タッチパネルの表示がまた切り替わった。五分からの秒読みが開始された。四分五十九秒、五十八秒、五十七秒……。

蓮實は上半身を起こした。「起動したぞ」

亜樹凪がぶらりと離れていった。蓮實はそちらに目を向けた。愕然とせざるをえない。手すり付近に立つ詩乃に、亜樹凪は拳銃を向けた。

「ご苦労様」亜樹凪がささやいた。「約束どおり船から降ろしてあげる」

詩乃は目を見開き、哀感に満ちた呻きとともに、必死に首を横に振った。しかしそれは一瞬にすぎなかった。亜樹凪の拳銃がつづけざまに火を噴いた。闇に赤い閃光が連続して走る。同じ回数だけ銃声が轟く。詩乃の胸部にいくつもの血飛沫があがった。信じられない光景だった。詩乃は苦痛に身を痙攣させ、うつろな目を蓮實に向けると、背中から船外へと倒れていった。詩乃は手すりの向こう側、海面へと落下していった。叩きつけられる音とともに水柱があがる。

蓮實は手すりに駆け寄った。真っ暗な海面の一部に泡が噴く。波間に詩乃の眠ったような顔がかすかに見えた。仰向けに浮いていたのはわずか数秒だった。詩乃は水中に沈んでいった。

その場に両膝をつき、蓮實は海面を眺めた。全身の震えが抑制できない。激しい憤怒がこみあげてきた。蓮實は亜樹凪を振りかえった。「貴っ様……」

亜樹凪は平然としていた。銃口から白い煙が立ち上っている。蔑むようなまなざしとともに亜樹凪がきいた。「先生が生徒にそんな口きいていいの？」

「貴様なんか生徒じゃない！」

「そのとおり。日暮里高校なんか、もう長居する価値もない。退学になったほうが、全国的にわたしのファンも増えるし」亜樹凪は伊倉に向き直った。「退避して。急いで出港準備」

尾原大臣が苦笑しながら桟橋へと下船していく。「あわただしいショーだったな。しかし若者の活躍というのは一見に値する。文科大臣として今回の査察は気にいった」

ほかの巨漢らも続々と甲板から立ち去りつつある。蓮實は手すりの向こうを眺めた。詩乃の消えた海がそこにある。ごく近くにモーターボートが浮かんでいた。ふたりの巨漢がエンジンを始動させている。

緊張が蓮實のなかを駆け抜けた。視線が甲板上のＤＢＴ19に向いた。亜樹凪はまだ装置の近くに立っている。ただし伊倉やマキシグ、大男たちは続々と船上を離れつつある。

決意が蓮實を突き動かした。とっさに立ちあがると、蓮實は甲板上を走りだした。亜樹凪がこちらを振り向く。目を瞠（みは）っていた。蓮實は転がりながらＤＢＴ19を奪った。驚きのいろを浮かべた亜樹凪が身を退かせる。爆発すると思ったからだろう。だがなにも起きなかった。蓮實は手すりへと猛然と引きかえした。

銃声が鳴り響いた。亜樹凪も拳銃を乱射しながら叫んだ。「とめて!」

巨漢どもが向き直った。アサルトライフルの掃射音が鳴り響く。耳もとをかすめ飛ぶ弾丸が甲高い音を奏でる。ふいに脇腹に激痛が走った。被弾した。それでも蓮實はDBT19を抱え、空中に身を躍らせた。

落下した先はモーターボートの上だった。操舵席にいる大男に、わざと垂直降下し身体ごと衝突した。あらゆる骨が砕けたのではと疑うほどの痺れが、全身を鈍く包みこんだ。大男のほうも同じありさまだった。まだ悶絶している巨漢を、蓮實は海上に突き飛ばした。

もうひとりの乗員が蓮實の首に腕を絡めてきた。背後から締めあげてくる。だが途方もない怒りの感情に、蓮實は息苦しささえ感じなかった。敵の顔面にバックエルボーを浴びせ、振りかえるやこぶしで顎を突きあげた。敵のでかい図体が海へと転落し、たちまち波間に消えた。

モーターボートのエンジンはかかっていた。左手のスロットルレバーがいわばアクセルだった。右手のステアリングで舵をとる。蓮實はレバーを前方に倒しきった。モーターボートが弾けるように海面を滑りだす。潮風が猛烈に吹きつけてくる。ステアリングを切り、一気にクルーザーから遠ざかった。

全速力で海上を飛ばしていく。行く手は真っ暗だった。闇からの向かい風が激しさを増した。波にぶつかるたび、船体が断続的に突きあげられる。縦揺れに生じる衝撃を受け、脇腹が火で炙られたように、ずきずきと痛む。

陸から六・四キロ以上離れる。ひたすらそれをめざすだけだ。周りになにもない洋上なら被害は生じない。このモーターボートはクルーザーよりはるかに速い。きっと到達できる。

背後から銃声が轟いた。蓮實が振りかえると、モーターボート数隻が追いあげてくる。フィリピン男どもがアサルトライフルでフルオート掃射を浴びせてきた。目的はあきらかだった。DBT19を遠い洋上に持ち去られる前に、なんとしても奪回する気にちがいない。

蓮實は船底に横たわるアサルトライフルを拾った。左手でスロットルレバーを支えながら、右手で後方を銃撃した。命中するとは思えないが、かろうじて威嚇にはなる。スロットルレバーを一瞬たりとも緩めることなく、蓮實はモーターボートを疾走させつづけた。

敵のモーターボート群のうち、尖った形状を持つ一隻の推力は、こちらより大きいらしい。みるみるうちに背後に追いすがってくる。フィリピン男の顔が視認できるまでに迫った。操舵者は巨漢だが、その横でアサルトライフルを構えるのは、小柄のマキシグだった。距離が詰まったせいで敵の狙いも定まってきた。蓮實の乗るモーターボートの船尾灯が割れた。後方のフェンダーが粉砕されていく。被弾するのは船体ばかりではなかった。右の上腕を抉られた。蓮實は苦痛とともにシートに沈んだ。

衝突音が船体を揺るがした。敵が体当たりを食らわせている。停船させようと躍起だった。蓮實は瞬時に伸びあがり、敵のボートにフルオート掃射を浴びせた。

マキシグの肉体を蜂の巣にし、操舵者の頭部も撃ち抜いた。その瞬間をまのあたりにした。乗員ふたりの亡骸を乗せたボートが舵を失い、大きく針路を逸らしていく。

蓮實はため息をついた。気づけばほかの敵は引きかえしていく。爆発までの残り時間が、もうわずかになったからだろう。

後方の遠くに、三浦半島の陸地のシルエットが、ぼんやりと浮かんでいる。目測の距離感からして、ようやく三キロは超えたようだ。あと約三・四キロほどか。蓮實はDBT19のタッチパネルに目を向けた。残り三分を切った。二分五十九秒、二分五十八秒……。

スロットルレバーは戻さない。このまま行けるところまで行く。カウントダウンが終了した瞬間、陸地より六・四キロ以上の距離が稼げていることを祈りながら。

そっと手で脇腹に触れてみる。感電したかのような激痛が走った。失神したのでは意味がない。てのひらを見ると血まみれだった。出血が酷い。致命傷でなかったのは幸いだ。こうしてモーターボートを操舵しつづけていられる。

エンジン音が遠ざかるように、徐々になにもきこえなくなってきた。意識にのぼらないというべきかもしれない。夜空を仰いだ。星が綺麗だった。陸上自衛隊の演習ででかけた南の島にも、こんな透明な宇宙がひろがっていた。そのことを思いだした。

理想を求め、正しい道と信じ、防衛大から自衛隊へと進んだ。思うようにはいかなかったかもしれない。自分でもあきれるぐらい不器用だった。同胞を失ってからの第二の人生も、なんの成果も残せなかった。

詩乃のことを想った。いつもやさしい笑顔で寄り添ってくれた。詩乃を遠ざけてしまったのは、ほかならぬ蓮實自身だった。彼女の両親を守りきれなかった。いまはもう詩乃もいない。彼女の死の瞬間を回想した。どんなに怖く、辛く、苦しく、痛かっただろう。想像しただけでも胸が張り裂けそうになる。

これ以上の犠牲をだしてはならない。もう終わりにする。この命と引き換えに、三浦半島には傷ひとつつけさせない。詩乃が許してくれるとは思わないが、不始末に自分の手でケリをつけたい。

意識が朦朧(もうろう)とし始めた。蓮實は目を閉じた。過去に思いを馳(は)せる。立派な教師にはなれないままだった。それでも瑠那や凜香がこの最期を知れば……。大人たちのせいでひねくれてしまった彼女たちが、生きざまのひとつと受けとってくれるのなら。

不快な羽音をききつけた。ふたたび目が開く。蓮實は上空を仰いだ。とたんに機銃掃射を受けた。反射的にステアリングを切り、モーターボートを蛇行させ、被弾の回避に努めた。

ドローンだ。それも機体下部に機銃を備えている。雲英亜樹凪め、なんというしつこさだ。洋上六・四キロに達する前に沈めようというのだろう。そうはいかない。

蓮實はアサルトライフルを仰角で掃射した。だがドローンは自由自在に飛びまわり、狙いはいっこうに定まらない。そのうちアサルトライフルが弾切れに至った。船上を見まわしたが、銃の類(たぐ)いはなかった。

たちまちドローンが高度を下げてくる。空中からの機銃掃射を間近に受けた。蓮實はステアリングにしがみついた。背中を撃ち抜かれてもスロットルレバーは放さない。このまま直進しつづける。最期の一秒まで疾走する。

追いすがるドローンが頭上に肉迫した。機銃の銃口が明瞭(めいりょう)に見てとれるほどだった。蓮實はスロットルレバーを握りしめた。撃つなら撃て。この手は放さない。

次の瞬間、目の前で唐突に赤い火球が膨張した。被弾したのか。そうではない。ドローンが空中爆発し、無数の破片を飛び散らせた。それらの残骸が落下するより早く、くすぶる火の粉が後方視界を遠ざかっていく。

なにが起きた。蓮實が唖然としたとき、モーターボートのわきに別のエンジン音が唸った。水飛沫とともに水上バイクが海面を跳ねている。風になびくのは日暮里高校のブラウスにスカート、それに長い黒髪だった。

併走する水上バイクのハンドルを左手で握り、右手にはアサルトライフルをかまえた瑠那が、すさまじい風圧のなかで怒鳴った。「蓮實先生！」

27

蓮實は愕然とした。水上バイクが側面に寄せてくる。瑠那は恐ろしいバランス感覚で、水上バイクのシートの上に立つと、跳躍しモーターボートに転がりこんできた。

ほぼ抱きつくような姿勢になった瑠那を、蓮實はあわてて引き離した。「杠葉！　なぜこんなところに来た!?　もう爆発するぞ」

瑠那はイヤホンとマイクからなるヘッドセットを装着していた。頑丈そうな見た目から防水仕様と思われる。準備万端整ってここに来たのなら、衝動的行動ではないらしい。ごく落ち着いた態度で瑠那はいった。「先生。なにをするつもりですか」

「なにって……。いいから早く水上バイクに戻れ。全力で遠ざかれ」

「中性子爆弾を抱えて、ひとり死ぬつもりでしょう。そんなことは許されません」

胸のうちを悲哀が鋭くよぎった。蓮實は声を震わせた。「いいんだ。もういい。ほっといてくれ」

「それが先生のいうことですか。自分の命を粗末にするなんて、教師にあるまじき行為です」

「きみになにがわかるんだ！　いや……。きみほど現状を理解できてる女子生徒も、ほかにいないとは思う。だからこそ来ちゃいけなかったんだ。もうとめられないんだぞ！」

「席を替わってください」

「なに？　杠葉……」

「いいから早く」

瑠那の真剣なまなざしが間近からじっと見つめてくる。もうＤＢＴ19の爆発まで残りわずかだ。瑠那が退避したところで間にあわない。一緒に死ぬつもりなのか。そんなことは認められない。だが議論している暇もなかった。蓮實ももう死をまつ身でしかない。教え子の望みをあくまで突っぱねる必要など、いまさらどこにあるというのか。

脇腹と上腕の放つ激痛に歯を食いしばり、蓮實はゆっくりと腰を浮かせた。瑠那が手を貸してくれた。重心を見極めているからか、瑠那は蓮實の巨体を巧みに支え、うまく位置を入れ替えた。ほどなく蓮實はダブルコンソールの助手席に身を投げだした。間髪をいれず瑠那はスロットルレバーを倒し、ステアリングをすばやく回しだした。モーターボートは高速旋回し、洋上をUターンすると、来た方向に引きかえし始めた。

「なにする⁉」蓮實は思わず怒鳴った。「三浦半島の犠牲者を増やすつもりか」

瑠那の涼しい目が蓮實に向いた。「それ、本気でおっしゃってますか」

「……いや」ほかの十代少女ならいざ知らず、瑠那にかぎって血迷うことはありえない。なにか考えがあるのかもしれない。しかし結果は変わらないだろう。蓮實は思いのままをうったえた。「土壇場で抗おうにも、もう打つ手はない。先生は誤った道を歩んでしまった。きみに来てほしくなかった」

「先生。ホンジュラスで大勢の同胞を失ってから、先生はずっと立ち直れないままです。わたしたち不良高校生のために、教育の道を志してくれたのはありがたいですけど、先生はそのために本来あるべき自分を捨てざるをえなかった。この世には理不尽な暴力がはびこっています。目を背けてはいけなかったんです」

「だが」蓮實のなかに激しい葛藤が生じた。「いまさらそんなことは……」

「深い悲しみの境地にあろうとも、どんなに心が傷つこうとも、人は責任から逃れられません。いまの先生を詩乃さんが見て喜ぶと思いますか。最後の最後まであきらめない、そんな自分を貫けなくて、わたしたちになにを教えるつもりですか！」

　雷に打たれたようなひとことに思える。衝撃が痙攣を引き起こし、覚醒を誘発する。蓮實は息を呑み瑠那を見かえした。

　モーターボートの行く手に白い発光が点々と浮かぶ。敵側のモーターボート群だった。こちらが引きかえしたのに気づいたらしい。正面から迎え撃とうとしている。海上を押し寄せてくる敵の船団の奥深く、しんがりにクルーザーの船首が控える。Uターンした結果、追っ手と向き合うことになった。

　瑠那が操舵しながら片手でアサルトライフルを蓮實に押しつけた。「わたしが物心ついたときには、もう選択の余地はありませんでした。いまの先生だってそうです。最後まで希望を捨てないでください。わたしを信じて！」

　蓮實は瑠那を茫然と眺めた。両手でずしりと重いアサルトライフルを受けとった。

その重さが朦朧としていた意識を我にかえらせる、そんな感覚があった。

教師になる以上、生徒を信じようと誓った。杠葉瑠那のように特異な存在だろうと、ひとりの生徒にはちがいない。異常に思える行動にもきっと理由がある。この少女はたったひとりで迷いを振りきり、道を切り拓こうとしている。大の大人が混迷に陥ってどうする。

手もとのアサルトライフルに目を落とす。ＨＫ４３３だとわかった。ロウアーハンドガード下部のピカティニーレールに、四十ミリグレネードランチャーを装着している。まだ砲身が熱を帯びていた。さっき瑠那がドローンを撃墜したのは、このグレネードランチャーか。

瑠那がステアリングを左右に切り、モーターボートを大きく蛇行させた。エンジン音と敵の掃射音に掻き消されまいとするように、瑠那が大声を張りあげた。「先生！敵を左舷に追いこむ。十時の角度に捉えたら攻撃」

「了解」蓮實は身を乗りだした。もう痛みにとらわれている場合ではない。接近する敵のモーターボートに、アサルトライフルのセミオート掃射で反撃を開始する。

敵一隻の前部ライトを破壊した。動揺した敵が旋回で離脱を試みる。傾斜した船体が横腹を浮かせ、半ば船底を海面上にのぞかせた。敵が隙を見せた。瑠那の操舵は巧みに、敵の晒した横腹に対し、左舷を平行に向けた。

　十時の方角にきた。蓮實は好機を逃さなかった。照準が合った瞬間、グレネードランチャーのトリガーを引き絞った。

　ガスの噴出とともに熱風が顔面に吹きかかる。敵の船体は極太の火柱をあげ、燃え盛る炎に包まれた。ほどなく燃料タンクに引火し、眩いばかりの閃光を放つや、轟音とともに粉々に消し飛んだ。

　思わぬ反撃に遭ったからだろう、敵モーターボート群の進路は一気に乱れ、無秩序に動きだした。隙間を縫うように瑠那がモーターボートを疾走させる。蛇行に次ぐ蛇行はでたらめな操舵ではない、敵が一網打尽に蓮實の狙える左舷に追いこまれていく。蓮實はアサルトライフルとグレネードランチャーで、敵モーターボートに片っ端から攻撃を浴びせ、確実に仕留めていった。すれちがった船体がもれなく炎を噴きあげる。乗員の絶叫とともに沈没が始まり、たちまち海の藻屑と消えていく。

　阿鼻叫喚の地獄絵図、これが戦場だと蓮實は思いだした。いま前進を阻む者はひとり残らず排除せねばならない。理不尽な破壊工作におよぶ敵を見過ごせなかった。けっして容赦はしない。

　ふと気づけば、あれだけいたはずの敵モーターボート群は、いまや全滅に瀕していた。残る数隻が虚しく逃げまわる。瑠那がいった。「先生。DBT19の吸着用マグネタイズは？　コードわかりますか」

この種の戦術用爆弾は、まず例外なく底部に電磁石を内蔵する。敵戦車や鉄壁に吸着させるためだ。むろんDBT19も該当する。だがなにに使うというのか。蓮實は怒鳴りかえした。「爆発はとめられないぞ」

「かまいません。マグネタイズしてください」

蓮實はDBT19を抱えこむとタッチパネルに触れた。寒気が襲った。残り十三秒しかない。

それでもテンキーとアルファベット文字群に切り替える。7R#と入力した。装置の底がベルトのバックルに強く引き寄せられる。蓮實は声を張った。「磁力をオンにしたぞ！」

瑠那は船首を敵モーターボートに衝突させた。ぶつける角度も突入の速度も計算し尽くしていた。ひっくりかえったのは敵のほうだった。いまや洋上に唯一残るクルーザーへと猛スピードで疾走していく。瑠那の手がDBT19をつかんだ。「飛びこんで！」

いうが早いか瑠那はDBT19を保持したまま、みずから海面に身を躍らせた。操舵者を失ったモーターボートが迷走を始めた。蓮實は驚愕しつつも、瑠那が浅く潜水し、みるみるうちにクルーザーに向かうのを目にした。ドルフィンキックで推進力を得た瑠那は、まるでイルカか魚雷そのものだった。じきにクルーザーに到達する。そこで瑠那の姿が見えなくなった。深く潜ったようだ。

まさか。蓮實は瞬時に瑠那の意図を理解した。無謀な。だが賭けてみる価値はある。もう一刻の猶予もならない。

蓮實は負傷している自覚を頭から閉めだした。なにも考えず真っ暗な海面へと飛びこむ。硬いコンクリート面に叩きつけられたに等しい。衝撃とともに顔に水飛沫が降りかかる。激痛が襲った直後、視野に無数の泡がひろがった。執念が腕や脚を突き動かす。蓮實は泳ぎながら海中に潜った。

悲しみを行動力に変える。瑠那はいまも希望を捨てていない。彼女に倣うべきだと蓮實は決意した。真実はきっとそこにある。敗北で終わる人生など断じて受けいれられない。

28

亜樹凪はクルーザーのキャビンにいた。ここまで追ってきたのは、いざとなれば海に飛びこめばいい、そう思っていたからだ。水中なら中性子を浴びない。しかし本当にそんな事態に陥るとは予想していなかった。蓮實をなかなか撃沈できないまま、いたずらに時間を浪費した。そのうえ唐突な反撃を許し、もはやDBT19は爆発寸前だった。

両手で耳を塞ぎ突っ伏すしかない。甲板から身を乗りだした巨漢らが、海面を銃撃しつづけているせいだ。亜樹凪は衝撃に備えた。むろんDBT19の爆発に対してではない、それ以前に瑠那と蓮實の乗ったモーターボートが、体当たりを食らわせるべく急接近してくる。

伊倉がキャビンに駆けこんできた。怒鳴り声がくぐもってきこえる。なにを喋っているかわからない。じれったく思いながら亜樹凪は手を耳から離した。

すると伊倉の声が響き渡った。「杠葉瑠那が海に飛びこんだ！　蓮實の奴も」

思考が極度に鈍化する。いまモーターボートは無人なのか。そんな状態でクルーザーにぶつけたところで、たいした被害は生じない。瑠那はなにを意図しているのだろう。

蓮實がDBT19を海中に捨てたと亜樹凪は推測していた。だからこそモーターボートは引きかえしてきた。やけになって衝突する気だと思われた。だが蓮實の愚行はなんの意味もなさない。モーターボートがUターンしたのは、陸から六・四キロに満たない地点だ。海中での爆発により、水素と窒素からなる気泡が浮上。海面上にでた瞬間、中性子線を放射するだろう。もくろみどおり三浦半島の仲築間は壊滅する。

亜樹凪はキャビンから甲板へと駆けだした。「飛びこんで！　水中なら中性子線の影響は受けない」

伊倉が追いかけてきたものの、途方に暮れた顔でつぶやいた。「DBT19は？」

「どうせ海中に沈んでる！　でも爆発は予定どおり」

「本当に？」伊倉はなぜか訝しげに疑問を呈した。「杠葉瑠那が秒読みを停止させてたら？」

「……なにを馬鹿なことといってるの。あの秒読みは止められない」

「だけど……。打つ手もないのに、わざわざ蓮實を追いかけていって、しかも体当たりしてくるなんて」

アサルトライフルの掃射音が意識から遠ざかり、妙に静かになった。聴覚が機能していない。それぐらい亜樹凪は茫然自失の状態にあった。もし瑠那に打つ手があるとしたら。

瑠那がDBT19を持ったままだとする。このクルーザーの船底にDBT19を、電磁石で吸着させたとしたらどうなる。しかもそれが真下だったら。

DBT19が爆発時に気泡を放出するのは、完全に水没している場合だ。装置が船底と密着していれば、最初の爆発が船底を突き破るため気泡は生じず、ただ爆風が船内に流れこむ。ほかの方向への中性子線の放射は、すべて海水で効力を失うが、爆弾が水に覆われていない唯一の方向、真上の船内だけは例外となる。中性子線はそちらに限定し放射される。すなわちクルーザーだけが、真下から真上へと、中性子線の放射を浴びる。

「駄目」亜樹凪は焦燥とともに伊倉を見つめた。「ここにいちゃいけない！」

伊倉が啞然と見かえした。「なにが？」

この馬鹿にかまってはいられない。周りの巨漢どもも、どうせ理解できるほどの知性はないだろう。亜樹凪はひとり手すりを飛び越え、海面へと身を躍らせた。

全身を叩きつけると同時に水柱があがる。痺れるような痛みを残し、視界に暗がりがひろがった。同時に聴覚が籠もった。海中だった。亜樹凪は船体から離れるべく、潜水状態で必死に泳いだ。

いきなり闇が真っ白に照らしだされた。強烈な水圧に全身が締めつけられ、押し潰されそうになる。海中に竜巻さながらの巨大な渦が生じた。亜樹凪は水流に抗いきれず、渦のなかをぐるぐると回転しだした。めまいがしてくる。息もできない。無数の木片や金属片が海中で掻き回されている。破壊された船体の一部にちがいない。亜樹凪もそのなかに加わっていた。

気を失いかけたものの、そのうち回転が緩みだし、身体が自然に浮かびあがっていった。亜樹凪は我にかえり、立ち泳ぎで水中を上昇した。ほどなく顔が海上にでた。聴覚が戻るとともに、顔に潮風を感じた。エンジン音はなかった。船の残骸が海面に散らばっている。ただしクルーザーは粉砕されてはいなかった。船体の大部分は無事だった。大きく傾斜し、沈みかけてはいるが、まだ浮力を保っている。

味方のモーターボート数隻も近くを漂う。乗員は消えていた。どのエンジンももう使いものにならない。DBT19の爆発で生じた電磁波により、メカがすべて破壊されたからだ。

亜樹凪はクルーザーへと泳いだ。死にものぐるいのクロールとバタ足により、かろうじて船体に泳ぎ着いた。側面の梯子を登るまでもない。船体が斜めになっているため、甲板の一部が海面とほぼ同じ高さにあった。亜樹凪はそこに転がりこんだ。

スカートベルトにコルトのディフェンダーを挿していたはずが、いまはもうなくなっている。海のなかで落としたのだろうか。

ぞっとする光景が船上にあった。甲板のフローリングは無傷に近く、設備もほとんど破壊されていなかった。ところが乗員の死体ばかりが累々と横たわる。巨漢に交じり、キャビンへの出入口の前に、伊倉が突っ伏していた。異常な死にざまだった。骨と皮だけのミイラと化している。体内の水分が一滴残らず蒸発したかのようだ。これが中性子爆弾の威力か。

亜樹凪は起きあがろうとしたものの、うまく立てなかった。勾配(こうばい)に四つん這(ば)いになるのがやっとだった。

人の気配を感じ、亜樹凪は前方に目を向けた。心臓がとまるかと思えるほど、驚愕にともなう衝撃が全身を襲った。

斜めになったフローリングに瑠那が立っていた。瑠那の蔑(さげす)むような目が亜樹凪を見下ろしている。ささやくような声で瑠那がいった。「キナさん。この結末には賭けてないでしょ」

29

瑠那は沈没しつつあるクルーザーの傾斜した甲板に立っていた。目がすっかり闇に慣れている。照明はなくとも月や星の光だけで充分だった。四つん這いになった亜樹凪が、愕然とした面持ちでこちらを眺める、その顔がはっきり見てとれる。濡れ鼠というよりボロ雑巾と呼ぶべき姿だった。

ヘッドセットのイヤホンから凛香の声がした。「瑠那。東の空からサーチライトが海面を滑ってくる。ヘリが飛来してる。海上自衛隊か米軍だろ」

凛香は葉山町の海岸から双眼鏡で周囲を監視している。そこでヘリを目撃したのなら、ここに到達するのは約五分後だろう。もう時間的猶予はない。

甲板上の別の方向から水の音がした。ぜいぜいと息をしながら、巨体が漆黒の海面から上がってきた。全身をフローリングに投げだし大の字になる。蓮實は仰向けに喘いでいた。

「なんでよ」亜樹凪がへたりこんだまま憤りをあらわにした。「なんで邪魔ばっかりするの！」

内親王に喩えられた清楚な令嬢の面影など、もはやすっかり失われている。迷える子羊というほど可愛くもない。みすぼらしい生き物に対し、瑠那は静かにいった。

「あなたたちのどこが国家の将来を築く人たち？　馬鹿丸だしだと思うんですけど」

「黙ってよ！」上半身を起こした亜樹凪が、蓮實を一瞥したのち、嘲るように鼻を鳴らした。「そっちこそ、これからどうするつもりよ。元婚約者を死に追いこんだ、手負いの教師。いえ教師のなり損ない。元死刑囚の娘で人体実験の異様な産物。大勢殺して満足？　法の裁きでも受けなさいよ。わたしとあなたたち、世間がどっちを信じると思う？」

　こんなときでもマウントをとろうとするとは、哀れな性格の持ち主だった。瑠那はヘッドセットを通じ凛香にたずねた。「詩乃さんと話せる？」

「ああ」凛香の声が応じた。「ここにいるよ」

　静寂のなか、イヤホンから漏れきこえる音声が、亜樹凪の耳にも届いたらしい。極度にこわばった表情の亜樹凪が見かえした。少し離れた場所に寝そべる蓮實は、そこまで敏感ではないらしく、音声をききつけなかったとわかる。まだなんの反応もしめさない。

　瑠那はヘッドセットを外し、蓮實に投げた。腹の上でヘッドセットが弾み、傍らに転がる。蓮實が頭を起こした。

かすかな女性の声が、震えながら響き渡った。「庄司さん……？」

はっと息を呑んだ蓮實が、血相を変え起きあがった。すがりつくようにヘッドセットに問いかける。「詩乃？　まさか詩乃なのか？」

「庄司さん」詩乃が涙声で応じた。「わたしは無事……。庄司さんも？」

「ああ……」蓮實は感極まったようすで目を潤ませた。「もちろんだ。生きてるよ」

瑠那は亜樹凪に視線を戻した。亜樹凪は断じて受容しがたいとばかりに、激しく首を横に振った。

「ちがう」亜樹凪は語気を強め、半笑いすら浮かべた。「そんなはずない。稚拙なカラクリで翻弄する気？　他人の音声に変換することなんて、いまじゃアプリひとつでできる」

醒めた気分で瑠那はつぶやいた。「電話の声を信じられない？　矢幡元総理の的確な指示とやらも、本物じゃないと知ってるんでしょ」

亜樹凪がたまりかねたように叫んだ。「桜宮詩乃は死んだ！　その声は偽物。凜香の声をアプリで変換してるだけ！」

「いいや」蓮實が真顔で低い声を響かせた。「詩乃だ。俺にはわかる」

「戯言をいわないでよ！」

「結婚を誓った相手だ。どれだけ一緒にいたと思ってる。言葉を交わせば本人だとわかる」

「そんな馬鹿な」亜樹凪は逆上し怒鳴り散らした。「なんで桜宮詩乃が生きてるの⁉ この手で撃ち殺したのに」

瑠那はいった。「人の弁当に毒をいれといて、自分の弁当は手をつけられてないと思ったんですか」

蓮實が目を瞠った。「まさか拳銃の弾を……？」

亜樹凪は蓮實の教えを受け、銃の撃ち方を習得し、身体を鍛えた。以前に凜香がいった。武器をどう隠してるか蓮實にきいたんだけどさ。特殊作戦群の心得として、銃を隠し持つ場合でも、分解は絶対しねえって。いざというとき使えねえから。いつでも撃てる状態で、すぐ取りだせて、他人に中身を見られない持ち物のなかに隠すとか。謎めかしときながら、それ以上はなにも明かさねえでやんの。

「携帯食糧のなか」瑠那はつぶやいた。「ほかに考えられなかった。体育祭の午前中、わたしは見学者だったし、校舎を自由に出入りしました。亜樹凪さんのお弁当も調べた。ご飯のなかにコルトのディフェンダーが埋もれてた」

「……嘘」亜樹凪がうろたえながらも反論した。「細工なんかできたはずがない」

「なぜですか？　いじられたらわかるよう、ご飯の粒を一方向に並べてあったからですよね？　ちゃんと戻しておきました。ひと粒ずつ裁縫用のピンセットで」

「なにをしたっていうの？　弾はすべてあの女に命中した！」

「血糊弾に取り替えておきました。あなたに殺される人を、ひとりでも減らすために」

「誰があの女を殺すか予想できたはずがない！　わたしが撃つなんてわからなかったでしょ！」

「いえ。詩乃さんが攫われたと知ったときには、もうわかってました。亜樹凪さん、嫉妬心が強すぎます。独占欲も。あなたがほかの人に譲るわけがないんです。蓮實先生の元婚約者の殺害を」

クルーザーの残骸は着実に沈みつつある。キャビンへの短い階段に海水が流れこんでいく。船内の浸水が進むにつれ沈没も加速するだろう。

かろうじて残る甲板にも水たまりが広がりだした。傾斜をアサルトライフルが押し流されてきて、座りこんだ亜樹凪のもとに近づいた。だが亜樹凪はまだ気づかないようすで、涙ながらに呻いた。「この低所得層！　極悪非道の死刑囚の娘。わたしと国家の将来を破壊して満足なの？」

「あなたこそ父親そのものになってることに気づいてない」瑠那は腰の後ろに手をまわした。スカートベルトに挟んであった小型拳銃、スプリングフィールド・アーモリー社のヘルキャットを引き抜く。銃口を亜樹凪に向けた。「悔い改めないのなら、そもそも生まれてくるべきじゃなかった」

亜樹凪の表情が恐怖に硬直した。無理に笑おうとしながら、亜樹凪がうわずった声で問いかけた。「血糊弾でしょ」

「新宿三丁目のアパートへは、実弾をこめて行きました」

「いまはちがう」亜樹凪の目がわずかに動いた。水たまりに横たわるアサルトライフルを、視界の端にとらえたにちがいない。

瑠那は冷静に警告した。「愚行は自重してください」

しばし亜樹凪は固まったまま瑠那を睨みつけていた。硬い顔が一瞬だけ弛緩した。笑いかけたようにも見える。亜樹凪は自暴自棄めいた奇声を発し、甲板の上をすばやく転がった。アサルトライフルを確保するや片膝を立て、こちらを狙い澄まそうとする。

反射的に瑠那の人差し指に力が籠もった。トリガーを連続し引き絞った。矢継ぎ早の反動とともに、薬莢が宙を舞い、銃火が辺りを赤く照らしだす。その閃光のなかで、亜樹凪の胸部で赤い液体が波紋を描き、何重にも飛び散った。苦痛に顔をしかめた亜樹凪が、後方にのけぞったかと思うと、前のめりに倒れた。脱力しきった亜樹凪の全身が、甲板の傾斜を滑落していき、水飛沫とともに海面に浮かんだ。亜樹凪は波に流されながら沈んでいった。

瑠那の手にする拳銃は、スライドが後退したまま固まっていた。弾を撃ち尽くした。水のなかに拳銃を放りだす。蓮實を振りかえった。上半身を起こした蓮實が、黙って視線を落とした。いまのが血糊弾だったかどうか、いっさいたずねようとしなかった。瑠那もなにもいわずにいた。

潮風がかすかなヘリの爆音を運んでくる。水平線の彼方に小さくサーチライトが走っていた。沈みゆくクルーザーが発見されるのも時間の問題だろう。

「先生」瑠那は蓮實に歩み寄りひざまずいた。「救助が来ます」

「……きみはどうする」蓮實が咳きこみながらいった。「消えるつもりなら俺も……」

「その身体じゃ泳げません。無理をしないでください」

「だが警察に身柄を確保されたら……」

「詩乃さんは街なかで攫われ、大勢の目撃者がいるのが判明しました。元NPAらによる犯行は明白です。はっきりと被害をうったえてください。尾原文科大臣が逃げおおせたいま、証言者が必要です」

蓮實の疲弊しきった顔に、感慨のいろが浮かびあがった。「俺は教師失格だよ……。きみや凜香に道を踏み外させてばかりいる」

「いいえ」瑠那は微笑してみせた。「道をしめしてくれました。先生。過ちを犯したとしても、いまはわたしたちの立派な先生です」

深く長いため息を蓮實が漏らす。潮風が瑠那の頬を撫でていった。ヘリの爆音が徐々に大きくなる。

もう蓮實の膝は半ば水面に浸かっていた。その上に置かれたヘッドセットから、凜香の声がきこえてきた。「瑠那。ほかにもヘリが飛んでく。たぶん県警とテレビ局」

「凜香お姉ちゃんも撤収してください」瑠那は立ちあがった。「先生、テレビ局のヘリを仰ぎ見るのを忘れないように。それによって誰も先生の存在をうやむやにできなくなります」

「杠葉。防衛大の一学年には八キロの遠泳があってな。あれはきつかった」

「高一のわたしでも、三キロていどなら余裕です」瑠那は甲板の傾斜を下り、波打ち際に立った。「先生。今度こそ詩乃さんと真剣に向き合ってください。自分の心を恐れずに」

返事はまたなかった。瑠那は軽く跳躍し、空中で身をひねると、頭から海中に飛びこんだ。

泳ぐのは好きだ。たとえ船の残骸と血に濁った海だろうと、砂漠に育った身にすれば天国だった。辛さに滲みそうになる涙を溶かしこみ、綺麗に洗い流してくれる。泣いている自覚もなくなる。孤独もなにもかも忘れられる。

30

代々木公園近くのカフェテラスは、晴れた日の午後のわりに空いていた。陽射しが強いせいかもしれない。数少ないパラソルの恩恵を受ける、日陰の丸テーブルのひとつで、凛香は席についていた。

いつものように、外出時に日暮里高校の夏服を義務づけられる凛香にしてみれば、大学生とは羨ましい立場に思える。自由に私服を着られる。にもかかわらずテーブルの向かいに座る結衣は、ショート丈トップスにロングスカートという、女子大生に無難なファッションに留めている。控えめにお洒落な部類には入るだろうが、凛香の知る姉のイメージとはちがう。

結衣はテーブルに対し、椅子を斜めにしていた。頼んだソーダ水には手を伸ばさず、ずっとスマホをいじりつづけている。不機嫌そうな猫という印象の表情は以前から変わらない。

沈黙には耐えかねた。凜香は椅子の背もたれに身をあずけた。「ブルームのネックレスなんて、丸っこくって似合わねえよ。実用的でもねえし」

すると結衣の大きな瞳が凜香に向いた。「実用的って？」

「尖ってなきゃ、いざというとき目潰しにも使えねえだろ」

「そんな使い方はしない」

「ならなんで首から下げてるんだよ」

「ネックレスだから」

じれったさに凜香は頭を掻いた。「あーそうかよ。すっかりキャンパスライフを満喫してるって？　そのロングスカートも、今後は蟹挟みなんかしねえって意思表示？」

「なんでダル絡みしてくるの」

「結衣姉が無関心だからだろうが」凜香は三角巾の外れた右手をテーブルに置いた。

まだ包帯のみとはいかず、薄めのギプスで固定してある。ため息とともに凜香はつぶやいた。「日暮里高校が連日ニュースになってるのに、尾原文科大臣はのうのうと居座ってやがる。会見で蓮實へのお見舞いさえ口にしやがった」

「内閣がEL累次体の同胞を守ってる」結衣がスマホの画面をタップした。

音声がスマホのスピーカーから流れだした。テレビでよく耳にした矢幡元総理の声がきこえてくる。ただし妙に高圧的な物言いだった。「梅沢。目的は正しかった。方法が間違っていただけだ。不変の滄海桑田と至近の接触を忘れるな。以上だ」

音声はそれきりだった。一方的に喋ったところをみると留守電のメッセージかもしれない。どこでこんな物を入手したのだろう。

きいたままの印象を凜香は言葉にした。「矢幡元総理の声……」

「声質はそっくり」結衣はいった。「でも喋り方は全然ちがう。別人」

「なんでそういいきれる？　前に会ったから？　梅沢っていまの総理大臣だよな。ずっと国会議員どうしだったんだから、矢幡元総理の声かどうか、結衣姉以上に区別がつくんじゃねえの？」

「別人だと承知済みか、あくまで職務上のつきあいだから気づかないか、そのどちらかでしょ」

たしかに矢幡元総理の声をきいて、たちまち本物か否かの区別がつく身内となると、すぐには存在が思い当たらない。矢幡家には子供がいなかった。配偶者の美咲も死んだ。たったこれだけの音声で別人と断言できる身内は皆無だろう。凜香はからかった。「なんで結衣姉には本人じゃねえってわかるんだよ。家族でもねえのに」

「切羽詰まった状況でさんざん声をきいた。似せようとしたって本人かどうかはわかる」

「妙なことをいってたよな。不変の滄海桑田?」

「滄海桑田は、青い海が桑の畑になるほど、世の移り変わりが激しいって意味。不変の滄海桑田だなんて矛盾してる」

「ならどうしてそんな言葉がでてくるんだよ」

「まだわからない」

「その録音はどこで拾った?」

「大学生活の合間に」結衣の顔に憂鬱のいろが浮かんだ。「前にもいったけど、公安の見張りが厳しいし、バイトで奨学金の返済分も稼がないと」

忙しくて凜香に構っている暇はない、そんなほのめかしがのぞく。その点は腹立たしい。とはいえ結衣が真相を追いつづけていると知り、凜香はひそかに安堵した。もっとも、それを顔にだす気などありはしない。無表情を貫いているうちに、妙に暑くなってきた。冷たいものがほしくなる。姉妹ふたりとも、目の前の飲み物には手をつけていない。カフェに入っておいて、おかしな挙動にちがいない。凜香はきいた。

「結衣姉、毒検出薬持ってる？」

「ない」

凜香は舌打ちし、アイスカフェラテのグラスを遠くに押しやった。「蓮實と元カノを引き合わせたら、こっちが気恥ずかしくなるぐらいの熱々ぶりでよ。やってらんね」

「サカリがついて男でもほしくなった？」

「あん？　茶化すなってんだよ」凜香は思わず語気を強めた。「日暮里高校で大臣の暗殺未遂、雲英亜樹凪の失踪、蓮實教諭と元婚約者の拉致。ぜんぶ元NPAのしわざってことで片付けられちまって終わり。気にいらねえ」

「マシでしょ」

「なにがマシなんだよ」

「武蔵小杉高校事変のあとは無期限閉校だった。被害者遺族だけじゃなく、生存した生徒や先生たちも、世間の勝手な物言いに苦しんだ。それにくらべたらずっと平和な結果」

「結衣姉の相手より小物だったっていいてえのかよ」

「ちがう」結衣がまっすぐ見つめてきた。「ジンの武装勢力より強力だった。後ろ盾も田代ファミリーより大きい。でも被害は最小限に留まった」

「運がよかったってわけか？」

「いえ。瑠那がいたからでしょ」結衣はテーブルに目を落とした。「あんたも」

……遠まわしの褒め言葉だろうか。結衣がそんな言い方をするとは、極めてめずらしい。

結衣も妹を褒めるのに慣れていないのだろう、体温の上昇を自覚したらしい。暑さを紛らわそうとするかのごとく、ソーダ水に手を伸ばすと、ためらいなくストローをすすった。

「おい」凜香は面食らった。「物騒だろ」

「なにが？」結衣は小さくため息をついた。「不用意に外で飲食物を口にするなって、お父さんにさんざん刷りこまれたけど、もうよくない？　だいじょうぶなときぐらい自分で判断できる」

「あー……。そうかも」凜香はグラスを引き戻すと、ストローに唇をつけた。アイスカフェラテをすすってみる。凜香は思わず顔をしかめた。「甘っ」

「味覚が変わった？　甘いもの好きだったでしょ」

「六歳のころと一緒にすんなよ」

結衣はまだ仏頂面だったが、なにかを思いだしたように微笑を浮かべた。「むかし六本木オズヴァルドに、オーストラリア人の半グレ集団が殴りこみに来たでしょ。ブラックサンダーって名乗る奴らで」

凛香は声をあげて笑った。「いたいた。名乗ったとたんに、こっちの大人たちはみんな爆笑で」

「お父さんも凄んでたけど、笑いを堪えるのに必死な顔だった。敵に襲いかかる寸前に、お父さんが怒鳴ったでしょ」

「〝甘すぎるんだよおめえら！〟って」

姉妹ふたり揃って笑い声を発した。こんなふうに笑い合えるのはいつ以来だろう。ひょっとしたら初めてかもしれない。凛香はぼんやりとそう思った。

そういえば結衣姉がことあるごとに、ひねった決め台詞を口にしたがるのは、優莉匡太の遺伝のような気がする。ただしそれを指摘すると、結衣はまた嫌悪のいろを濃くするにちがいない。最悪の血筋を自覚しているのに、思い出話だけはしたがる。そんなときにかぎり、優莉匡太や糞親父ではなく、お父さんと自然に呼ぶ。凛香にはその心情がわかる気がした。

架禱斗が死んでからのほうが、結衣も凜香も、小さかったころの話をよくするようになった。脅威が過去のものになり、記憶を美化することへのためらいが減少した。そのせいだろうか。

結衣がうつむきながらぼそりといった。「凜香」

「なんだよ」

「瑠那は亜樹凪を……」

その先は沈黙だけがあった。結衣が口にしたかったのは疑問だろう。けれども最後まで言葉にはしない。

凜香の視線もグラスに落ちた。「本当に殺したかって？　さあ。瑠那はいいたがらないし、わたしもきいてない」

「血糊（ちのり）弾だったとしても、気を失ったりはするよね」

「そう。そのまま溺（おぼ）れ死んだかもしれねえし」凜香は結衣を見た。「瑠那にきいたほうがいい？」

「……いえ」結衣の顔はあがらなかった。「瑠那が正しいと思ったのなら、それ以外に答えはないでしょ」

どういう意味だろう。いまさらとやかくいっても始まらない、結衣はそう告げたいのか。あるいは天才の瑠那が下した判断なら絶対、そんな信頼を寄せているのだろうか。

なんにせよ厭気(いやけ)や自己嫌悪は避けられない。この家系につきものの殺し合いであっても、罪悪感はいつも長く尾を引く。しかもだんだん伸びていくように思える。

姉妹だからわかることがある。きょうはどうせこれ以上、互いになにも得られない。

凜香は腰を浮かせながらテーブルの伝票を手にとった。「ここはわたしが奢(おご)る」

「いい」結衣が拒絶した。「わたしが払っとく」

「なんで?」凜香はうんざり顔をしてみせた。「高校をでて人権擁護団体の支援もなくなって、あいかわらずの貧乏暮らしだろ。奢らせろよ」

「あんたがくれた指輪、北朝鮮で硬質ガラスを破るのにダイヤを削って、いまは印旛(いんば)沼(ぬま)に沈んでる」

「ごちそうさま」凜香は腹立ちまぎれに伝票を放りだした。立ち去りかけたものの、ふと足がとまる。テーブルを振りかえり、凜香はまた伝票を手にした。「やっぱり払う」

結衣は奢られるのをあくまで拒むかのように、すばやく千円札を伝票に挟んできた。

立ちあがりもせずにそれが可能なほど、結衣の身体は柔らかかった。涼しい顔で結衣はいった。「凜香。あんた前よりちょっと変わった」

「どこが？」

「……高校生になった」結衣はまたスマホをいじりだした。「それぐらい」

姉の横顔がいつになく穏やかなことに、凜香は気づいた。この空気を壊したくない。黙って立ち去るべきだろう。そう思いながら凜香は身を翻した。

レジで会計を済ませたのち、カフェテラスを離れ、石畳の並木道を歩きだす。強い陽射しに原色の緑が鮮やかに浮かびあがる。暗雲漂う世のなかなのに、きょうは爽やかで清々しい。こんな日も悪くない。ほんの一瞬でも、どこにでもいる女子大生の姉を持つ、ただの女子高生になれた気がする。

31

七月になった。朝の通学時間にはもう街並みが真っ白に染まる。阿宗神社をでる前、瑠那は念いりに日焼け止めクリームを塗りこんでおいた。巫女はなるべくそうすべきと、神社本庁発行の機関誌に載っていたからだ。

　電車を乗り継ぎ、日暮里駅で下車する。駅前の繁華街を越えると古い住宅街がひろがる。生活道路然とした路地を、日暮里高校の夏服ばかりが、ぞろぞろと登校していく。談笑する声を多くきいた。マスコミが煽ろうとしたほど、この学校の生徒たちは、体育祭事件のトラウマなど負っていない。学校関係者が誰も犠牲にならなかったせいかもしれない。ただひとり、後日行方不明が判明した雲英亜樹凪を除いては。

　路地を折れてきた凛香とばったり出くわす。二日に一日はこうなる。おはようございます、瑠那は控えめに挨拶した。凛香もおはようとかえした。ふたりは微笑みあったりもせず、ただ黙々と並んで歩いた。凛香の右手に包帯はない。早めに回復したのは幸いだった。

　校門に生活指導の教師が立つ。蓮實がポロシャツにだぶついたサマージャケットを羽織るのは、上腕と脇腹に傷が残ることを意味していた。何週間か前は、立っているのも辛そうだった。いまは平然と仁王立ちし、服装違反の生徒を見つけては説教を浴びせる。瑠那と凛香はそのわきをそそくさと抜けようとした。

　ところが蓮實は、生徒への説教を早々に切りあげ、すばやくこちらに向き直った。

「優莉。まて」

　凛香がやれやれという顔で吐き捨てた。「おはようございます」

「おはよう。すすんで挨拶ができるのは悪くない。杠葉はなぜ黙ってる？」

瑠那は恐縮とともに頭をさげた。「おはようございます……」

「先生」凛香がにやりとした。「詩乃さんとよりが戻ったんだし、ひと月ぐらいのんびりしたら？　病欠ぐらい認められるよ。重大事件の被害者なんだしさ」

蓮實は凛香を睨みつけた。「話題を逸らせば、未提出の宿題について追及されないと思ったか？」

「そんなこと考えもしてねえ。なんの話だよ」

一枚の便箋が差しだされる。蓮實がいった。「これ、おまえが数学Aの香坂先生に書いた念書だな。宿題をぜんぶ一学期中に提出しますっていう」

「さあ。なんのことやら」

「他人の筆跡で書いただろう。しかも香坂先生の息子さんの字を巧みに真似てる。書いたおぼえはないと言い逃れをするつもりだったな？　香坂先生による捏造をでっちあげようとするとは巧妙すぎる。悪質な犯罪だ」

凛香が顔をしかめた。「そんなとこまで気づくなんて、公立高校の生活指導にしちゃ、あんたこそできすぎだろうが」

「いいからこの場で署名しろ。ちゃんとおまえとわかる筆跡でな」

下敷きに載せた便箋が凜香に押しつけられる。凜香はおっくうそうな態度をしめしながら、シャープペンシルで署名した。K-POPの"Hype Boy"を鼻歌で口ずさむ。

「'Cause I know what you like boy……」

便箋を受けとりながら蓮實がつぶやいた。「ニュージーンズだな」

凜香が目を丸くして瑠那を見た。瑠那も呆気にとられながら凜香を見かえした。蓮實に向き直り凜香がきいた。「ブルージーンズじゃなくて?」

「ニュージーンズだ」蓮實が真顔になった。「おまえたちはいつも正しいことを教えてくれる」

蓮實の目が瑠那をちらと見た。穏やかなまなざしがのぞく。瑠那は微笑がこぼれるのを自覚した。

「行け」蓮實は教師らしい愛想のなさに戻ると、校舎に顎をしゃくった。「優莉。現社のプリントと国語の作文も忘れるな。きょうの休み時間にでもやっとけ。おまえならできる」

小言には萎える反応ばかりの凜香だったが、最後のワンフレーズを耳にし、蓮實の背を振りかえった。瑠那も凜香の目を追った。けれども蓮實はもう、次々に登校する生徒らの服装チェックに忙しかった。

校舎に向かいながら凜香がささやいた。「ふしぎだよ。この学校にいてもいいんだって、初めて思えた気がする。罪を重ねるばかりの極悪犯罪少女なのに」

「人にはみな居場所があります。わたしたちにはここがそうなんでしょう」瑠那は凜香に歩調を合わせた。「たとえ極悪犯罪姉妹であっても」

本書は書き下ろしです。

高校事変14

松岡圭祐

令和5年 5月25日　初版発行

発行者●山下直久

発行●株式会社KADOKAWA
〒102-8177　東京都千代田区富士見2-13-3
電話　0570-002-301（ナビダイヤル）

角川文庫 23664

印刷所●株式会社暁印刷
製本所●本間製本株式会社

表紙画●和田三造

ISBN 978-4-04-113780-2　C0193

JASRAC 出 2302939-301

◇◇◇

角川文庫発刊に際して

角川源義

第二次世界大戦の敗北は、軍事力の敗北であった以上に、私たちの若い文化力の敗退であった。私たちの文化が戦争に対して如何に無力であり、単なるあだ花に過ぎなかったかを、私たちは身を以て体験し痛感した。西洋近代文化の摂取にとって、明治以後八十年の歳月は決して短かすぎたとは言えない。にもかかわらず、近代文化の伝統を確立し、自由な批判と柔軟な良識に富む文化層として自らを形成することに私たちは失敗して来た。そしてこれは、各層への文化の普及滲透を任務とする出版人の責任でもあった。

一九四五年以来、私たちは再び振出しに戻り、第一歩から踏み出すことを余儀なくされた。これは大きな不幸ではあるが、反面、これまでの混沌・未熟・歪曲の中にあった我が国の文化に秩序と確たる基礎を齎らすためには絶好の機会でもある。角川書店は、このような祖国の文化的危機にあたり、微力をも顧みず再建の礎石たるべき抱負と決意とをもって出発したが、ここに創立以来の念願を果すべく角川文庫を発刊する。これまで刊行されたあらゆる全集叢書文庫類の長所と短所とを検討し、古今東西の不朽の典籍を、良心的編集のもとに、廉価に、そして書架にふさわしい美本として、多くのひとびとに提供しようとする。しかし私たちは徒らに百科全書的な知識のジレッタントを作ることを目的とせず、あくまで祖国の文化に秩序と再建への道を示し、この文庫を角川書店の栄ある事業として、今後永久に継続発展せしめ、学芸と教養との殿堂として大成せんことを期したい。多くの読書子の愛情ある忠言と支持とによって、この希望と抱負とを完遂せしめられんことを願う。

一九四九年五月三日

次巻予告

『高校事変15』

松岡圭祐

2023年6月13日発売予定

発売日は予告なく変更されることがあります。

角川文庫